バッドビート

BAD BEAT

KATSUHIRO GO

呉勝浩

講談社

バッドビート

D BEAT

BA

【バッドビート】非常に有利な状況で、あり得ない成り行きで負けてしまうこと。

1

人生は長くてゆるいカーブのようなもの。代り映えのしない風景が死ぬほどつづくが、カーブはカーブだから、先のことはわからない。いつだって落とし穴はやってくる。次の瞬間、今の瞬間。中学二年の夏、うだるように暑い教室で、国語教師が唐突に語りだしたのは、ようするに「だからなんだ?」という小話だった。

五年後の今、ワタルはまさしくゆるいカーブを、時速六十キロで走っている。骨董品《こっとうひん》みたいなブルーバードが等間隔の常夜灯を越えてゆく。直線にしか見えない二車線の道路は、この島の海岸線に沿ってわずかにふくらんでいる。

とっくに日が変わったこの時刻、だらしなくのびるビーチは闇に沈んでいた。月明かりすらない今夜、その向こうに広がっているのが太平洋なのか落とし穴なのか、わかったもんじゃねえ。なんせ潮騒《しおさい》すら、この騒がしい車内では聞こえないのだ。

くそったれな錆《さ》びた夢
さあ、もう御託はいいから、
お前のほしいものを叫んでみろよ

「おーい、ワタルぅ、ちゃんと聞いてくれよお」

ブルーバードに無理やりくっつけた携帯ホルダーからアイフォンを奪い、ワタルは金切り声のロックンロールを黙らせた。

「ええっ?!」助手席のタカトがわめいた。「何してんのお。サビ前じゃんか」

「しゃべるか聴くか、どっちかにしろ」

はあ? 何それ。センコーにでもなったつもり? ——そんな文句をならべながら、タカトはしゃべるほうを選んだ。

「だからさ、えれえ美人なのよ。昔でいう、シャンとかマブいとかいうやつでさあ」

「ちっ」

最大ボリュームで舌を打つ。するとタカトはでかい身体《からだ》を乗りだして両手を広げた。もちろんシートベルトなんてしちゃいない。

「マジだって。みんないってんだぜ? 『ハニー・バニー』の常連みんな、よっちゃんもテツくんもピグモンも」

よっちゃんは酒浸り、テツくんはヤク浸り、ピグモンは女狂いのクズだった。

「パギさんなんか、一発十万でも考えるってさ」

借金まみれのパギさんには腎臓を片方売ったって噂がある。ちなみに全員、前科持ちだ。

タカトが、羽を広げた孔雀《くじゃく》みたいな頭をかきむしった。

「たぶん、おれの運命の人じゃねえかって思うんだ。ファムファタールって知ってるか？　シンデレラガールってやつなんだ」

「うるせえ」

左手で拳をつくり、ハンドルを殴りつける。

「ふざけた寝言はやめろ」

アクセルを踏み込む。

「遊びじゃねえんだぞ。自分の立場、わかってんのか？」

タカトの返事は気の抜けた「へい、へい」だった。反省なんか期待しちゃいない。この車の助手席に座っている時点でそれはあきらめている。小便を漏らしていたくそガキのころから、こいつのどうしようもなさは変わらない。

それでもワタルは、きつく拳をにぎった。

「バカヤロウ」

いわずにはいられなかった。

当のタカトはどこ吹く風で、シートにあぐらをかいて舌を出している。

どうしようもねえ――。苛立《いらだ》ちは増すばかりだった。単調なカーブにも、ノー天気なタカトにも、ポンコツのブルーバードしか与えられない自分にも。

ふと、あの国語教師の姿を思い出す。四十手前くらい、ぬぼっとした風体。生徒からも同僚からも相手にされず、なめられていた男。

「おっ」タカトが身をよじり、助手席の窓にへばりついた。

街路樹とビルの隙間が束の間ひらけ、遠く夜の向こうに、ネオンの塊《かたまり》が現れた。ヨーロッパの王宮を模したという巨大な建物が、まばゆい光を放っている。ケバいビームを夜空に突き立てている。まるで贅《ぜい》をつくした悪趣味なラブホテル。その様は、いつもワタルの胸をざわつかせる。

終わらない悪夢を垂れ流す島――レイ・ランド。そのど真ん中に建つ象徴。

ネオンの王宮が後方に消え、ブルーバードは闇にのまれた。

「それ、ちゃんと抱いとけ」

命じると、タカトは不貞腐《ふてくさ》れたようにスニーカーのつま先で、床に転がるアタッシュケースをつついた。

「おい！」

「なんだよお。ヒスんなって」

「いい加減にしろっ。死にてえのか」

「大げさ」呆《あき》れた調子でアタッシュケースを拾い、「別に爆弾ってわけじゃねえんだろ?」と、のんきに尋ねてくる。

知るか――。それがワタルの答えだった。

目前に、しみったれた橋が迫ってくる。通称、サウスブリッジ。

ふたたび、あの国語教師が脳裏に浮かんだ。ワタルが卒業した翌年、あいつは寝たきりの母親を殺して首を吊った。落とし穴にはまったか、ゆるいカーブに飽きたのだろう。

タカトがアイフォンを操作し、金切り声のシャウトが響く。

Go to heaven, go to hell

ここじゃないどこかへ
ここじゃないどこかへ

ブルーバードが橋に突入する。ものの数秒で渡りきる。常夜灯の数は変わらないのに、いっそう闇が濃くなった気がする。海のほうへ目をやっても、ずらりとならぶコンテナばかりで、水平線すら見えやしない。

玄無島《くろん》は房総《ぼうそう》半島の西に位置する、伊豆《いず》大島に毛が生えたくらいの島だった。人口三千人そこそこ。小学校と中学校がひとつずつ。島の北部は山に覆《おお》われ、本土への交通手段は南端にある玄無港のフェリーだけ。漁業が元気だった時代はとっくに終わり、ワタルが生まれたころここは、特産品もなければ観光資源もない、不便なだけの離島だった。

それが今や、眠らない城を抱えるレジャーアイランドに様変わりしている。

十年ほど前からはじまった工事は島の西側にぐいんと埋立地域をのばし、逆三角形だった島の形を歪《いびつ》な平行四辺形に変えた。面積は倍以上に、住民はそれを上回るいきおいで増えた。サウスブリッジがかかるレイ・リバーが旧地区と新地区の境になって、新地区のことを古い島民たちは「フロントステージ」、旧地区を「バックヤード」と自嘲《じちょう》している。

五年前、開発の目玉だったアミューズメント施設レイ・ランドがオープンすると、この風潮は一気に加速した。ステージを牛耳《ぎゅうじ》る千両役者の登場に待ってましたの大宣伝が打たれ、ホテルにレストラン、人工ビーチが整備され、本土から国外から、観光客が押し寄せた。

玄無島の「無」をゼロと読み、レイ・ランド。けれど浮かれた恩恵は、だいたい新地区に限った話だ。

華やかな仕事は本土からやってきたプロフェッショナルが担い、島民に許されたのは下請けの下請けがいいところ。従業員用の住宅地、富裕層の別荘地、観光やサービス関連の会社もぜんぶ新地区に固まって、コンビニもスーパーも定食屋も宅配ピザも英会話教室も、何もかもがそこでまかなえる。役所と警察署も新地区に移転した。旧地区はありもしなかった隅っこに追いやられ、川を隔《へだ》てたお祭り騒ぎを眺めている。

しかし文句は聞こえてこない。特定複合観光施設区域（特区）、政権与党の肝煎《きもい》り、アメリカさまのご意向――島の開発を彩る断片はほとんどの島民にとって乾いた皮肉の対象でしかない。利権？　天下り？　そんなもんだろ。賄賂《わいろ》に横領、マネーロンダリング。だからなんだ？　よくあることさ。関係ねえ。ありふれた、常識って名の都市伝説。

西の端に新しい港が完成し、玄無港がゴーストハーバーと化し、本土の高校に通うためおよそ十キロ、よけいな距離を強《し》いられても反対運動なんて起こらない。環境問題、補償の問題。すべては何年も前に決着した昔話だ。

そもそもおれは、高校なんてろくに通ってなかったしな――。

助手席で、同じ学歴の幼なじみが居眠りをしていた。おしゃべりとやかましいロックンロールが消え、ようやく窓を開けられる。ブルーバードのエアコンは、ワタルが産まれる前からぶっ壊れたままだという。

吹き込んでくる風は温《ぬる》かった。温いなりに汗をさらってくれた。ジャケットのせいでむしむししていた。ワタルの一張羅《いっちょうら》はジョルジオブラットのパチモンだ。晩餐会《ばんさんかい》でもあるまいし、タカトみたいにTシャツ、ハーパンでもよかったが、見てくれでなめられたくはない。

バックミラーへ目をやる。サイドにたらした黒髪は整っていた。ひげの剃《そ》り残しも見当たらない。こめかみへくっきりのびる眉、少し広い鼻。タカトによると「欲求不満をため込んだ秋田犬《あきたいぬ》の子どもみたいな面」らしいが、なんのこっちゃわからない。服装の趣味のせいもあってか、同業者からは「スカした奴」と陰口をたたかれている。好きに吠えとけ。ダサいチンピラになるくらいなら出家するほうがマシだ。

ブルーバードを走らせながら、ワタルはバックヤードの夜を眺めた。眺めたって、たんに夜があるだけだった。

タカトが抱えるアタッシュケースをちらりと見やる。中に何が入っているのか、じっさいワタルは教えられていないし、尋ねてもいない。ごつい数字錠が、いたずらな好奇心を阻《はば》んでいる。かまうもんか。任された仕事をするだけだ。

この島を飛びだしておよそ三年。都内で細々と営業する違法インターネットカジノの店員がワタルの身分だ。たまにこうして使いっパシリを命じられ、焼鳥を食ったらなくなるくらいの駄賃をもらう。切りつめた生活に華やかさは欠片《かけら》もない。

このままずるずる腐っていくのか、どこかでチャンスをつかむのか。

あるいはこの島が、ジャンピングボードなのかもしれない。

レイ・ランドは遊園地やコンサートホールを抱える総合アミューズメント施設だが、一番の売りはカジノである。どれだけ綺麗事をうたっても、結局それは欲望の誘蛾灯《ゆうがとう》だ。欲望は人を呼び、金を生む。金は成功を生む。つまり人生を。

指をくわえて眺めるなんてまっぴらだ。おれは上手くやってやる――。

ヘッドライトの先に、明かりの落ちたドライブインが見えた。東の果てである。

その手前でハンドルを右に切り、コンテナがならぶ倉庫通りへブルーバードを進めた。減速し、慎重に目当ての建物を探す。この辺りの倉庫は揉めたらオシマイという借主が少なくない。思わぬバッティングという可能性もある。

海沿いの一角にそれはあった。赤茶けたコンテナの壁に、牙をむき出しにした狼と、背を向け逃げ惑う人々のイラストがコミカルに描かれている。メタリックブルーのアルファロメオが、入り口にノーズを向けて停まっている。

ワタルは先客の車から距離をあけた場所でブレーキを踏み、タカトの肩をゆすった。寝ぼけ眼《まなこ》の相棒に、「仕事の時間だ」と告げ、エンジンを切る。

ブルーバードを降り、辺りの気配をうかがう。ぽつんと立つ常夜灯が、平坦なアスファルトを青白く照らしていた。かすかに波音が聞こえる。

コンテナの入り口へ踏みだす直前、軽く息を吸った。簡単な仕事。荒事もなければ交渉もないガキの使い。それでも神経が尖った。

「わくわくすんな」

肩に置かれた手をふり払い、頭ひとつ高いタカトの顔をにらみつける。

「気を抜くなよ。そういう奴がしくじるんだ」

らんらんと目を輝かせるタカトからアタッシュケースを奪い、入り口へと歩む。

「ん？」

その声に、ワタルはとっさに身構えた。

逃げ惑う人々が描かれたコンテナの壁から、すっと男が現れた。

「あー……」男は黒いジャージをまとっていた。小柄だった。髪は薄く、頬はこけている。ワタルと違い、その佇まいに緊張感はなかった。「……江尻《えじり》さんとこの？」

口調ものんびりとしたものだ。まるっきり散歩中のおっさんである。

しかし彼は、「江尻」といった。

「……新津《にいつ》の使いです」

ジャージの中年男はうなずきながら、股間の位置を直した。立小便でもしていたのか。

「ずいぶん、早いな」

「問題でも？」

感情のない目が向けられた。

「名前は？」

「……新津の名で通じると聞いてますけど」

「ふうん」気のない返事。「いっぱしの口きくんだな」

にらみつけるワタルの視線をかわし、ジャージ男はタカトへ向いた。「そっちの、ライオンみたいな頭の彼は？」

「付き添いです」

「用心棒か。いいガタイしてるもんな」

タカトは応じなかった。それがワタルの胃をよけいにきりきりさせた。

「空手？」

「……キックっす」

タカトの返事に「へえ」と身体をねめ回したジャージ男が、
どん。

とつぜんコンテナの薄い壁を拳で打った。

「ま」その拳の親指で入り口を指す。「入んな」

なんだ、こいつ――。ワタルは驚きを表にださないよう呼吸を整えながら、妙な胸騒ぎを覚えていた。

ジャージ男は外に残るつもりらしい。するとたんなる見張り役なのか。どうも素性《すじょう》が見抜けない。とはいえ、ウダウダやってるわけにもいかない。

タカトと二人で入り口へ向かいかけたとき、

「おっと」

ジャージ男がタカトの腕をつかんだ。

「ニイちゃんはここで、いっしょに番だ」

ワタルはふり返り、ジャージ男に声を上げた。「ちょっと待ってくれ。そんな話は――」

ジャージ男が唇の前で人差し指を立てた。「通報されたいのか」

ワタルは口を閉じた。さっき壁を盛大に叩いたのはどこのどいつだ――。

「荷物を取り換えっこするのに、二人も三人も要らないだろ」

ジャージ男が、面倒くさげにタカトを見上げる。「このニイちゃんを、おれがどうこうできるとも思えないしな」

「おれはいいっすよ。試してくれても」

口調とは裏腹に、タカトの身体は強張っていた。上からのぞき込むように目線を合わせ、逸らそうとしない。

「大丈夫。行ってきなよ」

いいながら、つかまれた右腕を払う。目はまだ、ジャージ男を捉えている。

「――すぐ戻る」

ワタルはコンテナの入り口へ向かった。自然と足が速くなった。

扉を横に引く。中へ身体をすべらせる。室内は暗かった。ツンと染《し》みるような空気を感じた。

奥に、ぼうっと灯る光があった。ランプ型のスタンドライトだ。

「おう」

明かりの中に、汗ばんだ筋肉が現れた。

「早かったな」

見るからに鍛え抜かれた肉体が、オレンジ色に照らされた。タカトが問題にならないほど大きな男だった。オールバックに撫でつけた髪は肩口までのびている。太い眉、でかい鼻、豪快な口もとから発せられる野太い声。ごついあご。肩幅も胸板も、そのサイズのいちいちが、ワタルの常識を超えていた。

オールバックの男が、タオルで手をぬぐった。つづいてむき出しの筋肉をふいてゆく。

「ちょっと運動しててな」

ワタルを見据える目に余裕があった。

「まあ今夜限りの付き合いだ。無礼は許してくれ」

かすかに笑みが浮かんでいる。

男が手で「こっちへこい」と示した。

「その前に――」ワタルは腹に力を入れた。「そっちの荷物を見せてください」

オールバック男があごを上げた。値踏みするように見下ろされた。

「こっちへきたら見せてやるよ」

「先に」

直感としかいいようのない抵抗だった。相手のペースにのるのはまずい。この取り引き、何か変だ。

「臆病なんだな」

嘲《あざけ》るような響き。

「遊びじゃないんで」

強がりが口をつく。

「そらそうだ」

男の余裕はゆらがなかった。

「まあおれには、似たようなもんだが」

ランプが消えた。暗闇に包まれた。とっさにワタルは、アタッシュケースを抱きしめた。

踵《きびす》を返し、外へ――。

――。


……あん?

全身を冷たさが打っていた。水が降っている。雨よりも激しく。

意識は朦朧《もうろう》としていた。身体に力が入らなかった。ぼんやりかすんだ視界の中で、水たまりに跳ねる水滴を確認し、頬《ほお》に当たるコンクリートが地面らしいことを知る。

……何が、どうなった?

次の瞬間、たるんでいた神経にアラートが走った。無理やり身体を起こし、手探りで地面をかき回した。手応えがあった。アタッシュケース。急いで数字錠を探る。――無事だ。

息つく間もなく異常事態に意識を向ける。水は天井から降り注いでいた。明かりはなくなっており状況は定かでなかったが、どうやらスプリンクラーが動いているらしい。火事？　いや、そんな気配は……。

　立ち上がろうと床についた手のひらに、ぬるっとした感触があった。鼻に当てると妙な匂いがした。徐々に記憶が蘇《よみがえ》る。荷物を交換するために訪れたコンテナ。ランプ型のスタンドライト、ツンとするような空気。上半身裸の大男……。

　この手についた匂いも、ツンとしている。

　──とにかく、外へ。

　混乱しながらアタッシュケースをにぎり、入り口を探す。すぐ目の前にあった。時間が飛んだ最後の瞬間から、自分の位置は変わっていないらしい。

　取っ手に手をかけ、スライドさせる。潮の香りが流れ込んでくる。闇が薄れる。

　……なんだ？

　自分の手を見て、ワタルは言葉を失った。

　真っ赤に染まっていた。水に混じって、べっとりと粘り気のある液体。

　跳ねるようにふり返る。コンテナの中へ目を凝らす。

　嘘だろ？

　そこに横たわる三つの身体。スーツの男、柄シャツの金髪男、タンクトップのニイちゃんは両腕にタトゥーを彫りまくっている……。全員が全員、息絶えているとひと目でわかった。どいつもこいつもあらぬ方向へ首がねじれ、額に穴をあけ、どくどく血液をもらしていたからだ。

　思わず尻もちをついた。ガチガチと歯が鳴った。いくら落ち着けと念じてみても、そんな気休めに効果はなかった。

何があったんだ？

あのオールバック野郎はどこに？

――タカトは？

腰を抜かしたままふり返った。ブルーバードが目に入った。そしてアルファロメオ。

まだ近くにいる？

辺りを見回すと、コンテナの壁ぎわでぐったり寝転んでいる孔雀へアーが目に入った。

「タカト！」

這《は》うように近寄った。タカトの顔は変形していた。左目の辺りがぼっこりと腫れていた。こんな面《つら》、どんな苦しい試合のときも見たことがない。

「おい！　生きてんのかっ」

両肩をつかんで思いっきりゆする。がくがくと、タカトの頭が力なく上下した。

「おい！」

たまらず横っ面をはたいた。タカトっ！　と叫んだ。

「お」

タカトの唇が動いた。「おう……ワタル。無事、だった？」

「タカト……」

「やっ、べえ……力、入んね」

ワタルはタカトのTシャツをまくった。ぶ厚い胸板にしっかり割れた腹筋、足や手にも視線を投げ、首、後頭部とあらためていく。「痛っ」たんこぶはできていたが、銃創や刺し傷は見当たらない。

「何があった？」

「……あの、ジャージのおっさんが」

そのとき、遠くからサイレンの音が聞こえた。パトカーではなく消防の音だ。スプリンクラーのせいか。

「立て。逃げるぞ」

「でも――」

「まずいんだ。ここにいるのは」

肩を貸し、ブルーバードへ急ぐ。サイレンが近づいてくる。

「くそっ、ポンコツが！」

言う事を聞かないエンジンに毒づき、ハンドルを殴りつけ、何度もキーを回し、ようやくブルルと唸《うな》り声があがる。

「くそったれ」

全力でアクセルを踏み込み、大急ぎでハンドルを切る。

「事故んないで、くれよ。もう、これ以上は、無理っぽい」

「黙ってろっ」

ブルーバードを発進させ、コンテナのあいだを縫う。無人のドライブインを目ざす。

島の内陸部をぐるりと囲う環状道路――ルートゼロに出るや、ワタルはヘッドライトを消した。来しなに通ってきたサウスブリッジのほうから赤色灯が近づいてくる。逃げるようにブルーバードを進める。サイレンの騒がしさに反応した道沿いの家々に明かりが灯る。

ドライブインで息を潜めるべきか、さっさと遠ざかるべきか。遠ざかりたいところだが、この時刻のドライブは目立つ。野次馬《やじうま》の記憶に残るかもしれない。だがドライブインで見つかれば袋のネズミだ。くそっ、ふざけやがって！

迷っている時間はなかった。決断を下すしかない。

ワタルはドライブインを過ぎ、ルートゼロを北へ走った。島の中央をまっすぐ横断するルートワンも選べたが、主要道路だけに夜中でも交通量がある。レイ・ランドの酔客と出くわすのは避けるべきだ。

しばらく進んでからヘッドライトをつける。ルートゼロの北側は山を背にしたさびれた道だ。よけいに目立つ恐れはあるが、ともかく今はひと息つきたい。逃亡だけに神経を使っている場合ではないのだ。

ブルーバードのデジタル時計が午前二時を示していた。ざっと計算すると、意識を失っていたのは十分ほどか。

片手運転でスマホを手にし、登録ナンバーを呼びだす。三コール、四コール。焦燥が増す。

〈──終わったか？〉

電話口の向こうから問いかけてくる新津蓮《れん》の声は、いつも通りに冷めていた。

「それが蓮さん、実は──」

〈蓮さん？〉

刺すような響きだった。

「……すみません、新津さん」

〈何があった？〉

「何が……」

何があったか？　それがわかったら苦労しない。

「どこから説明したらいいのか……とにかくヤバくて」

〈ワタル〉耳に氷を突っ込まれた気分になった。〈忘れたのか？　パニクる馬鹿を、おれは世界で一番憎んでる〉

ワタルは深呼吸をし、ブルーバードの速度を落とした。

〈何があった？〉

「……約束の場所に着いて――」

我が身にふりかかった悲劇を語った。語りながら、まるでジョークだと泣きたくなった。

新津から命じられた仕事は文字通りガキの使いだった。赤坂《あかさか》の事務所で中身の知れないアタッシュケースを預かり、夜行便のフェリーで海を渡る。ニュー玄無港の駐車場に停めてあったブルーバードを駆り、遅れずに倉庫通りへ向かう。待ち合わせのコンテナでアタッシュケースを相手の荷物と交換する。受け取る荷物の中身も詮索無用だ。

交換の相手はブローカーとしか聞いていない。「新津の使い」で通じるとだけ。

「とつぜんランプが消えて、たぶん、後ろから首を絞められたと思うんですけど……気がついたら、目の前で三人、男が死んでて」

〈そいつらの面は？〉

「いや、それが、よくわからなくて。暗かったし、あいつら、頭を撃ち抜かれてたから」

スプリンクラーの雨もあった。

「一人は、両腕にタトゥーを彫ってました」

しばし間があいた。

〈アタッシュケースは？〉

「無事です。中は見れないんでアレですけど、錠はついたままで」

〈相手の荷物は？〉

答えようがなかった。あの状況で確認する余裕はなかったし、頭も回らなかった。そもそも相手の荷物がどういうものかを聞いていない。

すみません、とだけワタルは返す。

新津は責めることなくつづけた。〈今どこだ？〉

「ルートゼロの北側です。もうすぐノースブリッジに」

〈予定通りに動け。また連絡する〉

電話が切れた。荷物の交換が済んだあとの集合場所はフロントステージにあるホテルだ。

「くそ」

苛立ちを吐き捨てながら、一方で安堵を覚えた。新津蓮の声を聞き、命令を与えられ、少しだけ落ち着いた。

「くっそお」

今度はとなりから悪態が聞こえた。タカトが、左の奥歯をいじっていた。

「ゆれてらあ」

「お前、やられたのか？」

タカトがぶすっとした。

「あんなしょぼくれたおっさんに、渋谷《しぶや》アンダーグラウンドのチャンプがか？」

にわかには信じられなかった。渋谷を根城にする地下格闘技団体の、タカトは絶対王者だ。規模が小さいゆえに無法なファイトも多く、階級もいい加減。そんなストリートファイトの延長線みたいな戦いで負けなしを誇るのは、彼もまた無法なファイトに通じているからにほかならない。

「ジャージのおっさんに、いきなり足を取られてよお」

「バカヤロウ！　気を抜くなっていったろうがっ」

「違げえよ。あのおっさんが狙ってきてんのは最初っからわかってたの。だからこっちもそのつもりだったの」

キックボクシングをやってるなどと答えていたが、タカトは組技や関節も多用する総合格闘技系のジムに通っている。

「踏ん張って背中からつぶして、延髄《えんずい》に肘落として。路上の喧嘩で冴えないタックルなんて自殺行為だぜ」

けど――、とタカトは忌々しげにつづけた。

「あの野郎、歳くってるくせにえれえタフでさ。ちゃんと肘が入ったはずなのに平気な面してやがんだ。膝も頭突きも、おかまいなしって感じでよ。ありゃ絶対、変なクスリでもやってたんだよ」

「――結局どうなったんだ」

「組み合いにもち込まれて」

「やられたんだな」

「だから違げえってば！　ちゃんとやり返したよ」

痛てて、と左頬をさする。

「腕取って、立ち関節で。折るぞって脅したとき、後ろのドアが開いて」

「オールバックの男か？」

タカトがうなずいた。

「『やるねえ』って」

次の瞬間、ハンマーみたいな拳が襲ってきた。

「不意打ちだけど、こんなきれいにぶっ飛ばされたの初めてだぜ」

くっそお、とタカトは繰り返した。男前が台無しだ、とも。

「――プロか？」

「だろ。格闘技って意味じゃなく」

裏稼業――潰し屋のたぐいだ。

「なんだってんだ……」

わけもわからぬうちにブルーバードはノースブリッジを越えた。

窓の外に、ネオンの明かりがきらめく。ひときわ煌々《こうこう》とした、張りぼての王宮。フロントステージは夢遊病者のように夜を食っている。


真横を、大観覧車が過ぎていった。その奥に、うっすらと浮かぶジェットコースターのレール。いくつものアトラクションの黒い塊を横目に、ワタルはブルーバードを走らせた。

ルートゼロから中心部へ折れたところだった。きれいに舗装された道は優雅なカーブを描き、片側二車線の道幅は、ちょっとやそっとの粗相じゃ事故を起こすのもままならないほどゆったりしている。中央分離帯にヤシの木の列。道沿いは植物や街路樹がひしめいている。常夜灯の明かりの下では清々しさより不気味さが勝っている。

遊園地を過ぎるとレイ・ランドの本丸が迫ってくる。カジノを有する、レイ・パレスだ。

正面の広場を包むように湾曲した壁にはいかにも偉ぶったギリシア様式の柱がずらりと埋め込ま

れ、その高さは十数メートルに及ぶ。中央の突き出た尖塔はスカートがふくらんだような台座を持ち、異国情緒にあふれている。インターナショナル・オリエント。そんなコンセプトを耳にしたことがあるけれど、意味不明だ。どのみち百万ワットのカラフルなLEDに彩られ、空襲警戒みたいにレーザービームを空に放つ有様に、情緒もくそもあったもんじゃない。タケノコのごとく周囲にそびえるホテルの、簡素な長方形のほうがいくぶんエレガントに思われた。

「パレスで遊んだことある？」タカトが奥歯を気にしながら訊《き》いてきた。

「ねえよ」

「なんで？　蓮ちゃんの顔で入れんだろ」

「胴元が勝つって決まってる場所に誰が行くかよ。あんなもん、金持ちが贅肉を落とすための高級サウナだ」

「つまんねえ奴。遊びじゃんか」

「遊べる贅肉がねえんだよ」

「仕事にも活かせんじゃないの？」

「もういい。黙っててくれ」

　このきらびやかな宮殿と雑居ビルの違法ネットカジノを比べて、いったい何を学べってんだ。

　それとな――。「蓮ちゃんなんて、二度と口にするな」

　へいへい、とタカトがそっぽを向く。

　パレスの広場に沿って道を進むと、ルートワンにぶつかった。パレスからルートワンを挟んだ向こうにはコンサートホールがあり、その周辺はレストランに飲み屋、ブランドショップが軒を連ねている。表の歓楽街、「シャンゼリゼ」だ。

それを尻目にルートワンを西へ下る。ルートワンは東のさびれたドライブインと、西のニュー玄無港をまっすぐつないでいる。セスナの発着もできる快適な港から、フェリーは二十四時間運航している。

こんな時刻にもかかわらず、歩道には観光客の姿が散見された。季節柄軽装の者が多く、浮かれた空気が漂っていた。カップル、家族連れ、崩れた着こなしの男たち。アジア系に欧米系、白人にアフリカン、ヒスパニックにイスラーム、なんでもござれ。宿泊客が無料で使えるタクシーもぽつぽつ走っている。このメインストリートに夜はない。ルートゼロとは比べ物にならない数の常夜灯が闇を駆逐し、人々は地上でビール片手に歌ったり、しっぽり抱き合ってみたり、道端で膝を抱えてうずくまったりしている。

エブリデイ、ホリデイ。パーマネントバケーション。くそっ。冗談にしても笑えない。自分の置かれた状況との落差に、唾を吐きたくなった。

パレスを離れるにつれ、グラデーションのように建物の明かりが減った。役所や会社が集まったオフィス地区の手前に、貧乏人が利用するビジネスホテルの群れがある。ワタルはルートワンを右に折れ、薄暗い路地の一角にあるコインパーキングへブルーバードを滑り込ませた。

ユースアカツキという、センスの欠片もないビジネスホテルにチェックインする。顔面の左半分がぼっこり腫れたタカトは、アタッシュケースを確かめるふりなどしながら始終フロントに背を向けていた。一方のワタルもスプリンクラーで水浸しという怪しさだったが、フロントの男は見て見ぬふりを決め込んでいた。羽目を外した若者くらい、別に珍しくもないのだろう。

狭いエレベーターで七階のツインルームを目ざす。あらためて見ると、タカトの腫れはひと回り成長していた。

「折れてんじゃねえか?」さすがに心配になった。

「たぶん大丈夫だと思うけど」慣れっこというふうにタカトが答えた。けれどすぐ、「くっそお」ともらした。負けるのは慣れていないのだ。

部屋はヤニ臭く、煙草を吸わない二人のテンションはひと息で下がった。上手くいかない日はとことんだ。

「腹減ったあ」

ベッドにダイブするタカトを無視し、ワタルは椅子に腰かけた。びしょ濡れのジャケットを着たままアタッシュケースを抱え、テーブルに置いたスマホを見つめる。

予定では、同じホテルに部屋をとっている新津の手下が訪ねてくるはずだった。交換した荷物を彼らに渡し、仕事は完了だ。

けれど今、手もとには交換前のアタッシュケースしかない。

じっと連絡を待ちながら、ワタルは深呼吸を繰り返した。暴れそうな感情を抑えつけ、思考をめぐらせる。嘆いてたって、一文の得にもなりゃしないんだ。

どれだけ冷静に考えてみても、とんでもない事態に陥《おちい》ったのは間違いなかった。島の仕事は何度か任せてもらったが、こんなことは初めてだ。

レイ・ランドができてから、入島には身分確認が必要になった。外国人観光客のパスポートチェックはもちろん、日本人でもＩＤ代わりのマイナンバーカード、もしくは政府公認アプリに登録したスマートフォンが必要だ。おまけに顔認証までされるから、身元不明者が紛れ込むのは簡単じゃない。パレスではさらに厳重なチェックがされる。

こうした措置は犯罪抑止、反社会的勢力の排除を建前としたものだが、じっさいはずぶずぶの関係が公然の秘密となっており、入島さえしてしまえば治外法権というのが実情だった。しかし建前だって馬鹿にはできない。中には真面目に職務に励む警官もいる。持ちつ持たれつとはいうけれど、そんなもんはいつだってケース・バイ・ケースだ。

その点、島の出身者であるワタルは格好の使いっパシリだった。地理に明るく、帰省といえばさして入島も疑われない。こうした「荷物運び」を任されるのは、新津蓮との個人的な関係だけが理由ではないのだ。

これまではそつなく命令をこなしてきた自負がある。

それが今夜、引っくり返った。

おれに落ち度はあったか?

あったといわれればあったことになるのが新津やワタルの住む世界だ。まだ正式に舎弟ではないものの、片足は向こう側に突っ込んでいる。

取り引きが漏れていた?

そうとしか思えない。この島が取り引き場所に選ばれるのはよけいな外野が絡《から》みにくいゆえである。手慣れたプロが、たまたま居合わせたなんて奇跡だ。

誰がチクった?

「なあ」

不満げな声に、思考が途切れた。

「腹減ったよお」

ベッドから足をぶらぶらさせる孔雀頭を、ワタルはにらんだ。

「お前、状況わかってんのか!」

「怒鳴んなよお。おれだって馬鹿じゃねえからそれくらいわかってるって。ようするに、しくじったんだろ？」

「バカヤロウっ」全身が震えた。「しくじったで済む話じゃねえ！」

「つったって仕方ねえじゃん。時間はもとに戻せないっていうぜ」

怒鳴る気力もなくなった。

「……せっかく、挽回のチャンスだったのに」

恨み言に、タカトは天井を見上げ舌を出す。なんなんだこいつはと、ワタルは歯噛みした。

二ヵ月ほど前、タカトは問題を起こした。渋谷アンダーグラウンドが主催した五月の大型イベントのときだ。

渋谷アンダーグラウンドには新津が所属する江尻組の息がかかっている。地下格闘技につきものの賭博行為を、ケツ持ちの江尻組が仕切っていたのだ。

そのイベントで、タカトはメインを務めた。相手は噛ませ犬が板についたロートルで、タカトの秒殺はほぼ間違いなかった。そしてじっさい、タカトはスキンヘッドのそいつを秒殺した。ゴングと同時に飛び膝蹴り。体勢を崩したところにロー一発。崩れたすきに馬乗りのパウンドで豪快に殴りまくった。

観客はわき、組の重鎮《じゅうちん》は青ざめた。

結果が仕組まれた試合だったのだ。組の重鎮はロートル選手に百万近く賭けていた。

八百長《やおちょう》破り。

裏の世界では万死に値する罪を、タカトは軽やかに犯してみせた。ゴングの直前まで「一世一代の負けっぷりを見せてやらあっ！」と意気込んでいたくせに、「あのハゲ、ニヤけててムカついてよお」というふざけた理由で。馬鹿を越えた馬鹿。パウンド・フォー・パウンド馬鹿。地獄行きの蜘蛛《くも》の糸を、わざわざジャンプしてつかんだ大マヌケ。

問答無用で拉致《らち》られ、ロープでぐるぐる巻きにされ、ドラム缶にコンクリートが流し込まれる寸前で、しかし新津が救ってくれた。損害を補塡《ほてん》し、重鎮のメンツを立てるべく頭を下げ、殴られ、東京湾の廃棄物というお決まりのコースから釣りあげてくれた。

なんとか恩返しを――。そう思って誘った仕事がこのザマだ。用心棒があっけなくのされたんじゃ言い訳の出番はない。

ワタルはワタルで、この下働きがいずれ大きな仕事につながると信じていた。ガキの使いだって重ねればキャリアだ。信頼を勝ち取りステップアップする。六畳一間のアパートや違法カジノのしみったれた薄暗がり、パチモンしか買えない生活を抜けだして……。

「だいたいよお、相手の荷物もこっちのケースも何が入ってんのかすらわかんないで緊迫感のもちようがねえよ」

こんな奴に声をかけたおれも馬鹿だ。

頭を抱えかけ、しかしワタルの手は口もとへ向かった。

――タカトに声をかけたのは仕事を命じられてすぐ。つまり三日前だ。

ブブブ、とスマホが震えた。とっさに引っつかみ、耳に当てる。

〈クライアントが騒いでる〉

新津の言葉に、背筋が凍った。

〈あの三人は、向こうの従業員で間違いないらしい〉

するとやはり、第三者が介入してきたのだ。

〈お前らほんとうに、向こうの荷物を持ってないんだろうな?〉

「え?」

〈現場に、なかったそうだ〉

　一瞬、思考が止まる。

「――どういう意味です?」

〈わかるだろ?　先方はお前らがやらかして、荷物もパクったんじゃないかと疑ってる〉

「まさか!」叫ばざるを得なかった。「おれたちだってやられたんですよ」

〈証拠があるか〉

　タカトの腫れた顔――しかし自作自演を疑われたらどうにもならない。

〈向こうは三人とも退職だ。お前らはピンピンしてる。向こうの荷物はなくなり、こっちのアタッシュケースは無事だ〉

　頭が真っ白になった。そうだ。三人も殺したプロが、なぜおれたちにはとどめを刺さなかった?　おれが抱えていたアタッシュケースに手をつけなかった?　どう考えても、理屈が通らない。

〈現場には拳銃が残ってた〉

　鼓動が高鳴る。額にあいた黒い穴を思い出す。

〈間違って、お前らの指紋が確認されたら――〉

　意識を失っているあいだににぎらされていたら――。

「……どうしたら、いいですか?」

　返答がなかった。胃がよじきれそうだ。

〈社長から、さっさとケジメをつけろといわれてる〉

絶句した。濡れた身体に寒気が走り、なのに汗が噴き出る。

「待って、待ってください。おれは――」

〈わかってる。お前らはやってないんだろう。だが社長に、聞く耳はついていない〉

数回、遠巻きに挨拶をしたことがある。白いスーツに身を包んだ肥満体の男。関東大栄会《かんとうだいえいかい》直系江尻組組長、江尻昌隆《まさたか》。町田《まちだ》の不良から身を立て、組員五十人の親分に昇りつめた男は、最近では珍しい武闘派ヤクザを標榜《ひょうぼう》している。怪しきは罰す。気に食わなければ埋める。理屈も道理も通じない。六十に届く年齢でありながら、いまだ現役で女を囲い、毎夜肉を食らう暴君だと聞いている。

〈退職した三人は、部長と付き合いが深い韓国系企業の従業員だ〉

最悪だった。若頭の滝山《たきやま》は、タカトが八百長破りで恥をかかせたその人である。自分たちを庇《かば》うどころか、積極的に殺《や》りにきたっておかしくない。

〈ワタル〉

新津の呼びかけが、ハウリングしたようにゆがんで聞こえた。

〈ワタル〉

現実感が失われてゆく。

〈ワタル。息を止めろ〉

はっとした。いわれるまま、ワタルは呼吸を止めた。

二秒、三秒……じっと頭を空っぽにする。高まる血圧に反し、頭の芯が冷えてゆく。十秒を待たず、心が平熱に戻った。

〈落ち着いたか〉

「はい……大丈夫です」

息を止める――。どんな焦りもパニックも、この儀式で鎮まる。まるで脳内モルヒネだと、ワタルは思っている。

「助かる道がありますか」

はっきりと発音できた。完全に切り替わったという手応え。思考が正常に回りだす。

ほんのわずか、電話口の向こうから満足げな気配を感じる。

〈捕まえるしかない〉

「オールバックのくそ野郎とジャージ男ですね」

〈もしくはバックにいる連中だ〉

「当てはありますか」

〈レギオン〉

立川《たちかわ》発祥といわれるギャング気取りの半グレ集団だ。規模では関東大栄会と比べものにならないが、仁義もへったくれもないやり方で勢力をのばし、成り上がりのＩＴ企業の後押しでレイ・ランド利権にも食い込んでいる。

ワタルは内心うなずきながら、しかし、と首をかしげそうになった。たしかに江尻組とレギオンのいざこざは絶えないが――。

疑問を口にする前に、新津の冷たい声がした。

〈助けてはやれない〉

当然だろう。状況が悪すぎる。

しかし、いくらなんでも雲をつかむような話だった。手にしている情報はオールバック野郎とジャージ男の人相だけ。それも記憶にあるだけだ。新津の力を借りずに解決なんてできるのか。

〈逃げてもいい。それでもおれは、腰抜けとはいわない〉

ワタルは奥歯を噛み締めた。

「新津さん」

軽く息を止め、告げる。

「このアタッシュケースは、持っていてもいいですか?」

新津は答えなかった。

「少しでも使えるカードがほしいんです」

〈やる気か?〉

「このままじゃ、終われません」

言葉にすると、腹の底で熱がともった。

〈レギオン相手に、お前らだけで何ができる?〉

「地の利を活かします」

声をふり絞る。「お願いします。やらせてください」

〈……いいだろう。ケースは預けておく〉

ただし――と、新津がつづける。

〈中は開けるな〉

「相手の荷物も、秘密のままですか?」

〈知らないほうがいい。パクったと思われたくないならな〉

その通りだ。もっともっと、頭を回転させなくては。

〈港は組の連中が張ってる。島の外へ出るのは簡単じゃない〉

逃げ道は塞《ふさ》がれている。しかしそれはオールバック野郎も同じだ。

〈今、部長の部下がそっちへ向かってる〉

ワタルは無言でうなずいた。

〈何かわかったら連絡する。そっちからはかけてくるな。いいか？　利用できるものはすべて利用しろ。でないと生き残れない〉

ワタル――。かすかに熱っぽい声がいう。

〈くたばるなよ〉

電話が切れたと同時に、ノックの音がした。

ワタルは立ち上がり、ベッドで大の字になっているタカトの足を蹴飛ばした。アタッシュケースを手にドアへ近づく。覗《のぞ》き穴に目をやる。

いかにもそれっぽいスーツの二人組が立っていた。ごつい体格に色シャツ、いかつい顔をした口ひげの男と、目つきの悪い刈り上げの男。

ふり返ると、タカトが屈伸運動をしていた。青たん面でニカっと笑い、オーケーマークを示してくる。こういうときの勘の良さは頼もしい。

ワタルはチェーンをかけたままのドアを少しだけ開いた。「何か？」

口ひげの男がぼそりと答える。「新津さんの使いだ」

嘘つけ！　内心で毒づきながら、ワタルは男の全身に目を這わせた。特に腰のふくらみに注意を払う。こんな場所でドンパチはないだろうが油断はできない。

「ちょっと待ってください。今開けます」

いったん閉め、チェーンを外す。そしていきおいよく、ドアを引く。

次の瞬間、クラウチングスタートでタカトが飛びだした。口ひげ男のあごを、得意の飛び膝蹴りが打つ。後戻りできないゴングのような、鈍い音がする。

「ああん?」

後ろにいた刈り上げが目を丸くしていた。タカトが間髪《かんはつ》いれず掌底を放った。刈り上げはとっさにガードし、しかしその威力に弾かれ、不細工なステップを踏んだ。そのすきにワタルは部屋を出た。エレベーターの方向へ距離をとり二人をうかがう。

よろけていた刈り上げが、腰からナイフを抜いた。鬼の形相《ぎょうそう》で、タカトの胸にまっすぐ突きだした。鋭い切っ先を、タカトはなんなくかわした。流れる動作でカウンターの裏拳を、鼻と上唇のあいだに叩き込む。崩れ落ちる刈り上げの後頭部にとどめの拳。ほれぼれする手ぎわだ。

追手がいないことを確認し走りかけた目の端に、寝そべっている刈り上げをのぞき込むタカトが映った。

「何してるっ」

「こいつ、いいもん持ってら」

刈り上げの腰の辺りに手をのばし、ニカっと笑う。「ベルト、ワニ革だぜ。もらってこ」

褒めて損した。

「バカっ。さっさとこい」

いってる間に口ひげ男が意識を取り戻していた。太い指がタカトのむき出しの足にしがみつく。

「痛っ。爪立てんなってば」

「くそが」

もちろん、タカトに向けた台詞《せりふ》だった。

ワタルは駆け戻り、アタッシュケースの角で口ひげ男のこめかみをつぶした。

「いくぞ！」

「へいへい」

タカトの手にはワニ革のベルトがしっかりとにぎられている。

「あれ？　エレベーターじゃねえのかよ」

ワタルは黙って非常口へ走った。ロビーが組の連中に固められていたらアウトだ。

「え？　上え？」

階段を駆け上がる。ベルトを振り回しながらタカトがついてくる。

最上階に着き、屋上につづくドアを蹴りつける。みしっとゆれるが開かない。「おい」とタカトを促す。「人使いが荒いよ」豪快な蹴りがドアの鍵をぶっ壊す。

屋上を進む。「マジか」と、タカトのはしゃいだ声がする。となり合うビルの、一階ぶん低い屋上と対峙する。距離は二メートルほど。

「よくこんなの知ってたな」

「お前と違って気が回るんだ」

ホテル周辺の地理はあらかじめ調べてあった。もっとも二メートルという適度な距離も、向こうのビルの飛び移りやすい屋上の形態も、実はラッキーだったのだが。

「しくじるなよ、タカト」

「ワタルこそ、びびんなよ」

舌を打ち、ワタルは駆けた。先にタカトがジャンプした。軽々と向こうへ着地する。ちくしょう。おれは頭脳労働専門なんだ。

そんなことを思いながら踏みきり、宙を舞う。ジョルジオブラットのパチモンのジャケットがはためく。落下の先はアスファルト。あるいは夜の落とし穴。

※

同時刻――。

高級ホテルのスイートを思わせるゆったりとした空間に、七人の男女が集まっていた。ある者は壁ぎわに陣取り、ある者はソファでふんぞり返っている。ホテルと違うのは、ベッドの代わりに鮮やかなグリーンフェルトのポーカーテーブルが置かれている点だ。

レイ・パレス六階、会員専用プライベートルームの一室。唐崎尚輝《からさきなおき》は、特注と思しき少人数対戦用のテーブルを挟み、今夜の相手と向かい合っていた。

機械的にカードを配る紳士然としたディーラーとイカサマ監視のお目付け役の二人以外、みな火照《ほて》った体温をもて余している様子だ。それは決して、パレスのサービスで提供されるアルコールのせいではないだろう。

いや一人だけ、ずっと平熱を保っている人間がいる。

尚輝は手もとに配られた二枚の手札《ホールカード》を絞った。◇4と♣Q。スーツとナンバーを記憶し伏せる。それからゲームの参加料《アンティ》としてコインを二枚、テーブルにすべらせる。下の階で使われているものとは違うＶＩＰコインは一枚当たり五万円。アンダーフロアではめったにお目にかかれない価格帯だ。

健全なオープンカジノとして――しかし健全なギャンブルとはいったい何か、尚輝には馬鹿げた謎々でしかなかったが――パレスは表向き法令に沿った運営方針を打ちだしている。マックスベットの価格設定にはじまり、換金の上限を設けるなどして青天井のギャンブルを抑制している。規定の中には、客同士の直接的なやり取りを禁じる条項もある。

だがこのプライベートルームにおいては、有名無実のお題目にすぎない。

パレス側はあくまで「サービスの提供」というスタンスをとっているが、こうして客同士の勝負をお膳立てしている以上、賭博幇助《ほうじょ》の誹り《そし》は免れないだろう。部屋のレンタル料、ディーラーやお目付け役の派遣料、そして換金の手数料がパレスの取り分で、その換金手数料には保険の意味合いもあるらしい。敗北を認めずゴネる客を黙らせる手間賃は、そういう仕事に長《た》けた連中へ支払われているという噂だ。会員になっているのも、客を見つけてくるのも、コンダクターと呼ばれるそいつらで、難しく考えなくともヤクザかマフィアのたぐいだろう。早い話、パレスと反社会的勢力はずぶずぶなのだ。

客のメリットはいうまでもない。その気になれば株式投資並みの金額を、ひと晩で増やせるかもしれない点だ。

何せカジノである。勝ちも負けも、よきに計らうのは簡単だ。ＶＩＰコインは希望すれば仮想通貨とも換金できる。現金を持ち運ぶ手間が省けるし、いろいろ目をつけられるリスクも減る。

そして安全性。パレスがずぶずぶなのは反社会的勢力だけではない。真にずぶずぶなのは国家権力だ。国の後ろ盾がある以上、ガサ入れなんて夢物語に違いない。

「ベット」

対戦相手が宣言し、コインを四枚置いた。不参加でも規定のアンティを払わねばならないから、ホールカード二枚の状態で降りる者はまずいない。しかし初手からベットも珍しい。手のうちでペアができているのか、ブラフか。

「チェック」

尚輝は無駄に張り合うのを避け、ゲームを先へ進める選択をした。

ディーラーが三枚のコミュニティカードをテーブルにならべた。♡6、♡Q、◇5。ディーラーは完全中立というふれこみで、これまでに四度、プライベートゲームを遊んだ経験からいって、それは事実だろう。対戦者の後ろに一人ずつ、イカサマ監視のお目付け役が立っている。パレスは勝敗に関与しない。興味もない。公平性もこの場所の利点だ。

賭け方にハウスルールが混じっているが、基本はテキサスホールデムポーカーだ。それぞれのプレーヤーに配られた二枚のホールカードと五枚のコミュニティカードを組み合わせ、もっとも強い役が自分の手役《ハンド》となる。

「レイズ」

尚輝は相手がベットした二枚に三枚上乗せし、コインを放った。ホールカードとコミュニティカードでQのワンペアができている。悪くない感触だ。

「チェック」相手が返す。

ディーラーが四枚目のコミュニティカードを配る。♠Q。

「ベット」

前回と同じ枚数を置く。

「じゃあ、レイズで」

相手が、前回チェックしたぶんの五枚と、今回のベットにレイズした七枚の計十二枚を差しだしてきた。金額にして六十万円。アンティまで含めると七十万円がテーブルにのっている。

チョロい相手だ。

尚輝は口もとがゆるむのをこらえた。あえて四枚目でレイズしなかった誘いに、見事引っかかってくれた。

「チェック」

尚輝の宣言に従い、ディーラーが五枚目のコミュニティカード――「リバー」を開く。

♣10。

コミュニティカードが出そろった。♡6、♡Q、◇5、♠Q、♣10。この先は様子見のチェックはできない。同額追加のベットか上乗せのレイズ、あるいはコール。どちらかがコールを発した時点で相手は受けるか降りるか《フォールド》を選び、受ければ賭け金をそろえてショウダウン――カードをオープンし勝敗を決する。

尚輝の役は♣Q、♡Q、♠Qのスリーカードだ。かなり優秀なハンドである。これを上回る現実的な役はストレート、フラッシュ、フルハウス、フォーカード。しかしコミュニティカードには数字の連続系もスーツの偏《かたよ》りもない。抱えたホールカードと五枚のコミュニティカードをどういじくっても、Qのスリーカードには敵うまい。

勝った――尚輝はそう確信した。

午前零時にはじまった勝負の七戦目だった。ちまちました勝負がつづき、いささか辟易《へきえき》していたところだ。相手はどこぞの成金か、パトロンつきの遊び人なのだろう。尚輝に五回負け、勝ちは一回だけ。フォールドもたった一回。降り知らずの素人にも思えるが、結果に一喜一憂するでもなく淡々とコインを減らしている。金に執着はなさそうだが、それが強みになっている気配もない。

互いに一千万円ぶんのコインを用意しての戦いだった。二十回戦をこなすか、オケラになった時点で終了という取り決めで、長引けば明け方までかかる覚悟もしていた。

だが案外、早くケリがつくかもしれない。

相手のタネ銭は遊び金かもしれないが、尚輝のそれは虎の子の隠し金。ありていにいえば会社からくすねてきたヤバい金だ。負けましたで済む話ではなかった。

いや、勝たねばならない。ギャンブルの借金は三百万を超えている。いくら一部上場企業の課長といえど、おいそれとどうにかなる額ではなく、来週には焦げついた先物の追証を入れる必要もある。ソファでくつろぐ金髪の若い男は勝負の仲介者であると同時に、尚輝のれっきとした債権者なのだ。

「レイズ」

前回ぶんと今回ぶんに一枚加え、合計十五枚のコインを押しだす。乗ってこい。じっくり絞り上げてやる。

「じゃあ、もう一枚」

相手が九枚。

「こちらも」

尚輝が十枚。賭け金は二百万円を超え、今夜一番の大勝負になった。

「もう三枚」

新たに追加された十三枚に、心の笑みが引いた。

思わず相手の顔を見てしまった。しれっとした無表情があった。その目が、しっかり尚輝を見据えていた。

顔を逸らし、待てよ、と息をのむ。

Qのスリーカードに勝てる役は、ほんとうにないのか？

——ある。あり得る。

危ないところだった！

間違いない。相手のホールカードは10のペアなのだ。だから初めからベットしてきた。そして五枚目の♣10を見て、一気にレイズ合戦を仕掛けてきた。これまでになかった積極性で。10とQのフルハウス。オープンすれば尚輝の負けだ。

助かった。気づいてよかった。

「フォールド」

尚輝は二枚のホールカードをディーラーに渡し負けを認めた。痛い出費だが、前半の勝ちぶんを吐きだしたにすぎない。傷口を最小限にとどめるのはポーカーの鉄則だ。

ほっと息をついたとき、

「良かったと思ってます？」

声がした。

「え？」

「おれ、賢い選択をした——とか」

とつぜん対戦相手に話しかけられ、尚輝は混乱した。

「バッカみたい」

いいながら手もとのホールカードをディーラーへ。その途中、これみよがしに表面をこちらへ向ける。
◇2と、♣9。役に立たない《ブランク》カードだ。

愕然とした。壁ぎわに立つ対戦相手のコンダクターが「くくく」と笑っていた。

尚輝は、あらためて今夜の対戦相手を見つめた。胸もとまで垂れ下がったくるくる巻きの金髪。レースをあしらったメイド服のスカートは大きくふくらんでいた。生気を感じさせない肌、紫のアイシャドウ。ピンクの口紅。下唇には連なるふたつの丸ピアス。こちらを捉える、体温のない瞳。

なんだ、この女——いや、少女は。

2

ビジネスホテルがひしめく薄暗い路地を走り抜け、ルートワンにぶち当たった。ど深夜とはいえ、わずかに車が行き交っていた。横断歩道で信号を待つモラルをかなぐり捨て——もとからありゃしないが——、アホみたいに広い道路を斜めに横切る。中央分離帯をジャンプしたとき、やってきたタクシーにクラクションを鳴らされ、タカトが中指を立てた。心の底からこの相棒を殴りたくなった。その孔雀頭で、怪物みたいな面をして、おまけに首からワニ革のベルトをぶら下げて、まだ目立ち足りないのか?

いうだけ無駄だ。ワタルは走ることで自殺行為をやめさせた。

走りながら何度も後ろを確認した。追手の影はなかった。ユースアカツキから飛び移った建物もホテルで、咎《とが》められることなく抜けだせた。ブルーバードを停めたパーキングに背を向け、一心不乱に駆けた。ルートワンにたどり着き、少しだけ安心した。

表立った荒事はご法度《はっと》——それが世界一快適な観光地を謳うレイ・ランドの鉄の掟《おきて》だ。破れば警察や役所より強烈な「管理者」の容赦ない報復が待っている。問答無用の営業停止、謎の失踪。国家権力を背負った超法規的死刑執行人に逆らえる者はいない。

ともかく明るい場所にいれば多少は安全が保たれる。そう考えルートワンを渡りきった矢先、パレスのほうから近づいてくる赤色灯が目に入った。パトカーだ。反射的に正面の緑地公園に飛び込んだ。ご法度の殺人事件があった夜、タカトの面を見て職質しないマヌケはいない。

真夜中の公園には愛を確かめ合うカップルや、馬鹿騒ぎに興じる集団などがいるにはいたが、男二人を囲んでフクロにし、拉致るにはもってこいの場所といえなくもなかった。

「あの女、乳揉まれてる！」無視した。「なあ、飯はあ?」無視だ。これだけ走ってもタカトの息は上がっていない。こっちはもう悪態をつく余裕もない。アタッシュケースを持たせるべきだった。

公園の先にギラギラした一角が現れた。不眠症のギャンブラーどもの胃袋を任された飲食店の群れ。表の歓楽街、通称「シャンゼリゼ」。

公園の植え込みを飛び越え、ようやく徒競走が終わった。出くわした看板にタカトが、中華！と叫ぶ。焼肉！　とはしゃぐ。

「頼むから、騒がないでくれ」

息も絶え絶えに吐き捨てる。餃子にビールにカルビクッパ。ワンタンメン。ふざけるな。おれだって腹ペコなんだ。

シャンゼリゼは五ブロックからなっている。パレスに近いほうからファッションエリア、雑貨エリア、レストランエリアとつづき、ワタルたちが歩くビーチに面した通りはレストランよりも大衆向けで多国籍な飲食店エリアだった。道も狭く、どこか猥雑《わいざつ》な雰囲気があり、それがよけい食欲を誘ってくる。客引き行為は禁止だが軒下《のきした》の呼び込みは二十四時間ＯＫで、片言の日本語で話しかけてくるアジアン美人から、おそろしく流暢《りゅうちょう》な関西弁を操るアラブ人まで、よりどりみどりのキャラクターがそろっている。楽しげな民族楽器の音色。終わらない縁日の活気。すれ違う客たちも千差万別だ。むしろこの時刻だと日本人のほうが珍しい。

「なあ」たまりかねたようにタカトが話しかけてきた。

「黙れ」ケバブを横目に、ワタルは命じた。目をつむって歩きたいくらいだ。

空腹をだましだましに多国籍エリアを進み、その先にある五つ目のエリアに差しかかる。レイ・リバーに沿って縦に延びるこの一帯は、多国籍エリアとはまた違う賑わいを見せていた。バーにキャバクラ、ホストクラブまで集まった、通称、十八禁エリア。もちろんこの島でも未成年の飲酒は違法だが、語呂が良いからそう呼ばれている。

「なあ」

タカトがしつこく声をかけてきた。

「いい加減にしろっ」

ちょうど肌をむき出しにした呼び込みの女の子とすれ違ったばかりだった。「こんなときに発情してんじゃねえっ」

「いや、じゃなくてよお」

「飯くらい我慢しろ」

「じゃなくってさ」

「なんだよ！」

堪忍袋が破裂しそうだ。

しかしタカトは悪びれたふうもなくいう。「つけられてんぜ」

「は？」

「ブルガリ料理の辺りから」

ブルガリアだ、馬鹿！　——と叫べたら楽だった。

「三人組。二人はまともに見えるけど、一人がパンチパーマ」

どんなセンスだ。

小声で怒鳴る。「なんで早くいわねえんだっ」

「ずっといおうとしてたじゃんか」すねられた。なるほど。ああ、おれが悪かったよ！

冷や汗を流しながら、突っ切るつもりの路地を避け、ゆっくり十八禁エリアを北上する。

「あんま時間ないんじゃね？」

わかってる。まごまごしてるあいだにも仲間を呼ばれかねない。島には江尻組の出張所がある。在島の組員は十人に満たないものの、レギオン勢との争いもあり猛者《もさ》ぞろいだ。

ここで揉め事は起こせないが、組が唾をつけている店も多い。何をどうされるかわからない。表立った荒事はご法度——裏を返せば、ひっそりやるならお咎めなし。それもランドの不文律だ。

あと少しでサウスブリッジだったのに——。歩を進めつつ、ワタルは歯嚙みした。歯だけでは気が済まず、親指の爪を嚙んだ。そして脳みそをフル回転させた。

「いっそ店に入っちまう？」

タカトは明らかにわくわくしていた。飯と酒と女の子。こいつの頭にはそれしかない。あとは喧嘩でどうにかなると思っているのだ。

長く息を吐き、止める。

二秒。覚悟を決めるための時間だった。

「——走るぞ」

「嫌っだあ」

無視。

ワタルは駆けだし、頭の中に順路を描く。次の路地を右に折れ川沿いを北上し、レイ・リバーにかかるルートワンのセントラルブリッジを全力疾走する。川さえ渡れば、こっちの庭だ。

酔客と黒服をかわしながら進んだ。後ろから「きゃあ」と悲鳴があがった。江尻組の三下が呼び込みの女の子と衝突でもしたのだろう。

「ワタル！」

追いついてきたタカトが叫ぶ。

「いいケツしてた！」

マジでいっぺん死んでこい！

路地を右へ。薄暗いバーの看板を横目に駆け抜ける。「待てこらあ！」今度こそ疑いようもないスジ者の怒号が追ってくる。

川沿いに出た。コンサートホールの裏手、百メートルほど先にサウスブリッジの倍はでかい橋——セントラルブリッジが見える。フル稼動させている太ももの筋肉がガタガタしてきた。けれど捕まれば、ガタガタじゃ済まないに決まっていた。

「やっつけようか？」とタカト。

やめろと返す気力もわかなかった。拳銃を持ってたらどうすんだ？　これ以上火に油を注いだら命取りだと、アヒルだってわかるだろっ。

ワタルは走った。記憶にないくらい全力で。この一時間少々のうちに一生分の距離を走ったに違いない。金輪際《こんりんざい》ランニングなんぞするもんか！

橋のたもとに着いた。一目散に飛び込む。いきおい余って大きくふくらんでしまう。車道にはみ出た。そのまま車道を走った。向こう岸まで二百メートルもない。その一帯に、くすんだ明かりがいくつも灯っている。島のバックヤードが誇る裏の歓楽街、「竜宮町《りゅうぐうちょう》」だ。ランドのもうひとつの不文律。島民に迷惑をかけるなかれ。

それを信じ、ワタルはスピードを上げた。今ならブルーバードに勝てる気がした。

「ちっくしょう」

タカトが天に向かって雄たけびをあげる。「ワンタンメン！」

その点は同感だ——そう思いながら橋を渡りきると、ごてごてしたアーチが目に入った。竜宮城正門のつもりらしいが電球はくすみ、いくつかが消灯しているせいでもの哀しさが漂っている。しかし今このときばかりは天国の門だ。

タカトと二人、アーチの先へ駆け入った。

ふり返ると、三人の男たちがアーチの向こうで立ち尽くしていた。別にスジ者お断りというわけでもないが、深追いすべきか迷っているのだろう。ワタルはこれ幸いと歩を進めた。

シャンゼリゼが整理された雑踏だとすれば、竜宮町は野にできた迷路だ。道はくねり、入り組み、あちこちへアメーバのように延びている。限られた土地を活かすため、建物の背が高い。平屋なんてものはない。たいてい三階はある。昔と違いコンクリートのビルが増えたらしいが、朽ちて汚れ、あるいは品のない装飾に覆われて、まるでうっそうとしたジャングルに紛れ込んだ気分になる。シャンゼリゼに勝っているのはネオンのケバケバしさくらいだ。

島の人間と、ランドの健全さに倦《う》んだ客が訪れる欲望の便所みたいな場所である。立ちならぶスナック、セクキャバ、ソープ、ＳＭクラブにマッサージ店、小料理屋。多くの店で公然と、売春の斡旋《あっせん》が行われている。連れ込み宿は大繁盛だ。もともと漁業が盛んだった時代、旧玄無港に漁船があふれていたころには遊郭で栄えた土地だという。それが行政の指導で縮小し、漁業の衰退で縮小し、過疎化でいよいよ縮小した。ランドができ、遊びに飢えた連中が大挙して押し寄せるようになり、表立っては認められない欲望のはけ口として竜宮町は夜の経済特区に返り咲いた。これがランドの開業以降、島民に与えられた最大の利益ってんだから恐れ入る。

警察は見て見ぬふり。どころか常連さえいるって話だ。

お上の振舞うアメと鞭――そんなふうにいう奴もいるけれど、ほとんどの島民は何がアメで何が鞭かも理解しちゃいないだろう。

おれだって似たようなもんだ――。

すれ違う店の女の子に鼻の下をのばすタカトを引き連れ、ワタルはくねる道を進んだ。かつては建物の様子も店の看板もだいぶ様変わりしたが、道に迷うほどじゃない。まだ島で家族と暮らしていたガキのころから、この辺りは遊び場だった。

ちょうど竜宮町の真ん中、四つ辻を見下ろすように建つ三階建てのビルにぶち当たる。赤や黄色やピンクのネオンで彩られたウサギ耳のショウガール、その足もとで光る崩れたアルファベットの『honey bunny』。昭和の頃から半世紀以上、この場所で営業をつづける老舗《しにせ》パブだ。

西部劇に出てきそうなスイングドアを押し開き、中へ踏み入る。アッパーなスイングジャズの音色とともにヤニ臭さが襲ってきて、となりのタカトが顔をしかめた。ワタルも同じ顔をした。

壁ぎわで半円を描く立ち飲みカウンターを、島の常連客とランドから紛れ込んだ観光客がごちゃ混ぜに陣取って、それぞれに酒を呷《あお》っていた。半分以上が埋まっている。中央にはビリヤード台。

右手の壁にダーツが三台。現役のジュークボックスに玩具のスロットマシーン、電飾まみれのピンボール。開店当時ハイカラだっただろうアイテムは、一周か二周回った現在も充分にハイな気分を演出している。

ワタルはカウンターの奥に肘を置き、背を丸めたバーテンに声をかけた。「カベさん」

のっそりと、壁岡《かべおか》貢《みつぐ》がこちらを向いた。バーテンといってもよれたポロシャツにチノパンという出で立ちで、どっからどう見ても飲み処で管《くだ》を巻くお年寄りの風体だ。

「未成年お断りだ」

「四捨五入で二十歳だよ」

壁岡は表情を変えずにショットグラスを置いた。黙ってジンを注ぐ。

「ジーナに話があるんだけど」

もう一杯、壁岡はジンを用意した。

「上?」

応じないまま、壁岡がグラスを促してくる。

儀式のように、ワタルはそれをひと息に流し込んだ。胃の底で熱が躍った。かろうじて平気なふりをし、「上?」と繰り返す。

壁岡が指を三本立てた。三階という意味だ。それくらい口にすりゃあいいのにと思うけど、このおっさんの無愛想には慣れている。

「タカト」

ムキムキの白人が興じるビリヤードを眺めていたタカトがやってきて、残ったジンを手にした。

「カベさあん、おれビールがいいなあ」

壁岡はタカトの腫れた面にも反応を示さなかった。タカトも気にせずジンを飲み干した。

「どうも」

ワタルはそう残し、カウンターの横にある階段へ向かった。本来上は別料金だが、壁岡は何もいってこない。

「なんで毎回ジンなの?」「知らねえよ。盃《さかずき》のつもりなんだろ」「昭和〜」そんな戯言《ざれごと》を交わし合いながら狭っ苦しい階段をのぼる。スイングジャズが遠のき、ビバップ調の爆音が聴こえてくる。カラフルなライトが、いっそうケバケバしくきらめいている。タカトのテンションがみるみる上がる。テカテカのミラーボールの下、ウェイトレス代わりに行き交うTバックのバニーガール。その奥の丸いステージで裸の女が踊っている。元気よく広げた股にテーブルを埋める客が歓声を放ち、同じいきおいで札を放つ。ストリップショウ。それが『ハニー・バニー』の変わらぬ営業スタイルだ。

「行くぞ」

涎《よだれ》を垂らすタカトの袖を引き、フロアを横切る。階段の前に立つ蝶ネクタイのホールスタッフが、ぎょっと目を剝いた。

「スズメバチにでも刺されたか?」

腎臓をひとつ売り払った伝説をもつパギさんが、歳のわりにのっぺりした顔をタカトに近づけた。「いや、クマンバチかな」

「男の勲章だぜ」

「へえ。おらあそんな面倒なもん、金もらってもほしくないがなあ」

「ジーナに会いにきたんだ」と割り込む。一文にもならない漫才を聞いている場合じゃない。

「上にいるが――」パギさんが、ちょっと愉快げにほほ笑んだ。「機嫌悪いぞ」

「わかってる」

ワタルはそう返し、パギさんをやり過ごす。ストリップに後ろ髪を引かれているタカトを蹴りつけ、『ハニー・バニー』の三階を目ざした。

段を上がるたび、静かになっていった。三階に流れるBGMはムーディなピアノ曲だ。一気に暗さが増す。三階のフロアにはカーテンで区切られたベッドシートが並んでいる。なんのための設備か——わざわざ説明する必要はないだろう。

荒い息づかいを縫って、ワタルは奥の事務所へ向かった。

「よう」

ワインレッドに染まったソファに、女は腰かけていた。豊かな白髪をアップにした老女、陣名《じんな》トキ——ジーナだ。年齢不詳。六十代にも見えるし九十代といわれても納得してしまうだろう。しなやかな指を唇に当て、なめるようにこちらを見据《みす》えてくる様は、さしずめ魔女だ。

ジーナは座れといわなかった。

「ずいぶんご無沙汰じゃないか。ん?」

「五月にも顔をだしたろ」

「そうかい。歳とるとぜんぶが遠い過去に思えちまっていけないね」

どの口が、とワタルは思う。相手は長年、竜宮町の女主人と称される女だ。

「あんたがもうろくするころには核戦争が起こってるよ」

「ベルリンの壁がなくなる前もそう思ってたけどねえ」

ワタルは思わず舌を打った。組んだ足の、ブルーのナイトドレスから覗く足首の白さに、つい目がいってしまう。魔女め。

「お化け屋敷でもはじめるつもりかい、タカト」

「勘弁してよ。こんな面じゃキスもできねえ」

「もともと相手がいないじゃないか」「東京じゃあモテモテなんだぜ」「だったら今度ウチに連れてきな」「やだよ。ジーナに食われちまう」

「何を？」

「ジーナ」といいながら、タカトの胸を拳で叩き、黙らせる。「聞いてるんだろ？」

「よせよ。おとぼけにかまってる時間はないんだ」

「婆さん相手にずいぶんな言い草だねえ」

「ジーナ」

ワタルは身を乗りだした。「倉庫通りの件だ」

ジーナが鋭く目を細めた。

「あれは——」

「ワタル」

なんだこの迫力は、といつも思う。名を呼ばれただけなのに問答無用で気圧《けお》される。

「あたしには、関係のない話さ」

「ジーナっ」手前のソファの背をつかんだ。「話を聞いてくれ！」

「そのアタッシュケース」ジーナが人差し指を、薄い唇の前に立てた。「間違ってもウチに忘れてくんじゃないよ」

ソファをにぎる手に力が入った。ジーナにアタッシュケースを預ける。いざというときの保険にする。それがワタルの第一手だった。

この島で周りから一目置かれ、信用できる人物などそうはいない。ジーナ以外に当てなどない。

「好きなだけ飲んで食って、帰っておくれ。なんなら一人くらい抱いてもいい。冥途《めいど》の土産ってやつだ」

さすがのタカトもはしゃがなかった。

目の前が真っ暗になる感覚だった。こんな荷物を抱え、頼れる者もなく、追手から逃げきれるわけがない。いくら完全中立の竜宮町とはいえ、大人数に囲まれればジ・エンドだ。

そんな状況でオールバック野郎を探す？　馬鹿な。

ワタルは声を絞り出した。「……おれとあんたの仲じゃないか」

「こんなヒョーロク玉を産んだ記憶も、抱いた記憶もないけどねえ」

奥歯を噛み締める。返す言葉が浮かばない。

「わかってんだろ？　島で荒事はご法度さ。しかもあんた、半分あっちの人間じゃないか。庇えばこっちがお陀仏《だぶつ》だよ」

「……おれは殺ってない」

「弁護士を探しな。魚の餌《えさ》になる前に」

駄目だ。こうなったらテコでもバズーカ砲でも動かない。ジーナの気性は嫌になるほど知っている。鼻垂れ小僧のときからの付き合いなのだ。

ジーナが、キセルみたいなパイプに煙草を差し火をつけた。

「あんたに裏稼業は向いてない。何度も忠告したはずだよ。おまけにダチまで巻き込んで、何やってんだ」

宙に吐き出された煙を見ながら、苛立ちのこもった声を受け止めた。

わかってる。おれはしくじった。あんたのいう通り向いてないのかもしれない。けど、だからって、ほかにどうしようがあったんだ？

もうひと吹き、煙が宙に浮かんだ。

「蓮は元気か？」

おもむろに尋ねられた。

「……あの人は、いずれ組のトップになるよ」

そうかい、とジーナは応じた。けっこうなこった、と乾いた声で。

「だったら泣きつきゃいいじゃないか、蓮の奴に」

「――それじゃあ認めてもらえない」

「はん。馬に食わせるプライドかよ」

「あんたに教わったんだ」

ジーナを見つめた。

「オヤジでもお袋でもない。あんたから教わった。腰抜けにはなるなって」

父親は消防士だった。もとは東京で勤めていた。バリバリ働いていたのだと、母親に聞かされたことがある。

本土で知り合った同郷の二人はワタルの妊娠で岐路に立った。結婚せねばならない。ならば島に帰りたい。それが母親の願いだった。両親がいる。親戚がいる。帰ってこいとうるさいのだと泣きついた。押し切られた父親は転勤願を出したが、こんな小さな島で火事なんてほとんど起こりゃしない。やがて酒におぼれ、女に手をだし、腑抜けた。それにつれ家族関係がこじれた。母親の心が折れるのに時間はかからなかった。『ハニー・バニー』で泥酔する父親を迎えに行くのがワタルの日課となった。冷えきった自宅にうんざりし、竜宮町を歩き回るようになり、似たり寄ったりの境遇だったタカトとつるみ、そして五つ上の新津蓮と出会った。

店を訪れるワタルとタカトをジーナは煙たがっていたが、機嫌がいいときはホットケーキを振舞ってくれた。バターがたっぷりのったやつだ。それからミックスジュース。

小学校を卒業する直前、父親が『ハニー・バニー』を出禁になったタイミングで彼女にいわれた。腰の抜けた人間にはなるんじゃないよ――。

「泣き言だけは上手くなったもんだねえ」

ジーナはせせら笑った。けれどそこに、わずかな親しみを見いだすくらいには、ワタルも彼女を知っていた。

「――取り引きだ」

ワタルの言葉に、ジーナの綺麗な眉がわずかに寄った。

「受けた恩は必ず返す。倍にして」

「シェーカーもふれないガキがなんの役に立つってんだ」

「ジーナっ」腹に力を込めた。「聞いてくれ。チャンスなんだ。このやっかいな問題にケリをつけれたら、おれの株はむしろ上がる。それを利用して、下っ端を卒業する」

あんたに裏稼業は向いてない――。だからって、ほかに何があるってんだ？　体格は平均で運動神経は人並みで、誇れる才能に縁はなく、学歴は中卒だ。今さらスポーツ選手もロックスターも医者も政治家も、逆立ちしたってなれやしない。

だから上手く、やるしかねえんだ。

この島の、くそみたいな酔っ払いになりたくなけりゃ。

「頼む。絶対に損はさせない」

瞬間、ジーナが年寄りじみた息を吐いた。

そしてすぐ、見透かすような笑みを浮かべた。

「空手形にしてもあんまりだ」

「おれも――」タカトが割り込んできた。「ジーナの手下にならなってもいいぜ」

女の子の裸も見放題だしさ、とよけいな一言を添え胸を張る。

二人でジーナと向き合った。

「くそったればっかかよ、このガキどもは」

パイプから抜いた煙草をガラスの灰皿に押しつけながら、また小さく息を吐く。

「ほかには？」

「ほか？」

「ケース以外にもまだあんだろ？　この婆さんをこき使う用件が」

「――オールバックの男」

ワタルはジーナに事の顚末《てんまつ》を語った。


ようやくありついた食事はふやけた宅配ピザの残りものだった。固まったチーズの歯ごたえに辟易する余裕もなく、タカトと二人、ものの数分で三切れずつを平らげた。

ジーナが宙へ煙を吹いた。

「――おかしな話だねえ」

指をなめながら、ワタルはうなずく。我が身に起こった出来事はあらためてふり返るまでもなく、変だった。

「レギオンが陰で糸引いてんじゃないかって蓮さんはいってたけど、よく考えたらあり得ない。あいつら、無茶はしても殺しはしない。連中に、そこまでの根性はない」

根性よりもリスクの問題だ。人を殺す――やる気があれば中坊にだってできることだが、その事後処理は半端じゃない。遺体の片づけ、証拠の隠滅。警察の捜査だってかいくぐらねばならない。捕まれば懲役《ちょうえき》が待っている。今どきム所帰りなんて勲章でもなんでもなく、たんなるマヌケな失業だ。

関東大栄会のような組織なら昔ながらのノウハウがある。専門の業者ともつながっている。しかし若い半グレ集団にそれがあるとは思えない。ああいう連中は既存団体に頼った時点で食い物にされるのが常で、話に聞く奴らの印象とはズレている。

レギオンは組織をもたない集団といわれている。縦の主従でなく横の連帯で成り立っているらしく、ゆえに全貌がつかみづらい。都内でクラブを経営している奴もいればクスリをさばいている奴もいる。故買屋もどき、イベサーもどき、芸能界の寄生虫からオレオレ詐欺《さぎ》、ソシャゲー会社と活動の幅は広く、それぞれの規模は小さい。互いに客を紹介し合いながら商売を回しているうちはいいが、ひとたび号令がかかるや徒党を組み、やりたい放題の暴力をまき散らすのだからタチが悪い。いったい誰がどんな基準で号令をかけているのか、外の人間にはわからないし、中の人間ですらよくわかっていないんじゃないかという噂だ。

そんな中、ランド利権に乗りだした連中が中枢メンバーと見られるのは当然だった。何せ稼ぎの額が違う。ランドを訪れる外国人観光客の大半は富裕層で、そいつらが毎晩のように垂れ流す遊び銭はふつうのサラリーマンの月収じゃあ追いつかない。島の高級ホテルやショップ、レストランは国と大手の外資が牛耳っていて、「支配者たる」こいつらは法律より偉いってのが常識だ。カジノも遊園地もコンサートホールも、事情は似たようなものだという。

それでも充分旨みがある。多国籍エリアの飲食店や十八禁エリアのキャバクラ、ラウンジ。金貸しにダフ屋。そしてコンダクターと呼ばれる仕事。

客のニーズに応え、島の遊びをセッティングする連中だ。旅行代理店さながらに航空券やフェリーの便を手配し、ホテルを予約しコンサートチケットを入手する。美味《うま》い店を紹介し、夜の店にアテンドする。その範囲はシャンゼリゼを越え、この竜宮町にまで及ぶ。

そしてカジノ。ＶＩＰ会員のプライベートルームという隠れ蓑を使い、条例で禁止されている高額レートの勝負をパレスが提供しているのは周知の事実だ。勝負には必ずコンダクターの仲介が必要で、彼らの取り分は既定の手数料プラス客の勝ち金の数パーセントが相場らしい。勝ち負けで変動するとはいえ、それでもひと晩ウン十万は確実だ。

レギオンが絡んでいるのもコンダクター業である。人脈さえあれば誰でもこなせる仕事だが、パレスのＶＩＰ会員資格だけは絶対に欠かせない。審査基準は当たり前に非公開。メンバーも非公開だが、ワタルが知る限り、ＶＩＰとはほど遠い裏稼業の奴ばかりだ。資格を与えるのも取り上げるのも表向きはパレスということになっているが、じっさいは支配者から島の治安や利害調整を任された「管理者」たちが決定権をもち、ヤクザや半グレの手綱をにぎっている。会員資格は陰でパレスの雇用契約書と呼ばれ、ある意味このシステムが、島の平和を守っているといえなくもない。

「荒事はご法度。管理者の方針に逆らったら食いっぱぐれる。そんなことはガキでも知ってる」

レギオンの後ろ盾は民間のＩＴ企業だ。どれだけ金を持っているかは知らないが、ランド利権に関わる怪物たちからすれば赤子みたいなものだろう。よっぽどのことがない限り刃向かう真似はできないはずだ。

「襲撃者の狙いは？」

「韓国人ブローカーが用意してた荷物だと思う」

ワタルたちが早く到着したせいでズラかる前にかち合ってしまったのだ。ジャージ男が不自然に壁を叩いたのは中へ報せるため。そのときオールバック野郎はまだ服を着ていなかった。

「けど、なくなった荷物がなんであれ、この島であんな殺しはまともじゃない」

「しかも、あり得ないほどの杜撰《ずさん》さでね」

竜宮町の女主人は理解が早かった。殺すのはまだいい。だが死体をそのまま放置していったのは明らかにおかしい。表には死んだ三人が乗ってきたと思しきアルファロメオがあった。それに遺体を積んで、山に隠すか海に沈めるかするだけなら簡単だ。

「だいたい、殺さなくとも荷物は奪えたはずさ。プロなら顔を見られないようにするくらいわけないだろうしね。なのに顔を見られたあんたらのことはほっておいた」

「──おれたちを嵌《は》めるのが目的だったってことか？」

だから殺さなかった？　アタッシュケースにも手をつけなかった？

間違いなく、あのスプリンクラーはわざと作動させたものだ。おかげでワタルは意識を取り戻し、逃げることができた。言い替えれば、逃げてしまった。疑われても仕方ない行動に誘われ、見事にブローカー殺しの罪をなすりつけられた。

「だとしても殺しはやりすぎさ。じっさい奪われた荷物をあんたらは持ってないんだ。それじゃあ警察はともかく、江尻組や韓国の奴らは納得しない。事件の首謀者は三人殺して取り引きを台無しにして、江尻や大栄会と事をかまえる覚悟なのかねえ」

没落がささやかれるヤクザ世界にあってなお、関東大栄会の威光は健在だ。現会長が抜きんでた政治力を駆使して警察や行政と裏で手を結び、政治家を抱き込み、民間企業と肩を組む現体制を築いた。海外進出の成功はこうしたコネクションがふんだんに使われた結果というし、ランド利権に食い込めたのもその恩恵なのだろう。

東京五輪からこっち、この国で汚職スキャンダルは意味をなくしたといわれている。一瞬の花火のように騒ぎはすれど、それが失脚や辞職という事態にはつながらず、つながったところで恵まれた再就職先が用意されている。いつまでも関心をもちつづけるほど人々はひまじゃない。「しょせんは他人事《ひとごと》」「そういうもんさ」と納得し、すぐに忘れる。

大切なのは飽きさせることだ――新津蓮はそういっていた。都議会議員と大栄会の癒着《ゆちゃく》が取りざたされたときだ。

システムをつくるんだ。みなが少しずつ小さな不正を働き、少しずつ利益を得て、最終的におれのところに大きな利益が転がり込んでくるシステムをな。人が絡めば絡むほど、わかりづらくすればするほど、責任の所在は曖昧になる。責任が曖昧になれば、人は興味をなくす。面倒になって、「そういうもんだ」といいはじめる。「そういうもんだ」といいはじめた人間が、小さな不正を犯す次の兵隊になってくれる。

すべてを理解したわけではないが、新津の言葉には説得力があった。兵隊で終わってたまるかと、ワタルは思った。

システムというなら、ランドは機能している。裏も表も、ほどよく共存している。今回の出来事はそれにたてつく行為だ。相当の馬鹿がしでかしたか、相当の事情があるのか。

ジーナに尋ねる。「警察は？」

「きたよ」

当然だろう。新任署長が挨拶に出向いてくるほどの女である。

「こっちだって寝耳に水さ。嘘偽りなく、知らぬ存ぜぬでお帰りいただいたよ」

「情報は？」

「現場に三つの死体、一人は両腕にタトゥー。写真を見せられたけど、心当たりはなかったね」

アルファロメオは偽名で借りられたレンタカー。身元は警察も把握していないようだった。

「あと拳銃は、ちょっと古い型のトカレフみたいだったね」

ジーナはさらりといってのけた。この女の詳しい素性をワタルは知らない。

「怪しい奴がきたらすぐ教えてくれってさ」と指をさしてくる。

ワタルは無視して質問をつづけた。

「組の人間は？」

「それはまだだね。レギオンの子たちも」

電話は面倒だから取り次がないようといってあるとジーナは加えた。

江尻組もレギオンも、あえて大人しくしているのだろう。このタイミングで下手に動けば勘繰られかねない。例外はワタルたちを追っていた連中だけか。

「オールバック野郎に憶えは？」

「さあ。あたしは悪人名鑑じゃないんでね」

嘘とは思えなかった。ならば島外の人間で決まりだ。

「無実を証明するために、おれはあいつらを捕まえなきゃならない」

「まさか手伝えってんじゃないだろうね？　悪いけど竜宮町の外は管轄外だよ」

「矢面《やおもて》に立ってくれとはいわない。ただ――」

ワタルは一瞬、息を止めた。

「――敷島《しきしま》のオヤジさんにつないでほしい」

やっぱりね、というふうにジーナがため息をついた。

敷島茂吉《もきち》。かつて玄無島の、今もバックヤードの顔役としてにらみをきかせる男。旧地区で唯一、レギオンや江尻組と渡り合える一派のボスだ。

利用できるものはすべて利用しろ――新津にいわれ、ジーナと、そして敷島一派が頭に浮かんだ。茂吉とジーナが浅からぬ関係であることを、ワタルは新津から聞かされている。

島の出身者として、敷島に対するわだかまりはあった。けれど彼らの協力なしに、オールバック野郎を見つけだすのは絶望的だ。

「あんた、敷島がどんな野郎か知ってんのか？」ジーナがうんざりともらす。「間違ってもタダ働きするタマじゃない」

「ぺらぺらの口八丁で？」

「なんとかするさ」

「なんとかする」

ワタルは繰り返し、拳に力を込めた。なんとかする以外にないのだ。

「あのジジイ、島を捨てた人間には冷たいよ」

「わかってる。だからこうしてお願いしてるんだろ」

「偉そうなお願いもあったもんだ」

ジーナが愚痴《ぐち》をこぼしたとき、「ねえ」とタカトが割り込んできた。

「腹減ったよ」

呆れたようにジーナが笑った。「あんたは核戦争が起こっても生き残りそうだねえ」

「ワンタンメンがいいんだけど」

「カップ麺で我慢しな」

馬鹿話はあとにしてくれ――ワタルの忍耐が限界に達しかける寸前、ノックの音がした。許可も待たずにドアが開く。

「ただいま」

入ってきた人物へ目がいった。ソファからふり返るワタルたちを見て、その人物が動きを止めた。季節に似つかわしくないパーカーの、すっぽりかぶったフードの下でまばたきをし、無遠慮に指をさしてくる。「クレーマー?」

「似たようなもんだね」

応じるジーナの苦笑に親しみを、ワタルは感じた。

ジーナがパーカーに訊く。「あんた、飯は?」

「まだだけど」

「へえ」

ジーナの唇がうっすら横に広がった。嫌な予感がした。経験上、この感じは悪だくみの前兆だ。

「ならちょうどいい。こいつら連れて張《チャン》さんとこでワンタンメンでも食ってきな」

「待ってくれ」慌てて口を挟む。「そんなことしてる場合じゃ――」

「いいから行ってきな。お代はツケとくようにいっとくから」

ジーナが立ち上がる。魔女にふさわしいプロポーションだ。

「腹が減ったら戦はできぬ、さ。ハコもいいね?」

「戦なら済ませてきたとこなんだけど……」

「いいから」

ハコと呼ばれた人物が唇を尖らせ、「ペヤングのほうが美味しいのに……」ともらしながらフードをとった。

え？　とワタルは目を見開いた。フードの下から、ほとんど坊主に近いベリーショートの頭があらわれたのだ。

「何？」

ハコ――おそらく同年代の少女に無表情で訊かれ、ワタルは口ごもってしまった。彼女の下唇にふたつならぶシルバーの丸ピアスが、きらりと光った。

「あっ！」

タカトが立ち上がり、いきおいよくハコを指さす。

「ファムファタール！」

※

「くそったれ！」

滝山慎吾《しんご》の投げつけたスマートフォンがフロントガラスにぶち当たり、大きく跳ねた。助手席の若い組員が転がったそれを慌てて探す。運転手の古参の男は癇癪《かんしゃく》に慣れているようだが、それでも肩に強張りを感じる。

若い組員がおずおずと、後部座席へスマホを差しだしてきた。

新津蓮が手をのばしたとき、滝山の蹴りが飛んできた。組員の指とスマホと新津の手の甲がそろって弾かれる。

「ごちゃごちゃやってんじゃねえぞ、コラア」

青ざめた若い組員が目で助けを求めてきた。運転手の男と違い、こいつは新津の手下である。新津はあごをしゃくって前を向かせ、足元に転がるスマホを拾った。となりの滝山をうかがうと、腕を組みふんぞり返っている。やまない歯ぎしりが耳障りだ。

「カシラ」ハンカチでスマホをふきながら訊く。「高《コウ》さんはなんと？」

薄いサングラスの向こうから、滝山の目がぎろりとにらんできた。五分刈り頭がずいっと迫り、ヤニ臭い息がかかる。

「ナンともカンともねえんだ、バカヤロウっ」

くぼんだ頬が赤く染まっていた。筋のきれいな鼻は作り物めいている。かつて喧嘩のさいに粉砕骨折し、せっかくだからプレートを入れて整えたのだとか。

ついさっきまで、滝山は釜山《プサン》に住むブローカー、高洪秀《ホンス》と流暢な韓国語でやり合っていた。五十手前にして衰えない肉体を誇る江尻組きっての荒くれ者の、唯一といっていい教養だ。レトロな韓流ドラマを、狙っていたホステスから勧められたのがきっかけらしい。

特技を活かし開拓した韓国ルートは滝山の太い収入源。いわば地位を支える命綱だ。

「ゴタゴタの始末だけじゃなく、三人ぶんの葬式代と香典を出せとよ」

それなりの金を包めという意味だ。

「取り引きもですか」

返事はないが答えはわかる。自分たちはしっかり荷物を届けた。取り引きがおじゃんになった責任は江尻組にあるのだから代金は払ってもらう――これが高のいい分だろう。

「あのくそチョンがっ」

シートに背をぶつけ、運転席を蹴りつける。ドラマは好きでも韓国人が好きなわけじゃない。滝山はそういう男だ。

個人経営を自称しているが、高が扱う品は多岐にわたる。密漁品から医療品、拳銃に薬物、その気になれば人間だって用意できる。そして人脈。情報。ようはバックに釜山マフィアが控えているのだ。揉めれば面倒なだけでなく、貴重な窓口を失うはめになりかねない。

そうなれば滝山は終わりだ。

「わかってんだろうな？　こいつはてめえの不始末だぞ」

凄んでくる滝山に「はい」と返す。

赤坂の事務所を出て三十分ほど経っていた。深夜の環状線はすいているが、フェリー乗り場までまだもう少しかかるだろう。ワタルと最後に連絡を取ってから一時間ちょっと。島の組員から奴が竜宮町に逃げ込んだという報告を聞き、新津は密かに胸をなでおろした。その直後、滝山のランド行きが決まった。

「サツは？」

「大っぴらには騒いでないようです。いろいろ調整してるんでしょう」

行政はランドの健全性アピールに必死だ。なりふりかまわず報道へ圧力をかけている。特に治安。そしてギャンブルの副作用。具合の悪い情報はもみ消すか塗り替える。強盗が万引きに、ホテルの自殺者が病死と発表される。一夜にして全財産をすり自暴自棄に陥った馬鹿を追いつめる真似も決してしない。アテンド役のコンダクターが全力で甘い言葉をささやき、希望をもたせ、手厚くフォローする。追いつめるのは島を出てからだ。

ランドの平和を演出するという点において、政治と警察と裏社会は結託している。それが自分たちの儲けにつながるからだ。

物騒な殺人なんてもってのほか。しかも被害者は善良な市民とは呼び難い連中である。これ幸いと「穏便な結末」を思案しているのだろう。

「まあ、少しは餌をまかなくちゃならないでしょうが」

「ふん」と滝山は取り合わない。根回しはお前の懐で――か。新津の頭に丸顔の玄無署署長と、IR経済特区担当官の気障《きざ》な馬面が浮かぶ。

実質、新津はランドの現場責任者を任されている。初めは兄貴分の腰ぎんちゃくだったが、すぐにそいつを蹴落とし、組長の江尻から直々《じきじき》に信任をもらった。この二年間でプライベートルームのギャンブルに仲介者を必須とするコンダクターシステムを完成させ、主導権をにぎった。コンダクターが受け取る手数料の一部を共済金の名目で吸い上げて、組の誰よりも稼いでいる。

滝山は、それがおもしろくないのだ。まだ二十代のガキが稼ぎ頭になっていることに男の嫉妬を燃やし、若頭の身分を笠に着て何かと口をだしてくる。すきあらばピンハネを狙ってくる。

身のほどを知れ――。しかしこういう愚か者を上手く扱わずしてトップはとれない。そんな思考に己の冷静さを自覚し、新津は満足した。

「あのくそガキどもと連絡はつかねえのか」

「ええ。電源は入ってるんですが」

「GPSとかなんとか、やりようあんだろっ」

「ありますが――」ため息をこらえる。「場所がわかっても手が出せません」

「竜宮町だからか？」

滝山が唾を吐いた。それが新津のはくステファノ・ベーメルに落ちる。

「敷島なんて田舎もんに大栄会の看板が気い遣ってどうすんだ、バカヤロウ！」

「協定がありますから」

「何が協定だ。チンピラが賢《かしこ》ぶってんじゃねえぞっ」

怒鳴り散らす滝山を、新津は黙ってやり過ごした。どうせ威勢よく叫ぶくらいしかできないのだ。

協定――。ランド開園の前夜、開発側と島民のあいだで、それは秘密裏に結ばれたといわれている。島の代表を務めたのが、かつての網元で大地主、敷島茂吉だ。絶大な信頼を集める彼のもと、島民は未曾有《みぞう》の変化を受け入れた。

協定の詳細を知る者はほとんどいない。補償や利権のアレコレが漏れ聞こえてくるくらいだ。ただ一点、不可侵条項だけはみなが知っている。

島民に害なすなかれ。

はたしてそれがどこまで守られているのかは定かじゃない。何をもって害と呼ぶのかもわからない。そもそもそれを犯したとき、何が起きるのか。

――ちっ。

心の中で舌を打つ。胃の底がざわつく。暗い海の記憶があふれそうになり、奥歯を噛み締める。

ざぶん、ざぶん……。

フロントガラスの夜の向こうに、明かりが灯っている。レイ・ランドと本土を行き来するフェリーは二十四時間動いている。

「で？」探るような声色が訊いてきた。「世良《せら》のボンボンはなんていってんだ」

「面倒くさそうにしてましたが……まあ、あの人はお飾りですから」

ふん、と返ってくる。

「どのみち下手人はとっ捕まえて、地獄を見せてやらなきゃな」

滝山のくぼんだ頬が、サディスティックに歪んだ。ペンチマンとあだ名される変態の本性だ。きっとこいつは誰よりも、おれを血祭りにあげたいんだろうと新津は思う。

——なあ、ワタル、タカト。

海の先へ呼びかける。

——いつまでも使われる側じゃいらんねえだろ？

あとは、お前ら次第だ。

3

張さんの腕前を尊敬している島民はいない。特にチャーハンと餃子に関しては、秘伝のレシピが永遠に秘密のままであることをみなが望んでいる。

それでも客足が途絶えないのは時代錯誤の低価格と四六時中開いている利便性、そして客をいっさい選ばない営業スタイルだからだろう。ヤクザでも娼婦《しょうふ》でも薬物中毒者でも、おかまいなし。たとえ血まみれの殺し屋が一服しにきても、張さんは平然と不味《まず》い中華料理を振舞うに違いない。島に流れてきた指名手配犯が、こんな飯しか食えないなら刑務所のほうがましだと嘆いて自首したという伝説もある。

『ハニー・バニー』を出たワタルたちは竜宮町の路地を旧玄無港のほうへ歩いた。路地といってもこの町はどこもかしこも路地裏みたいなもので、たまに配達のトラックやスクーターが行き交うのがせいぜいだから、車道と歩道の区別なんかありゃしない。

午前四時が迫り、さすがに活気もなりを潜めつつあった。逆にいうとこの時刻にこの場所で元気いっぱいな連中は、そこそこタチが悪いともいえる。観光客は減り、島民の、それも高齢者の割合が増えている。寝起きに一杯ひっかけにくるような奴らだ。

精力剤の専門店と深夜診療所がならぶ隙間から、しわがれた英語のブルースが響いてきた。夕方に陣取って日の出まで歌いつづける名物じいさんに見物料を払うのは酔っぱらった観光客だけで、町の人間は辛気《しんき》臭いブルースを毛嫌いしている。一方、このじいさんをからかって絡んだ本土のサラリーマン集団をどこかへ連れ去りお灸《きゅう》をすえたのも町の人間だ。この町にもこの町なりの流儀がある。次の日もじいさんはいつもの場所に腰をおろし、泣きのギターを奏でたという。

ワタルはじいさんのブルースが嫌いじゃなかった。上手いか下手かは知らないし、金を払ったためしはないが、彼のギターと歌声が聴こえてくると少しいい気分になる。思わず格好をつけて歩きたくなる。それはジーナの店に父親を迎えに行くというくそみたいな日課を果たしていたときの、数少ない楽しみでもあった。

じいさんの前を通り過ぎるまぎわ、おぼつかない指使いが目の端に映った。ランドの出現で蘇った竜宮町だが、バックヤードの高齢化は止まらない。開発が決まった時点で、すでに限界集落の体だったのだ。

ふと、歌声が耳をなでた。しわがれてなんかいない、澄《す》んだ音色だ。

「——知ってるのか?」

ふり返った先のハコが口を閉ざし、澄んだ音色が消えた。

返事を待つが彼女は黙ったままだ。坊主頭を隠すセブンティシクサーズのキャップの下から、じっとこちらを見つめてくる。まるでモルモットを観察するような目だとワタルは思う。モルモットなんて観察したことはないが。

ちっ――。舌を打ちそうになったとき、「ハコちゃあん」タカトが彼女に話しかけた。

「もしかしてハコちゃんも洋楽好きだったりする？」

ハコはタカトを一顧だにしなかった。感情のない目を、ずっとワタルへ向けている。

「運命的！　実はおれも好きなんだよね。オレンジレンジとか」

「ちっ」

今度こそしっかり舌を打ち、ワタルは踵を返した。気を引こうとあれこれ話しかけるタカトを、ハコは相手にしていない。彼女の視線を背中に感じながら、ワタルはスナックの角を曲がった。

『美姫《びき》飯店』の看板は嘘っぱちで、小汚い店内には二十四時間、しわくちゃで不機嫌で眠そうな張さん一人しかいない。料理も配膳も会計もすべて自分でする。どれだけ金を積もうとも、彼の愛想を買うことはできない。

ワタルは三つあるテーブルの一番奥、出入口が見える席を選んで腰をおろした。すぐそばに便所があり、ふだんなら避けたい場所だが仕方ない。

正面にハコが、そのとなりにタカトが座った。脂ギッシュなテーブルに肘を置いてくだらないおしゃべりをつづけるタカトへ、ハコは顔も向けない。ハコが座る直前、タカトは気障ったらしく彼女の椅子を引いていた。馬鹿丸だしなのは認めるが、ちょっとくらい相手してやってもいいんじゃないかと、ワタルは苛立ちを募らせた。ジーナの命令でなかったらこんな女、ほっぽりだしてやるのに。

「ねえ、ねえ。みんなでいろいろ頼んでシェアしようよ。中華ってそういうのが楽しいじゃん？ハコちゃんは何が好き？　エビチリとか？　あ、麻婆豆腐は？　チンジャオもいいよね。それかエビチリか」

「おい。はしゃいでんじゃねえぞ」

「いいだろ、飯のときくらい」

また、視線を感じた。ハコが表情もなくこちらを見ている。退屈ならスマホでもいじってりゃいいのに、彼女はじっと目を向けてくる。はっきりいって気色悪い。

タカトが注文を飛ばす。「とりあえず餃子三つとチャーハン大盛り、ワンタンメン！　それにビール」

「馬鹿っ。酒を飲む奴があるかよ」

「なんで？」

勘弁してくれ。そこから説明しなきゃ駄目なのか？

「いざとなったらお前に働いてもらわなきゃいけないんだぞ」

「喧嘩くらい平気だって。世の中には酔拳ってのもあるらしいぜ」

酔拳はじっさい酔っぱらうんじゃなく酔っぱらったような動きで相手を翻弄《ほんろう》する武術だ！　と叫びそうになったが、ハコの手前、その豆知識は封印した。

「張さんにオーダー変更は通じないって知らねえの？」

なぜか得意げなタカトの態度にあきらめが勝った。好きなだけ飲んで捕まって、フクロにされちまえ！

「ねえ」

その声に、ワタルは顔を向けた。

「緊張してる？」

「は？」

「さっきから入り口を気にしてるでしょ？」

感情のない目がまっすぐに向かってくる。

「追われてる？」

ハコにこちらの事情は話していない。

「パレス？」

ワタルは応じなかった。

「本土で揉めたとか」

無視する。

「倉庫通りが騒がしかったらしいね」

無視。

「ふうん。そうなんだ」

「おい」

たまらず声が上ずった。「勝手なことほざいてんじゃねえぞ。黙って飯食って店に戻れよ」

「店？」

「『ハニー・バニー』で働いてんだろ」

「たまにね。バーの手伝い」

バニーガールじゃないのか。いや、そりゃそうか。坊主頭のバニーガールなんて聞いたことがない。

「髪の毛は関係ないけど。カツラあるし」

なんだ、この女。

「……たしかに向いてないかもな」

つい、パーカーに包まれた彼女の身体に目をやりそうになった。

すると、

「そっちじゃなくて」

ハコが呆れたように唇をゆがめる。

「性格の問題」

「おい。さっきからなんなんだお前」

「お前なんて呼ばれる憶えはないけど」

「そうだぞ、ワタル。失礼だぞ」

なんでおれが責められてんだっ。

そこへ張さんが瓶ビールを持ってきた。なぜか二本だ。とんと置き、すっと去ってゆく。

「まあ、飲もうよ。二人の出会いに乾杯しなくちゃ」

三人目扱いのワタルは手酌でコップにビールを注いだ。自制はもろくも崩れた。こんな状況、飲まなきゃやってられない。

「お前、名前は?」

「また『お前』」

「名前を知らないんだからそうとしか呼びようがないだろ」

「さっきからこの子がハコって呼んでるじゃない」

「この子」扱いにもタカトは喜色満面だ。

「本名だよ。それを教えてくれ」

「あなたは？」

「――ワタル」

「苗字は？」

「どうでもいいだろ」

ハコの目がわずかに広がった。

「じゃあこっちも、どうでもいいってことで」

「わかった。ハコ」

「呼び捨て？」

「お前も呼び捨てにしろよ。――歳は？」

「二十歳」

「年下かよ」

「嘘」

ハコが指をさしてくる。

「わたしのほうが上か、同い年」

ジーナから聞いてる？　いや、そんなひまは――。

「あ、下が当たりか」

「ちょっと待て」

いい加減、平静でいられなくなった。

「なんなんだお前」

「超能力者じゃない。カマをかけてるわけでもない」

また読まれた。頭の中を。

「――気持ち悪い奴だな」

「この子ほどじゃないと思うけど」

顔半分をぼっこり腫らし首からワニ革のベルトを垂らしている孔雀へアーの阿呆と比べられるとぐうの音も出なかった。

「生まれは？」

「島に決まってる」

「嘘つけよ」

ワタルは指をさし返す。島の学校は小中ともにひとつずつ、人数も知れている。同世代はたいてい顔見知りだ。

「お前みたいな偏屈女、会ったこともねえ」

「病気。自宅療養児だったの」

嘘くせえ。

「ジーナとの関係は？」

「たまにバーを手伝ってるって、さっき教えたはずだけど」

「それだけじゃねえだろ。あの女、ただのアルバイトにあんな顔はしない」

「あんな顔って？」

親しみ。しかしそれを口にするのは憚《はばか》られた。

「何者なんだ、お前」

「あなたたちこそ何者？　なんで追われてるの？　何をしたの？」

「そっちから話せよ」

「なぜ？」

ちっ――。けれど舌を打てば、負けを認めることになる気がした。

「勝負で決める？」

ハコが身を乗りだしてきた。

「負けたほうが話す。勝ったほうは話さなくていい」

「――どんな勝負だ」

そうね、とハコが座り直した。下唇の二連ピアスが光る。

「わたしたちがいるあいだに入ってくるお客さんが男か女か、っていうのはどう？　誰も入ってこなかったらあなたの勝ちでいい」

「男と女のカップルだったら？」

「それはドロー」

どっちが早かったなんて水かけ論は面倒だから、と付け足す。

「ルールはわたしが決めたから、先にベットをどうぞ」

ワタルは腕を組んだ。午前四時過ぎ。さすがの竜宮町も店じまいの時刻だ。カップルが無効なら同伴の客は無視でいい。逆に朝飲みの連中は行きつけの店から離れないだろう。

仕事帰り、ふらりと入ってくるのは――。

「――女だ」

「じゃあわたしは男」

ハコの表情をうかがうが、何も見抜けなかった。いい合いをしていたとき、わずかに感じた熱がさっぱり消えた。ただでさえロボットみたいな面なのに、もう一段温度が下がったかのようだ。

ロボットみたいな面——よくよく考えると、それは整った顔立ちを意味していた。涼しげな目つき、鼻、唇、あごのライン。驚くような美人というわけではなく、プロポーションにいたっては貧相といっていい。眉は薄く、ほとんどない。なのに妙な清潔感がある。キャップ越しではあるものの、タカトが騒ぐ理由に納得しそうになる。

その気持ちを、ワタルはビールで流し込んだ。

料理の皿が運ばれてきた。匂いだけは香ばしい。張さんは黙って皿を置き、黙って厨房へ引き返す。はしゃいだタカトが取り皿にチャーハンをよそう。もちろんワタルはセルフだ。その点、相棒は徹底して女尊男卑だった。

「美味え！」

その声につられチャーハンを頬張る。油まみれでベチャついて、ダマになった塊は人間の本能が拒否するほど塩っ辛い。張さんはしゃべらなすぎて発声筋がバカになったといわれているが、味覚を駄目にしたのはもっと昔に違いない。

「ワンタン最高！」

結局ワタルは二杯目のビールを注いだ。

「——よくそんなもん食えるな」

さっきからスライムみたいなチャーハンを気にせず口に運んでいるハコが上目づかいで見てきた。

「空腹のほうがいくらか耐えられる」

「そう？　口に入れたら同じでしょ」

「味覚障害者かよ」

「当たり」

「は？」

「ないの。味覚」

あっけらかんとした口調だった。病気――か。つい、バツが悪くなってしまう。

「ペヤングは好き。食感が」

「おれもおれも！　U.F.O.の食いごたえも捨てがたいけど」

嬉々とするタカトをスルーし、ハコはチャーハンをすくいつづけた。

ふん――と、ワタルは心の中で鼻を鳴らす。気がつけば三杯目のビールを口にしていた。BGMはおろかテレビすらない店内で、人が飯を食う姿をただただ眺めているという間抜けなシチュエーションに呆れ、疲れた身体にアルコールはよく回り、緊張がふやけていった。

この店にくるのも久しぶりだな――とぼんやり思う。最後はいつだったろうか。高校のころ、島と本土をフェリーで行き来していた時期か。

二年に上がる前に勝手に中退し、そのまま東京に居座った。親とも学校とも連絡は取らなかった。新津蓮にアパートを世話してもらい、仕事を回してもらった。新津が仕切っている違法インターネットカジノの店員だ。三百六十五日、雨も嵐も関係なく働いているが、雀の涙ほどの小遣いをもらい、安アパートで缶ビールをあおる生活に出口は見えない。

タカトの試合がある日だけ、無理をいって観戦に出かけた。時代劇みたいな道場破りを決行した末トレーナーに見込まれたタカトはワタルよりもひと足先に高校をドロップアウトし、五反田《ごたんだ》のジムに居《い》候《そうろう》を決め込んでいた。まともなリングなどない会場で、オールスタンディングの客が罵声《ばせい》を浴びせる中、タカトは勝ちつづけた。しょせん地下格闘技のスポットライトではあったけど、相手をぶちのめし両手を天高く突き上げる姿は様になっていた。いっつも相手につかまれる孔雀ヘアーは馬鹿げていたし、必ず飛び膝蹴りを繰りだすポリシーも意味不明だったが、それでもワタルは毎回、足を運んだ。

八百長破りの試合もそうだった。あれはある意味、通過儀礼のような試合だった。これを最後に地下を引退し、表の格闘技団体と契約する手はずだったのだ。

それをぶち壊した馬鹿は今、幸せそうにワンタンメンにかぶりつき、楽しそうにハコに話しかけている。試合でくらったパンチの後遺症を疑わずにいられない。

「張さん、豚キム！」

「やめろ」

なんでだよ、といいかけるタカトを目で制す。軽く腰を浮かす。

入り口のガラスドアの向こうで車が停まった。角ばったボディに突き出たボンネット。アメ車だろう。島の人間が乗り回す代物ではない。

ふやけていた緊張が蘇り、酔いは消えた。『美姫飯店』の便所には大きめの窓がある。張さんには悪いが、いざとなったら蹴破って逃げだせる。

「びびんないでいい」

そういって麺をすするハコを、ワタルはにらんだ。その目の端で、車から降りる人影を捉える。

細長いシルエット。

「男でしょ？　品のないスーツに紫のシャツ、金色のネックレス。尖った革靴は――」タカトの首へ指を差す。「ワニ革」

まさにそのような男が、『美姫飯店』に踏み入ってきた。

こちらを見たまま、ハコがつづける。「四十代、短髪、ミミズみたいな目つき、おちょぼ口。やたら指が長い」

鏡にでも映っているのか？　それともおれの心を？　しかし男の両手はポケットにおさまっている。

「賭けはわたしの勝ち」

「てめえ――」

ワタルがからくりを察した瞬間、

「ハコ」

細身の男がハコの背後にゆらりと立った。

「勝手に動くんじゃないよ。探しちゃったでしょ」

ねちゃっとしたしゃべり方だった。

「何よ、このニイさんたち。ナンパでもしたの？」

「されたの」

「へえ、物好きねえ」

「ちょっとお」タカトが立ち上がった。「ぜんぜん物好きとかじゃないんですけどお。こんな美人をほっとく男はいないっしょ」

「あら、ずいぶん男前な坊やだこと」

二人が見合った。短髪の男はタカトに負けない身長だった。身体つきに差はあるが、まったく物怖じしていない。

ちらりと厨房を見やると、張さんは立ったままうつらうつらとしていた。

「待ってくれ」ワタルは口を開いた。「ナンパじゃない。子守りだ」

男がうす笑みをこちらへ向けた。

「『ハニー・バニー』のジーナに頼まれた。飯を食ってこいって、それだけだ」

自分の耳をねじりながら見下ろしてくる目を、ワタルは見返した。

「あんたが誰か知らないが、子守りを代わってくれるならこっちに文句はない」

「ギャングみたいにかっこいい台詞ね、ぼくちゃん」

ムカつきが沸騰しかけた。それが爆発しなかったのは、もう一人、『美姫飯店』に客が現れたからだ。

ぶらりと歩いてくる男は『ハニー・バニー』のバーテン、壁岡だった。

壁岡は短髪の男に目もくれずテーブルに近づき、ワタルにぼそりと告げた。「話がついた」

「話?」

「敷島が、会ってもいいとさ」

ワタルは太ももの上で拳をにぎった。

「屋敷に行け。この子を連れてな」

「え?」

「伝えたぞ」餃子をつまんで口に運んだ壁岡は渋い顔をするや、ふり返りもせず去ってゆく。

ワタルはハコに目をやった。

「嫌」

迷いのない拒絶が返ってきた。

「敷島には会わない」

「待てよっ」立ち上がりかけるハコの手首を、思わずつかんだ。

短髪の男が、そのワタルの右手首をテーブルに押さえつけた。タカトに左肩を小突かれた。

「触るんじゃないよっ！」

「このスケべ！」

だからなんで、おれが怒られるんだ。

「待ってくれ。ちょっと待ってくれ」

混乱が激しい。ジーナが敷島に取り次いでくれたのはいい。ありがたい。だがその条件がハコを連れて行くこと？　しかも彼女はそれを拒否している。わけがわからない。

「お前、敷島のオヤジさんを知ってるのか？」

ハコは答えず、そっぽを向いた。

愛人？　隠し子？　――あり得る。

どのみち関係は良くないのだろう。おそらく一方的にハコが嫌っているのだ。ゆえに『ハニー・バニー』で世話になっている。そしてジーナは、あのお節介魔女は、ワタルを窮状から救うついでにハコと敷島の雪解けを狙っているんじゃないか。

「だいたい正解」

パーカーのポケットに手を突っ込んだハコがいう。ワタルはもう、いちいち驚くのも苛つくのもやめた。

「それなら付き合ってくれてもいいだろ」

「何それ。告白？」

おい！　とタカトが吠える。お願いだから黙っててくれ。

「ビーチに誘ってるわけじゃない。ちょっとした人助けだと思ってくれよ」

「嫌」

「なんでだっ」

「あなたの態度が偉そうだから」

コノヤロウ――。感情を必死に殺して頭を下げた。

「頼む。このとおりだ」

「嫌」

ふざけやがって！

「なんなんだ？　なんでそんなに敷島に会いたくないんだ」

「話す必要はないはず」

「だったらこっちには聞かせる必要がある」

いぶかしげな表情をにらみつけ、ワタルはテーブルの上で拳をにぎった。

「さっきの勝負に勝ったのはお前だ。おれには自分の事情を、お前に話す義務がある。そうだろ？」

ハコが眉間にしわを寄せた。

「お前が持ちかけてきた勝負だ。責任もてよ」

やけくそでしぼりだした挑発に、ハコの表情が消えた。「ふうん」と鼻を鳴らしこちらを見てくる。ワタルは見返した。下手に出る気はもう失せていた。

「あのさ」

短髪の男が割り込んできた。「盛り上がってるとこ悪いんだけど、この子はあたしのパートナーなのよ。もっというと雇用関係なのね。どうするもこうするも、決めるのは雇用主のあたしなわけよ」

ハコは否定しない。ならばとワタルは短髪の男へ顔を向けた。

「だったらあんたに頼む。敷島の屋敷までいっしょにきてくれ」

「やーだ」

ムカつきで脳みそが破裂しそうだ。

かろうじて残った理性が、まともな台詞を吐いた。「金なら払う」

「じゃあ一千万」

「は?」

「ふざけてるわけじゃないのよ。げんにあたしたち、ついさっきそのくらい稼いできたとこだし」

ワタルはぽかんとした。

「残念ね。ぼくちゃんたちとは住む世界が違うみたい」

さあ行くよ――。短髪の男が踵を返しかけたとき、

「もうひと勝負、する?」

ハコが、試すように問いかけてきた。

「おもしろい勝負なら、受けてあげてもいい」

ハコっ、と叫ぶ短髪の男の声を、彼女は相手にしなかった。

「どうする?」

「――もちろん、やるさ」

「内容は?」

「……敷島の屋敷まで何分で着くか。おれは、七時間に賭ける」

ハコが、かすかに笑みを見せる。

「オッケー。わたしは二十分で」

「ちょっと！　あんた、何考えてるの」

「屋敷の前に行くだけ。ジーナの顔も立てなくちゃ。なにせ大事な、雇用主さまだから」

ハコが入り口へ歩きだす。張さんは居眠りをつづけていた。


アメ車の中は快適とはいい難かった。シートは固く、冷房は気持ち程度しか効いていない。運転もひどいものだった。短髪の男はあからさまな苛立ちをハンドルで表現し、アクセルに八つ当たりをしていた。

あっという間に竜宮町を抜け、ルートワンに合流する。ワタルはリアウインドウをふり返り、後続車を確認した。抜け道を避けたのは尾行の有無を確認しやすくするためだ。

「ふざけんじゃないよ」

短髪の男が吐き捨てた。もう三度目だ。

「なんでこんなお荷物をあたしが」

すでに一連の出来事は話してあった。新津や江尻組の名前は出していないが、ヤバさは充分伝わっているようだ。

「そもそもあんたらがやらかしてない保証がどこにあるのよ」

「それは大丈夫だと思うけど」

助手席のハコが軽く請け合った。

「この人たちに、そんな度胸ない」

まあね、と胸を張るとなりのタカトを、ワタルは殴りつけてやりたくなった。

「そんな状況でビール飲んでるなんて頭ねじれてんじゃないの？　敷島のとこに降ろしたらお別れよ、永遠に」

「佐高《さたか》」

「これ以上のわがままは聞かないよ」

「じゃなくて信号、赤」

知ったことかと短髪の男――佐高はアメ車で無人の横断歩道を突っ切った。

「おい、警察だってヤバいんだ。気をつけてくれよ」

「お荷物は黙ってな」

ここで機嫌を損ねるわけにはいかない。ワタルは舌打ちを我慢した。

バックミラー越しに、ハコがこちらを見ているのがわかった。

「なんだよ」

「別に」

佐高に馬鹿にされるより腹が立つ。

「ずっとおれを見てるよな」

惚れてるのか？　と軽口をたたきかけたが、タカトがうるさそうだからやめておく。

「『美姫飯店』のときから」

「うん。でももういい」

「もういい？」

「勝負はついたから」

客の性別当て勝負か。

「あれはイカサマだ」

佐高が迎えにくることを、ハコは知っていたに違いない。

「だから先に選ばせてあげたでしょ」

「――おれが女に賭けると読んだのか？」

「別に――」とハコが返してくる。「心を完全に読めるわけじゃない。嘘がぜんぶ見抜けるわけでもない」

「負けたらうやむやにするつもりだったんだな」

佐高がくれば切り抜けられると思って。

「わたしはそんなことしない」

強い声が返ってきた。

「負けをごまかすなんて真似、絶対」

キャップの下の目は、ヘッドライトの先を見つめている。

気圧されたワタルに対し、ため息が返ってきた。

「ごまかそうとしてたのはそっちでしょ？」

「……どういう意味だよ」

「あなたが女に賭けた理由」

ワタルは黙って先を促した。

「遅い時刻だし、そうそう客はこないって考えたはず。カップルがなしなら、男より女のほうがちょっと有利かもしれない。そのうえ、あなたたちは追われてた。追手はたぶん男。もしそいつらがやってきたら勝負どころじゃなくなる。あなたはトイレに飛び込んで逃げるつもりだった」

わざわざ奥のテーブルを選んだ理由だ。

「でもそれはあなたにとって好ましい結果じゃない。ぜんぶ込みで、女に賭けた」

女なら、賭けに勝ってハコの話を聞きだせるし危険はない。両得だ。

あの短い時間の中で、言葉と挙動だけを手がかりに、すべて見透かしたというのか。

「あなたのことはだいたいわかった。だからもう大丈夫。じろじろ見る必要はなくなったから安心して」

なんの安心だ。いけ好かねえ。

くっくっく、と佐高が笑った。

「怒っちゃ駄目よ。相手してもらえただけでも光栄に思わなくちゃ」

「何が光栄だ。お前ら、いったい何者なんだ」

「勝負に勝ったら教えてあげる——といいたいとこだけど、あんたとならあたしでも余裕で完勝でしょうね」

「おい。馬鹿にしたいい方はやめろ」

「事実だからしょうがないでしょ。だってこっちはプロだもの。勝負事の」

この島で勝負事のプロ——。

「ギャンブラーか」

キャップをかぶったハコの横顔へ目をやる。自分と同い年くらいのこの女が？

佐高がいう。「あたしはコンダクター」

「……レギオンか」

「あら、するとそっちは江尻組の兵隊さん？」

やぶ蛇だ。しかしもう、隠したって無意味だろう。

「でも残念ながら、あたしはフリー」

「佐高」

「いいじゃない、これくらい」

コンダクターをまとめているのは江尻組だ。パレスに出入りする場合は競合しているレギオンの連中ですら組の担当者、新津蓮のところへ挨拶にくる。

フリーでやっている人間を耳にしたことはあるが、みな名だたる企業や金持ちの直属という話だった。佐高にその雰囲気はない。チンピラ上がりか、せいぜいどっかの不良社員に見える。ハコにいたっては、ぎりぎり成人しているだけの少女だ。

こんな変なコンビ、聞いたことがない。

「じゃあ、さっきの一千万って」

「今夜の客は仕上がりが早くてね。あれだけわかりやすい相手なら、この解析モンスターには物足りなかったでしょうよ」

「佐高。うるさい」

「はいはい、お姫さま。仰せのままに」

二人のやり取りを眺めながら、腹の底がうずいた。佐高が真実を語っているとは限らない。しかしハコに常人でない雰囲気があるのはたしかだ。一千万？　この少女が、ひと晩でそれだけ稼いだって？　同じ島の中で、おれがオンボロのブルーバードを走らせていた時刻に。

アメ車が側道へ左折し、島の北側に進入した。島民の家屋が点々と連なっている。そこここに畑や空き地が広がっている。勾配も激しい。整備されたフロントステージとは雲泥《うんでい》の差だ。酒と惰眠《だみん》に横たわる土地。この中に、ワタルの実家もある。

アメ車は指示を待つことなく、奥へ進んだ。長い指が絡みつくハンドルに迷いはうかがえない。ワタルはふり返る。ライトは見えない。尾行者は見当たらない。ハコは押し黙り、タカトはのんきに寝息を立てている。この静けさが、逆に気持ち悪かった。

※

世良紫音《しおん》はソファにふんぞり返り、なんでいちいちワイシャツに着替えなきゃならないのかなあ、と考えていた。

別にパジャマでもガウンでもいいじゃない。たとえ素っ裸だったとしても、いったい誰が困るってんだ？　文句なんていわないでしょう？　世良のお坊ちゃまにはさあ――。

「社長」

白髪の専務が責めるような口調でいう。「もうすぐきます。しゃきっとしてください」

うーん、と返す。こめかみを指で押さえ、「寝不足なんだよ」と答える。「二日酔いでもあるし」

がっつりとため息をつかれてしまった。

「すきを見せてはいけません。相手はヤクザもんですよ」

「だったら向こうも酔っぱらってたりして」

呆れ顔が、専務のとなりに座る部長にも伝染した。呆れるどころか、怒っているふうですらある。

君たち、堅っ苦しく考えるのはやめないか？　もっと気楽にいこう。大丈夫。ヤクザにびくつくほど我が社は弱っちくないんだぞ。

いうだけ無駄なのでへらへらしておく。歳は取りたくないもんだ。

パレスに隣接するホテル・クラウンの三十三階、会社で借り受けているスイートルームは応接間として使われている。格好だけ置かれている偉そうなマホガニーのデスクの向こう、せっかくの眺望もカーテンで遮られ、明かりも落としているから眠くなる。まったく、気を遣いすぎだよ。

ノックの音。案内役の秘書が入室し、わきにどく。

その後ろから二人の男が入ってくる。千鳥足じゃない。つまらんね。

「どうも社長、滝山です。ご無沙汰してます」

年かさのほうが軽く頭を下げてきた。頬骨が出っ張った坊主頭。いいガタイ。ひと目で堅気じゃないと丸わかりだ。

江尻組の若頭。会社でいうと副社長？　なんでもいいか。

「それ」滝山に付き従う新津蓮の革靴に目がいく。「洒落《しゃれ》てるね、蓮ちゃん」

「どうも」新津が鋭い視線を寄越してきた。なんだよ、いいだろ、このくらい。時候の挨拶みたいなもんじゃんか。

専務の勧めで、二人が対面に腰かけた。

「玄無署の署長からも報告があったんですが――」

部長が切り出し、島の東側、旧地区の倉庫通りで起こった殺人事件の話をはじめた。

紫音の肩書は株式会社ムーンライトの社長だ。レイランドの開発及び事業展開及び運営保全を目的に設立された会社で、世良家が経営するセーラーコーポレーションの子会社である。子会社といっても現在、株式のほとんどを紫音が保有している。ようはパパから子へのプレゼント、学生時代からふらふらしつづけていた次男坊を是が非でも一国一城の主にしたいという親心のなせるわざ。ウケるぜ。

退屈な報告は終わらない。部長が警察の情報を披露し、専務がマスコミ対策を述べる。江尻組の二人は背後関係について説明したが、ところどころぼやかしていた。別に隠さなくても、違法な取り引きをするつもりだったのは明らかなのに。

しかし彼らも必死だろう。何せセーラーは島の実権をにぎっている。そもそもランド開発を発案し推し進めた主要企業なのだから当然だ。

もちろん上には「支配者」として政府や外資が鎮座しているが、事実上、現場のこまごまとした差配はセーラーが、つまりムーンライトが担っているといっていい。ランドはその性格上、営業許可に厳正な審査が要る。その「厳正」なる審査のもととなるのはムーンライト保全部の調査結果だ。合格の免状をあげるのもムーンライトなら、不適当の烙印《らくいん》を押すのもムーンライト。営業停止から免許取り下げまで、やりたい放題できるわけだ。大げさな話、紫音の気分次第でそこらのホテルの従業員を総とっ替えするのも無理じゃない。ゆえにムーンライトは島の「管理者」と称されている。

好きにできないのはランドの本丸、支配者が統べるパレスくらいだ。

それにしたって相当な影響力をもっている。特にコンダクター業務については一任されている。江尻組を締め出すくらいは楽勝だ。

「――基本は不良外国人の同士討ちってセンに落ち着く見込みです。警察とマスコミはなんとかなるとして、問題はあちらさんが納得するかどうかです。万が一、政治問題にでもなったら事です」

部長の懸念《けねん》に滝山が応じる。「そのへんはウチがしっかりやらせてもらいます」

専務が牽制《けんせい》を入れる。「そもそも、その犯人は大丈夫なんでしょうね？　暴発して民間人が怪我でもしたら、さすがに抑えつけられなくなりますよ」

「ご心配なく。内々で片をつけますから」

かすかにすり寄る気配。「ご尽力いただいた方々へのお礼も、ちゃんと心得てますんで」

あらら、ずいぶん殊勝じゃないの。泣く子も黙る極道も、こうなったら可愛いもんだ――。笑みだけはこらえてあげようと紫音は努めた。せめてもの情けである。

「ただ、向こうさんを納得させるためにも下手人は詰めなくちゃなりません。それもウチがケツをもちます。どうかご協力を」

「そうはいいますが――」部長が眼鏡を上げながらいう。まだ経験の浅い彼は物騒《ぶっそう》な話に少しばかり緊張している様子だ。「そこで揉めたら踏んだり蹴ったりです。穏便にいきませんか？」

「ええ。もちろん。穏便にやらせてもらいますよ」

滝山の眼光と声に凄みが加わった。腐ってもヤクザか。

「現場に残ってた拳銃ですが」

これまで地蔵だった新津が訊いた。「指紋採取の結果はどうなってますか」

「ええ――」と部長が答える。「指紋は確認できなかったようです」

そうですか、と返し、新津は口をつぐんだ。

「社長」

専務がこちらを見る。「こういったところで、いかがですか」

「うん。そうね」

紫音はいちおう、考えるふりをした。らしい演技をするのが社長の務めだ。

「ランドの安全性アピールは国家戦略みたいなものだからね。ていうか日米同盟みたいな？　地位協定でもいいけど」

誰も反応しない。すべってしまった。

「まあ、いいや。ともかくそれは絶対死守の、鉄の掟なわけじゃない。それを任せられてるのがウチらなわけでしょ。会社としてはさ、やっぱリスク管理しなくちゃいけないわけね」

滝山が眉をひそめた。まさか暴力団排除なんていいださないだろうなという素敵な顔だ。

「だから、まあ、お互い力を合わせて仲良くやりましょう」

一気に空気が弛緩《しかん》した。ただし専務は、もうちょっとどうにかならないものかという雰囲気だったが。

お開きというタイミングで、忘れていたことを思い出した。

「協定といえば、この島にも変なやつがあるよね」

ふたたび空気が張り詰めた。

「あっちに隠れられたらどうするの？　滝山サン」

「……上手くやりますよ。そのへんは、わたしらもプロなんで」

「ふうん。でも面倒だよね。いろいろ気を遣いながらだと」

滝山の目がギラリと光った。

「だいたい、みなさん協定の中身なんかよく知らないんじゃない？　島民に迷惑をかけないようにしましょうってくらいでさ」

「社長」専務が慌てたように制してきた。「それは我々の権限を超えています」

「うん。馬鹿らしいよね」

空気が凍りつく。愉快だ。

「純化作戦の見返りなんだろうけど、もう何年も前の話でしょ？　あれにコストを払ったのは敷島サンだけじゃないわけだしさ。セーラーだって江尻サンだって、金と労力を割いてるじゃない？」

キン、と静寂が張りつめた。

純化作戦。別名、カジノ戦争。レイ・ランドが秘める暗部。

それはランド建設計画が決まった時点で、密かに企まれていたという。

政府と、セーラーコーポレーションを中心とする大手民間企業が集まった組織委員会は国内初の統合型リゾートを成功させるべく、目玉となるカジノの運営ノウハウを諸外国に求めた。米国カジノ業界だけでなく、マカオ、香港などからアドバイザーを招き、フロアのレイアウトにディーラーの教育まで手取り足取り教えを請うた。

そしてオープンの二年前、彼らを締めだすジャッジを下した。レイ・ランドは世界に冠たる日本国の一大国家事業である。よってランドは日本人の手で運営されねばならない。余所者はお呼びでない。さあ、出ていきなさい。

もちろんこうした威勢の裏には、事実上の親玉であるアメリカ巨大資本が控えていたわけで、愛国精神はジョークにすぎない。ようするに利益独占が目的である。

当然、使い捨てにされた側は黙っちゃいない。「ハイ、そうですか」となるはずがない。続々と海を渡ってくる外国人マフィアによる妨害工作、脅迫、暗殺、そして報復。工事関係者が襲われ、島民にも被害があった。玄無島はいっとき、禁酒法時代のシカゴなみに危なっかしい場所となり、強姦《ごうかん》や強奪、そして当たり前のように死者がでたという。

こうした事情は、いっさい本土で報じられていない。

純化作戦の矢面に立ったのがムーンライト、関東大栄会、そして敷島一派だ。

紫音がコネと金で大学に入学したばかりの時分、純化作戦は組織委員会側の勝利で終結した。正確な被害を知る者に会ったことはないけれど、もっとも血を流したのが敷島一派だという噂は聞いている。

その功績を認め、なおかつ島民の手綱をにぎらせるため、組織委員会はランド開発に伴う「協力費」の一括管理を敷島に任せた。年四回島民に支払われる現金はいったん敷島を経由し、払うも渋るも金額さえも、敷島の胸三寸というシステムがつくられた。こうして敷島は名実ともに旧地区の王となったのだ。

「敷島にだって協力費と管理費の名目でけっこうな額を渡してるよね。ピンハネはし放題、竜宮町も治外法権。そのうえ不可侵なんて、ちょっと欲張りすぎでしょう」

にこりと笑ってみせる。専務は咎めるようなきつい表情で、部長は青ざめてうつむき、滝山は挑むような鋭い目で、それぞれが紫音の笑みを受け止めていた。

新津蓮だけが、醒《さ》めた無表情を保っている。

「ま」紫音は滝山に、明るく告げた。「不便があったら相談してよ」

ぜひ——といいながら滝山が立つ。

上司につづいて腰を上げた新津と一瞬目が合った。紫音の可憐なウインクに、彼は冷たく目礼を寄越し、さっさと滝山のあとを追っていった。

「社長。こんな場で安請け合いしちゃ駄目です」

専務の小言を「はいはい」とかわしておく。

まったく……とこぼしながら専務がまとめる。「とにかく収束を待ちましょう。社長もしばらくは大人しくしといてくださいよ」

「ねえ、専務」

専務が中腰のままこちらを向いた。

「飲みたい。ピンドンがいいな」

その軽蔑《けいべつ》の眼差し。失礼しちゃうなあ。

4

いったん夜が白みはじめると、視界がはっきりするまで時間はかからない。島の東側で朝日を遮《さえぎ》るのは目の前にそびえる山だけだ。それも山と呼ぶにはおこがましいほどのサイズにすぎず、海岸線から注ぐ直射日光を浴びるはめになる。

敷島の屋敷は、果樹園を突っ切る一本道の先にあった。逆三角形をした旧地区の、南の頂点にあたる旧玄無港と正対する、島の玉座みたいな場所だ。その位置的な栄光は新地区の誕生によって失墜したが、彼の権威は変わらない。敷島茂吉は玄無島の顔役でありつづけている。とはいえ、しょせんは離島の王だ。城壁とはほど遠いひび割れた土塀、石造りの門柱、錆の目立つ鉄柵。屋敷自体、豪邸という規模じゃない。本土と比べたら中の下、よくある小金持ちといったところだ。


門の前で仁王立ちする、いかつい若衆さえいなければ。

「冗談だろ?」

屋敷の手前で停まったアメ車の助手席に、ワタルは身を乗りだした。

「ここまできといて?」

ハコは前を向いたまま、しれっとしていた。さあ行こうというまぎわ、彼女はいい放った。「お好きにどうぞ」と。

「せめて門の前までついてきてくれ」

「なぜ?」

「なぜって……ジーナの顔を立てるんじゃなかったのか?」

「送ってあげたんだから充分なはず」

そんな小理屈に用はなかった。

ワタルは座り直し、声に怒りを滲ませる。

「話はついたってカベさんはいっていたんだぞ。お前といっしょなら会ってやるって約束だ。破ればニ度とチャンスはない」

「それが?」

「あの門番はそのために立ってるんだ。おれたちだけじゃあ問答無用で追い返される」

「だから、それが?」

この女!

「ぶっ飛ばしたらいいじゃん」

あくびをしながらタカトがいう。「三分もかかんないよ」

「約束を破ったうえに喧嘩してどうすんだっ」

タカトは眠そうに首を回すだけ。

「敷島に、そんなに会いたくないのか?」

ハコは応じない。

「なんでだ。訳をいえよ」

ジーナの手配である以上、ハコに危害が加わる心配はないはずだ。なのになぜ、こうも頑ななんだ？

「それを教える必要はないはず。賭けはわたしが勝った。しかも二連勝」

『美姫飯店』からここまで、ぴったり二十分の道行きだった。

「……敷島の協力がなきゃ、おれたちは終わりだ。殺される」

「同情がほしいの？」

言葉に詰まった。ハコのいう通りだ。おれは今、同情を買おうとしていた。

奥歯を噛む。何やってんだ、ワタル。思い出せ。なんのためにこの世界に飛び込んだのか。

「――わかったよ、偏屈女」

ワタルは息を止める。思考をめぐらす。

「ひとつだけ協力してくれ。佐高さん」

佐高がミミズみたいな目を開いた。

「あの門番がいるあいだ、あんたはニヤニヤしながら膝の上に手をのせておいてくれ」

わけのわかっていない佐高からハコへ視線を移す。

「ハコ、勝負だ。おれたちがあの屋敷に入って出てくるまで、どれだけかかるか賭けよう」

文句をいいかける佐高を無視し、ハコに告げる。

「おれは二十四時間に賭ける。いいか？　途中放棄はお前の負けだ。勝ちたけりゃ、結果が出るまでここにいろ」

蹴るようにアメ車を飛び降りた。

車に残ったハコへ手をふるタカトを引き連れ、門番の前に立つ。タンクトップからのびた太い腕を組んでいる。こんがり焼けた肌が、オレンジ色の朝日を浴びている。三十代くらい。無精ひげをたくわえた面はごつごつしている。いかにも喧嘩慣れしてそうだ。

アメ車が走り去らないことを祈りながら話しかける。

「『ハニー・バニー』のジーナから連絡があったはずだけど」

「ああ。男二人とは聞いてねえけどな」

「こっちにも事情があるんだ」

「話してみろよ」

「敷島さんに直接伝える」

「はあ？　そんなの通じるわけねえだろ」

「とにかく敷島さんに会わせてくれ。ちゃんと説明するから」

「なめてんのか？」

腹の底で緊張がふくらむ。

「あの運転手」

ワタルは親指でアメ車を指した。

「あいつのこと知ってるか？」

「さあ。興味ねえな」

「拳銃を持ってる」

門番の眉間にしわが寄った。

「ハコに突きつけて、動けないように脅してんだ」

彼の目がアメ車へ向かう。

「見るな。刺激したくない。——気色悪い面してんだろ？　クスリでラリッてんだ。だから敷島さんと相談したい」

悩む様子が浮かんだ。

「おい。ぐずぐずしてたらハコがどうなるかわかんねえぞっ」

不満げな一瞥を寄越し、「ちょっと待ってろ」と屋敷へ向かう。

「いつか舌を抜かれるぜ」

ニヤつくタカトに、「土に埋められるよりマシだ」と返す。

陽がのぼり、汗が流れてくる。ゲコゲコと蛙の鳴き声、蟬の声。鶏の雄たけびも響いている。敷島は豚も飼っていると聞く。島の行方不明者の何人かは、そいつらの養分になったとか。

「タカト」

「あん？」

「あれ、やるぞ。見逃すなよ」

返事の前に門番が戻ってきた。

「入れ」

まずひとつ、関門を突破。

石畳の道をゆく。敷島の屋敷を訪れるのは二回目だ。もはや記憶も定かでないガキのころ、おそらく父親の仕事の関係で開かれた宴会に招かれた。今もそのときも、左右の庭に繁る様々な植木が何か、ワタルにはさっぱりだ。

まだあのころは、父親もしっかりしていた。退屈な毎日を、どうにかやり過ごしていた。

玄関の前に、別の男が立っていた。アロハシャツにハーフパンツ、つっかけという出で立ちだ。歳は門番と同じくらい。横にでかい体格で、黒髪を後ろにしばっている。濃いあごひげ、厚い唇、タヌキみたいな目をしている。

「ひでえ面だなあ」

タヌキ目の男が、のんびりとした口調でタカトを見やった。

「軟膏《なんこう》、塗るか」

「大丈夫っすよ。こんくらい三日もすりゃあ治るし」

「三日より二日のほうがいいだろ」

「あ、ほんとっすね。じゃあ、ぜひ」

タヌキ目がかすかに笑った。

彼が「もういいよ」と声をかけると、門番は丁寧に頭を下げ石畳の道を戻っていった。

玄関の戸を開けながらタヌキ目がいう。「おれは定太郎《じょうたろう》ってんだ。よろしくな」

どうも、とワタルは返し、彼の背につづいた。

敷居をまたぎ、足が止まった。三和土《たたき》の先の廊下はなめらかなフローリング、清潔感のある柱やガラス戸が目に入る。古めかしい外観を裏切る、まるで高級マンションだ。

「君、ウチにきたことあるのか」

「……ええ。昔に一度」

「じゃあびっくりだよな。気が向きゃあリフォーム、リフォームって感じだからな。似合わないっていってんだけど、じいちゃんはそういうの目がないんだな。そのうちエレベーターとか言いだすだろうな」

定太郎は愉快げにもらしながらつっかけを脱ぎ、素足のまま廊下を踏んだ。

と、奥の部屋から門番の男と似たり寄ったりのいかつい若衆が二人、廊下に現れた。定太郎のあとにつづくワタルたちにきつい視線を投げてくる。

「そのジャケット、洒落てるな」

ゆっくり歩きながら定太郎が話しかけてきた。「ビームスとかか？」

「……まあ、そんな感じです」

「ふうん。やっぱり東京はなんでもあるな」

「通販でも買えますよ」

「離島送料かかるだろ、ここは。シャンゼリゼの店は高すぎるし」

「あそこは観光地価格ですから」

「おれに似合うとも思えない」

「いろんな種類がありますよ」

「拳銃なんて嘘なんだろ？」

とつぜんだった。

「答えなくてもいいけどな」

ワタルはその通りにした。

「ハコが素直にくるもんかって、それはじいちゃんもわかってんだ」

「ええ……そうでしょうね」

ワタルは曖昧に応じた。ハコと敷島の関係を問い質したかったが、少しでも風上に立っておきたい。

「ハコは相当、恨んでるみたいですから」

ワタルの探りに、定太郎はヒントを与えてくれなかった。「恨むかあ」とつぶやきながらのしのし進む。

「ま、がんばってな」

定太郎に、部屋の中へ促された。

ひと呼吸つく。ワタルは二人の若衆をにらみ返してから襖を越えた。

広い和室だった。薄緑の畳が整然と敷き詰められ、板の間には大層な掛け軸や壺がある。壺には花が活けてある。もちろん花の名前をワタルは知らない。

掛け軸を背に、小柄な老人があぐらをかいていた。作務衣の胸元に左手を突っ込み、薄い胸をぼりぼりかきながら、にたらと笑う。妙に迫力のある吊り目がこちらを見上げる。黒染みの目立つ肌と不釣り合いなピカピカの金歯がずらりとならんでいた。

敷島茂吉の姿は、おぼろげだったワタルの記憶と一致した。昔より小さく感じるのは、お互い歳をとったからか。

敷島が、右手であおいでいた団扇《うちわ》をこちらへ向けてきた。

「渡来《わたらい》んとこの坊主だな」

立ったまま、「ワタルです」と答える。

「そっちのゴンタは真中《まなか》の倅《せがれ》か」

へへっとタカトが頭をかく。

「おめえらの噂はよく聞こえてたぜ。好き勝手に遊び呆けてる悪タレだって」

「じいちゃん」

背後から、定太郎の苦笑が聞こえた。「昔話なら座ってもらってからでもいいんじゃないかな」

ふん、と敷島は返した。しかし笑みは消えていない。覚悟していたほど邪魔に思われてはいないらしい。

敷島の正面に、ワタルとタカトは腰をおろした。そのすぐ後ろに定太郎が座る。障子は開け放たれ、庭の様子が見通せた。生温い風が吹いてくる。

「エアコンってのが苦手でな。ありゃあ毒の風だ。間違いねえ。なかなかくたばんねえジジババを殺すための、国の陰謀かもしんねえな」

「マジっすか」

馬鹿正直に反応するタカトの太ももをワタルはつねった。

敷島はニヤニヤしながら団扇をあおいでいる。

「悪りいけど、茶はださないぜ」

「かまいません」

「かまいません、ってか。坊主、今年幾つだ」

「……もう二十歳です」

「まだ二十歳か。いいねえ。若いなあ。おれにわけてほしいくれえだ」

「敷島さん」

声が力んだ。

「時間がないんで、単刀直入にいいます。力を貸してください」

「おいおいおいおい」敷島が吊り目を大げさに丸くした。「なんのこっちゃわかんねえなあ。おりゃあわざわざ早起きして、島に住んでたガキんちょと仲良く茶飲み話に花を咲かせようってだけのつもりだぜ？」

だったら茶をだせ――。ぐっと奥歯を噛む。

「ジーナから、話はついたと聞きました」

「あのババア、ほんと昔から気に食わねえよ。お高くとまりやがってよお。知ってるか？　あいつ太ももに墨入れててよ。なんの柄《がら》だと思う？　銃弾だ。銃弾だぜ、ピストルとかの。誰がてめえの股ぐらに撃ち込むってんだ、アバズレが」

「敷島さん」

「おお、そうだそうだ。ジーナといえばあの女、昔ハーレー乗り回してたんだぜ。こんな島でブルンブルンいわせてよお。冗談じゃねえよ。おめえは峰不二子《みねふじこ》かってんだ」

「敷島さん！　頼むから話を聞いてくれ」

「寝言こいてんじゃねえぞっ！」

とつぜんの怒号に、ワタルは背筋をのばしてしまった。

「おう、渡来のガキ。てめえ、この敷島にもの頼むなら、それなりの土産持ってくるのが筋じゃねえのか。話がついただあ？　だったらなんでここにハコがいねえんだっ。ついた話のケツも差し出せねえ半端もんが偉そうにしてんじゃねえぞ！」

団扇が飛んできた。かわす間もなく頬をかすめてゆく。

「まずは詫び入れてからだろが。おでこつぶれるくらいこすりつけてからじゃねえのか？　なんだあ、それともおめえ、この敷島がガキのわがままにへいこら従うとでも思ってたのか？　しょせん田舎のジジイとでも思ったか？　おう、教えてやらあ。田舎だろうがメガロポリスだろうがよお、人間一人消えるのは、あっけないもんだってよお」

「待って」ようやく声が出た。「待ってくれ」

「待ってくれえ？」

待ってください――。しかしそれは言葉にできなかった。

すぐにハコを連れてくる――。それも言葉にできない。あの女が素直に従うはずがない。

「取り引き。取り引きをしよう」

「ほう」敷島がニヤケ面に戻った。「おもしれえことというなあ、坊主。この期に及んで取り引きとは恐れ入るぜ」

「おれは江尻組と話ができる」

一瞬、敷島の吊り目がギラリと光った。

そこに賭け、ワタルは口を動かした。

「ランドの利権を貪ってるのは本土の連中だ。旧地区はせいぜい竜宮町くらいだろ？　あんたほどの人が、それで満足してるはずがない」

震える胃袋をねじ伏せ、迫るように畳みかける。

「おれならあいだをつなげる。おいしい話をもってこれる」

「おれなら、ってか」敷島が皮肉に笑った。「いったい何世紀後だ？　そんな与太《よた》を信じる馬鹿がどこにいる？」

「――難しいことを頼むつもりはないんだ。オールバックの大男とジャージのおっさんを探してくれるだけでいい。あんたならフェリー乗り場の職員に手配するくらいわけないだろ」

敷島が身を乗りだしてくる。

「おめえの、兄貴分の名前は？」

ワタルは拳をにぎった。爪が食い込んだ。

「取り引きといいだしたのはそっちだぜ」

新津の名は出せない。組はワタルたちを下手人として追っているのだ。変に巻き込めば迷惑をかけてしまう。

「話になんねえな」

手団扇であおぎ、金歯を見せる。

「だいたいよお、本土ってんなら、おめえもあっちの人間だろう」

敷島が、嘲るように鼻を鳴らした。

「夏絵《なつえ》さんの葬式は、おれがあげてやったんだぜ?」

ワタルの母親の名だった。

「渡来の野郎は役に立たねえし、おめえはどっか行っちまってたしな」

家出のように東京へ移り住んだあと、家族がどうなったか、ワタルはほとんど知らない。酒が原因で問題を起こし消防署をクビになった父親が、ずっと塞ぎ込んでいた母親をぶん殴っている光景が最後の記憶だ。

「島を見捨てて出てったくせに、今さら泣きつこうってのはムシが良すぎねえか?」

「――あんたに、何がわかる」

「わかるもんかよ。だから助ける義理もねえ。これが都会もんの大好きな、ドライでクールな考えってやつだろう?」

交渉決裂。

敷島の金歯をにらみながら、ワタルは息を止めた。二秒半。右手で左肘をさすり、そのまま鼻にふれる。

と、

「あーーーっ」

タカトが遠吠えのような声をあげた。

「ムカつく」

肩をつかまれた。そのまま畳に押し倒された。

「お前が悪い」

いいながら、タカトが拳をふり上げる。狙いはワタルの顔面に定まっていた。

「おいおい」

その拳は降ってこなかった。定太郎が、タカトの手首をにぎっていた。

「こんなとこで内輪揉めしないでくれるかな」

のんびりと笑い、そのまま敷島に視線を投げた。

「じいちゃん。化かし合いはもういいだろ」

ふん、と敷島の鼻息が聞こえた。

「フェリー乗り場は手配済みだ」

「えっ?」

驚く間もなく敷島がつづける。「寝るとこも用意してやる」

「じゃあ――」

「だが、見つけたそいつらをどうするかはおめえ次第だ。条件はふたつ。まず江尻組の上の人間と話をさせろ。後々揉めたかねえからな」

そしてもうひとつ——。

「ハコだ」

敷島が、弱々しいため息をついた。

「あの頑固もんを、ちゃんと説得してくれ」

背後に気配を感じた。定太郎と二人の若衆が囲うように立っていた。いつの間にか定太郎の手に、拳銃がにぎられている。

「期限は二日。いいな？　これが取り引きってやつだ」


廊下を玄関へ歩きながら、定太郎が苦笑をもらした。

「ああはいってたけど、じいちゃんはジーナのばっちゃんに弱いんだな。こいつはいちおう面子《メンツ》のための、儀式みたいなもんなんだ」

銃をハーフパンツの腰に差す。にこにこしているが、その手つきは慣れている。

「ちょっと待ってな」

キッチンへ促され、タカトと二人、ぼけっと椅子に座って待った。若衆もどこかへ消え、逃げだすのは簡単だ。行く当てなんてなかったが。

「あれ、サインか？」

軟膏を持って定太郎が戻ってきた。タカトの前に座り、白いクリームを青たんに塗りはじめる。

「急に叫ぶからびっくりしたな」

「……そのわりに、反応早かったっすね」

「うん。この子、君が肘にさわったとたん座り直したからな」

てへ、とタカトが笑う。死ね、と思う。

「……ガキのころ、絡まれたときのためにつくったんです」

「何パターンくらい？」

「五、くらい」

「さっきのは？」

「あれは、分が悪いときにこっちで喧嘩をはじめて、うやむやにするやつです」

「へえ。おもしろいなあ」

ほかにも「問答無用で逃げる」や、「とにかく襲いかかる」などがある。

「肘の次にどこをさわるかで決まってるわけだ」

「……よく観てますね。あの解析モンスターにも勝てそうです」

「ハコのことか」

定太郎が、塗り終わった軟膏の蓋を閉めた。

「定太郎さんは、敷島さんの孫なんですか」

「そう見えるかな」

見えない。体格も顔つきも、まったく似ていない。

「ハコも――って思ってたか？」

「違うんですか」

「じいちゃんには息子が三人いたんだけど、二人はもう亡くなっててな。残りの一人は島が嫌になって、ずいぶん前に出てったっきりだ。今は関西のほうで暮らしてるそうだな」

「じゃあ――」

「隠し子でもないな」

「養子、ですか」

ふわっとした笑みが応じた。「まあ、そんなとこだな」

丸い身体を起こし、こちらを見下ろす。

「さて。悪いが、ここに匿《かくま》うわけにはいかない。立場ってもんがあるからな。わかるだろ？」

ワタルはうなずいた。「おれら、指名手配犯ですから」

真偽はどうあれ江尻組がそう考えている以上、ワタルたちを大っぴらに助けることは揉め事の種になりかねない。

「話が早くて助かるな」定太郎が頬をゆるめる。「協定があるといっても、ウチと江尻さんがツーカーってわけじゃないからな。むしろそっちは邪魔に思ってるだろ？　商売敵だもんな」

シャンゼリゼの飲み屋街は組が仕切るシマの一部だが、竜宮町は完全にノータッチの決まりだ。売買春も含めた夜のビジネスを簡単にあきらめるほど、ヤクザは人ができてない。

定太郎が困り顔をつくった。

「こっちのおっちゃんが、そっちで悪さすることもあるしな」

旧地区の島民によるツケの踏み倒し、店の女の子への過剰なちょっかい。数え上げればキリがない。酒で気の大きくなったオヤジどもは決まって最後にこう叫ぶ。お前ら協定を破る気か！　程度にもよるが、たいてい新地区の人間が泣き寝入りとなる。

「まあ、憧れとジェラシーだな。フロントステージとかバックヤードとか呼んでるのも同じだろ。大目に見ろとはいわないが、わかってやってほしい部分もあるな」

「おれ、バックステージって好きっすよ。バックブリーカーみたいで格好いいもん」

意味不明なタカトの合いの手に、定太郎がタヌキ目を細めた。

「そろそろ行こうか。姫さまに挨拶がしたいしな」

アメ車は停まったままだった。直射日光をまともに浴びた運転席で、口をおっぴろげた佐高が爆睡していた。

定太郎の姿を認めた瞬間、助手席のハコが目を逸らした。定太郎は門番の若衆に軽く労《ねぎら》いの声をかけ、腹をゆらしながらアメ車へ近寄った。

サイドウインドウをノックする。

「よお。元気そうだなあ」

窓を下ろしたくせに、ハコは目を合わそうともしない。

「なんだ。久しぶりだってのに冷たいな」定太郎がのぞき込みながら肩をすくめた。「お前がもうちょっと心を広くしてくれたら、いろいろスムーズに運ぶんだがな」

「定兄いには関係ない」

斬るような口ぶりに、定太郎がやれやれと苦笑をもらす。

「これから後ろの兄さんたちを山小屋に案内するんだが、お前も来てくれるよな」

「――なぜ?」

「アシが足りないんだ。おれのバイクじゃ三人は無理だ」

「それこそわたしには関係ない」

「国語ゲームを憶えてるか?」

ハコが、定太郎へ視線を向けた。

「懐かしいだろ。お前にせがまれてよく遊んだ。会話の中で先に同じ単語を繰り返したほうが負けってルールだ」

ぷいっと顔を逸らしたハコに、定太郎がニヤリと笑う。

「関係ない――といわないのか？」

ハコがきゅっと唇を結んだ。妙に初々しいふくれっ面だ。

「おれがお前に勝ち越してる唯一のゲームかもしれないな。いや、算数ゲームも理科ゲームも勝ち越してるか」

「……八歳とか九歳のころの話」

「うん、まだおしめしてたころだな」

「おしめはしてない！」

定太郎はからりと笑い、後ろでしばった髪にふれた。「まあ恩返しのつもりで、今度はおれの遊び相手を務めてくれてもいいんじゃないか。山小屋には美味いペヤングも置いてある」

どれもいっしょじゃん――。不貞腐れたように吐き捨て、それからハコはワタルをにらんだ。

「早く乗れば？」


「なんであたしがこんな目に！」

寝起きの不機嫌さでぶつくさ文句を垂れながら、佐高はアメ車のハンドルをにぎっていた。からかわれた傷が癒えていないのか、ハコはむっつり黙りこくっている。

前方を走る定太郎の、キャンプにも行けそうなごついタンデムバイクにタカトの目が輝いていた。

「たぶんあれ、変形とかするぜ」

「んなわけあるかよ」

「ターボはついてるだろ」

「知らねえよ」

「ワタルって、ロボットの二足歩行は無駄とかいうタイプ？」

いや、それはアリだと思うけど。

はしゃぐタカトの袖を引き、声を潜め訊く。「お前、あの人とやれるか？　アレ込みで」

拳銃のことだ。

「最悪の場合、奪ってこっちのものにしたい」

う〜ん、とタカトは腕を組んだ。

「けっこうやる感じなんだよなあ。さっきのパンチ止めるのも、そんな簡単じゃないはずだし」

「見かけによらず、か」

「喧嘩は先手必勝じゃん？　一発いいの入ったらそうそう逆転できないからさ。でもあの人、なんか耐えそうな気いするんだよね」

脂肪が守ってくれるとかいう意味じゃなく。

「それにおれ、あの人とはやりたくねえわ」

甘いこといってんじゃねえ――。頭はそう思ったが、言葉にはならなかった。だいたいタカトに説教して実ったためしはない。

「でもそんな心配いるか？　めちゃくちゃ親切にしてくれてんじゃん」

「馬鹿っ。いざとなったら敷島は、おれらを組に差し出すつもりなんだよ」

「ええっ。嘘お」

驚くタカトの反応に驚く。こいつ、オレオレ詐欺にも引っかかるんじゃないか。

「敷島にすりゃあ、おれたちは交渉のネタだ。真犯人を捕まえるもよし。それが無理なら黙って引き渡すもよし。どっちにしても貸しはつくれる」

くっくっく。運転席から笑い声が聞こえた。

「あんた、そういう知恵はよく回るのね。どんな育ち方してきたの？」

「うるせえ。人のこといえんのか」

「あら、耳が痛い」

愉快げな佐高に苛つきながら窓の外へ顔をやる。すでに十分、山道を東へ走っている。この辺りは昔のままだ。しかし「たぶん」としかいえない。ワタルは山で遊ぶ子どもじゃなかった。かといって浜辺に通っていたわけでもない。子どもたちの遊び場を、いつの間にか避けていた。

「何よ、あれ」

佐高の声で我に返り、前方へ目をやる。

てっきり小屋かロッジを想像していた。けれど森の中に現れたのは灰色の長方形。素っ気ないコンクリートの建物だった。

「拷問とかに便利そう」

他人事のように笑いながらアメ車を停める。

定太郎の手招きにタカトとハコが、そして観念したように佐高がアメ車を降りた。

「ちょっと」後部座席に座ったままのワタルに、佐高の声が尖った。「何居座ってんのよ」

「先に行っててくれ」

「は？　腰抜かしちゃったわけ？」

「うるせえ」

定太郎が寄ってきた。開いた後部座席のドアからのそりと顔をのぞかせる。「とって食ったりはしないけどな」

「――電話をする」

「聞かれたくない、ってことか」

「早いほうがいいだろ？」

うん、と定太郎はうなずいた。

「ペヤングとラ王、どっちがいい？」

「……醤油ラーメンならなんでもいいよ」

わかった、といってドアを閉める。

タカトたちを引き連れアジトへ向かう定太郎の背中を見送り、ワタルはポケットからスマホを取りだした。

連絡するなといわれている。しかしほかに方法は思いつかない。ワタルは新津の番号にワンコールを入れた。

折り返しを待つあいだ、固いシートにもたれ目をつむった。一人きりになるのは何時間ぶりだろう。それも山の中で、見ず知らずのアメ車の後部座席で。考えると笑えてきた。疲れが押し寄せ、神経と筋肉が弛緩する。このまま寝てしまいたくなる。

ガキのころ、山や海で遊ばなかった理由は単純だ。友だちがいなかったのだ。この島でのんきに遊ぶ同年代の連中に苛立ち、ことあるごとに反発した。ウザいガキだったと自分でも思う。疎まれるようになり、ワタルはワタルでそんな奴らに媚《こび》など売るまいと意地を張りつづけた。

気がつけば竜宮町に入り浸っていた。ちょうど島の開発が決まり、工事関係者が客として流れてきた時期。さびれた歓楽街が息を吹き返す過渡期。

昔も今も、この島には酔っぱらいしかいないとワタルは思っている。旧地区の島民でまともに稼いでいる人間は多くない。そもそも稼ぎ口がほとんどないのだ。それでも島民が竜宮町で毎晩のように飲み明かし、たまにシャンゼリゼへ繰りだせるのは、ランドから支払われている協力費のおかげだ。働かずとも食っていける金。開発にまつわる様々な問題はこれで丸く解決したといわれている。そして島民の脳みそをアルコール漬けにした。

タカトとサインを決めたのは中学に上がるより前だ。悪ガキ対策ってだけじゃない。竜宮町をぶらつく二人に絡んでくるのは酔っぱらった大人のほうが多かった。中にはレイプまがいのことをしてくるくそ野郎もいた。

それでもこの島で、竜宮町しか行く場所はなかった。

どうすればここから抜けだせるのか。いつもそれを考えていた。

母親が死んだとき、ワタルは裏カジノに出勤していた。誰にも連絡先を教えておらず、島から報《しら》せは入らなかった。彼女の死を知ったのは、骨になって二ヵ月も過ぎたころだ。仕事帰りに道端で倒れたのだという。熱中症だったと聞いている。竜宮町で働いていたそうだが詳しくは知らない。知りたくもない。

わかっているのは、飲んだくれの父親のせいで近所や親戚からつま弾きにされていた彼女の、面倒をみてくれる人間はいなかったってことだけだ。

埋め立て工事がはじまった十年前から、ランドがオープンするまでの五年間、変わったのは新地区だけじゃない。旧地区の上下にルートゼロの環状道路がのび、中央にルートワンが通った。その道沿いの家には立ち退きの話が転がり込んだ。地価の数倍、十数倍なんて噂もある。多くの住民が喜んで土地を売り払い、本土へ越していった。タカトの両親もそのクチだ。

もしも――と考えることはある。もしもワタルの家がルートワンかルートゼロの道に建ち、やり直せる金をつかめていたら。そうしたら、何か違ったのだろうか。飲んだくれの父親は正気に返り、ひたすら鬱々《うつうつ》としていた母親に笑みが戻り、そして自分は、裏カジノの暗がりと無縁の生活を送っていたのだろうか。

――考えても無駄だ。たとえ過去に戻れても、手札が変わるわけじゃない。

父親は昔のままだと耳にする。協力費を頼って酒に溺《おぼ》れ、だらしなく横たわっているのだろう。宝くじで六億当てたと聞かされたって、二度と顔を見る気はない。

フロントガラスの先で、定太郎のタンデムバイクが木漏《こも》れ日に照らされていた。

――蓮さんのバイクは、クラシックタイプだったな。たしかイタリア製の復刻版だったはずだ。メカが好きなくせにオンチなタカトと違い、おれは上手く運転できた。夜中、まだ工事中だったルートワンに侵入し、フルスロットルでぶん回し、あとで頭をはたかれたっけ。

あのバイクを、新津がどうしたかは聞いていない。

ブルッとスマホが震えた。

「――ワタルです」

〈無事か〉

新津の声は落ち着いていた。それがワタルにぴりっとした緊張をもたらした。

前回電話で話してから今朝までのことを伝える。三連敗しているハコとの勝負を除いて。

勝手に組の名を持ちだしたことを咎められるかと覚悟したが、新津は「そうか」と返してくるだけだった。

〈今はどこだ〉

「山の中腹の、東のほうにある建物です。ドライブインとそんなに離れてないと思います」

〈つけられてないだろうな〉

「それは、大丈夫だと思います。ただ、敷島の見張りが拳銃を持ってて」

〈いきなりぶっ放されることはないだろう。とりあえず大人しくしとけ〉

「大人しくって――」

〈見つかれば終わりだ〉

滝山の号令でかき集められた組員や下っ端が明け方近くに入島したという。総勢十五名。在島の者を足せば二十名にのぼる。フロントステージだけでなく、バックヤードにも手を回すつもりなのは明らかだ。

「問答無用ですか」

協定など無視して。

〈状況が悪い。島の管理者もある程度は黙認のかまえだ。部長はやる気まんまんだからな。山狩りだってしかねない〉

冷や汗が流れた。

「……オールバック野郎は？」

〈フェリーに乗った形跡はない。今、それ以上は動けない〉

新津にしてもワタルたちを追っている建前なのだ。ホテルを回って宿泊客を問い質すなんて真似はできないだろうが――。

「奴らに逃げられたらおれの無実は証明できなくなります。危険に目をつむれば小型ボートで本土へ渡ることも無理じゃないし、時間が経てば経つだけ、逃げられる可能性は増えちまう。奪われた荷物も取り返せない」

ろくでもない嫌疑をかけられているだけでなく、ワタルたちは逃亡し、その道中で滝山の手下をのしている。滝山は愛用のペンチで相手の歯を抜くのが趣味という変態だ。捕まれば、楽に死ぬことすら難しいだろう。

「指をくわえて待ってろってんですか?」

〈焦るな。こっちも調整が要る〉

「でも」

〈おれを信じないのか?〉

ワタルは言葉をのみ込んだ。

〈お前はよくやってる。今は我慢して、そのまま上手く立ち回っておけ〉

不安が薄れる。新津の言葉に安堵を覚える。

〈アタッシュケースは持ってるな?〉

「あ、ケースはジーナに預けてあります」

返答が消えた。

〈何勝手なことしてんだっ〉

心臓が縮みあがった。

〈てめえ、ジーナがパクったらどうする気だ〉

「いや、ジーナは、あの人に限って――」

〈甘えてんじゃねえぞ〉ぶつような声だった。〈疑え。誰も彼もだ。じゃないとてめえ、いつまでも使いっパシリのままだぞ〉

体温が下がった。呼吸が苦しい。

〈理由をつけて取り返せ。もう二度と、誰にも渡すな〉

「――はい」

〈今夜中だ。いいな〉

「わかりました」

ワタル――。新津の声がかすかに和らいだ。

〈敷島とはちゃんと話をつける。おれはお前らを見捨てない。だからお前も、おれの期待を裏切るな〉

電話が切れた。

アメ車を出ると強い日差しを浴びた。立ちくらみを覚えた。


半開きのシャッターをくぐった先で、ガシャコン、と金属の音がした。

「うおりゃあああ」

あっけにとられるワタルの目に、トレーニングマシーンに座ってハンドバーを高速で上げ下げするタカトの背中が飛び込んできた。

「おお、大したもんだなあ」

にこにことこと眺める定太郎のそばにはサンドバッグがぶら下がっていた。倉庫のようなアジトの中には、ほかにも下半身用のマシーンやバーベルのたぐいがごろごろしており、まるっきりジムか道場といった雰囲気だった。中央の広いスペースにマットまで敷いてある。

「レスリングのやつだ」

目を丸くするワタルに定太郎が応じた。「スパーリング用のな。ここは昔からウチに出入りする連中のジムなんだな」

「……兵隊のしごき場ってわけですか」

「昔はな。今はたんなる遊び場だな」

壁にはさりげなく、数本の日本刀が備わっている。どこが遊びだ。

「多いときは十人以上で合宿をしたこともあったな。今じゃ半分も集まればいいほうだ。若い奴はどんどん減ってる」

定太郎が口もとをゆるめる。

「その気があるなら通ってくれてもいい」

「勧誘ですか」

「みんなでわいわいやりたいだけさ」

と、サンドバッグにパンチを放つ。スピードはのろいがさすがに重量級だ。サンドバッグがぶるんとゆれる。

「やってみるか?」

「やめときます。怪我でもしたら馬鹿らしい」

「大人だな」

「遊んでられる状況じゃないでしょう」

「蓮はなんて?」

この人の、このやり口には慣れた。しかしそれでも、動揺は隠しきれなかった。

軽く息を吐く。「なんのことです？」

「隠さなくていい。ウチは敷島だからな。島のことはだいたいわかってる」

江尻組の誰がフロントステージを仕切っているのか。そしてワタルとタカトが島で誰とつるんでいたのか。知らないほうがどうかしている。

「じいちゃんもそこは承知してるんだ」

ワタルはだんまりを決め込んだ。バレているのと自ら認めるのとでは雲泥の差だ。

ごまかすように訊く。「ハコは？」

「上でシャワーよ」

マットの向こうから答えが返ってきた。バランスボールに腰かけた佐高が、手にしたスマホを胸ポケットにしまった。その背後には鉄製の階段がむき出しでのびている。「覗いたらぶっ殺すってさ」

誰が――。

定太郎がいう。「君たちもシャワーを浴びたらいい。上には食堂も仮眠室もあるからな。好きに過ごしてくれ」

「至れり尽くせりね」

佐高がバランスボールから立ち上がった。

「ありがたいんだけど、あたしらはそろそろお暇《いとま》させてもらいますよ」

長い手足をぶらつかせて歩きながら、パンチングマシーンを小突く。

「のんびり遊んでられる身分じゃなくてね。あとはぼくちゃんたちで好きにやってちょうだいな」

「ふざけるな」

「ふざけるなあ？」

佐高が腰に手を当て、のぞき込むようにワタルへ顔を寄せてきた。

「頭にダニでもわいてんの？　あんたの命令に従う義理なんて雀のゲップほどもないはずだけど？」

「そうだな。けど認めない」

「だ・か・ら。その権限はあんたにないんだってば」

「関係ない。無理にでも従ってもらう」

へえ、と愉快そうな笑み。

「まるで力ずくっていってるみたいに聞こえるけど？」

「そう伝えたつもりだ」

ガシャコン、ガシャコン、タカトが音をたてている。佐高の目が、一瞬そちらへ向く。

「悪いな。こっちも必死なんだ」

「ふうん」

佐高がため息まじりに天を仰いだ。

「嫌ねえ、乱暴な男って」

腰に当てた両手を頭の後ろへ運ぶ。それからワタルを見てくる。

その余裕の笑みに眉をひそめかけたとき、

「これなーんだ」

思わずたじろいだ。差しだされた佐高の右手に拳銃がにぎられていた。

「ほう」と、定太郎が自分の腰を探った。「ぜんぜん気づかなかったな」

「お見事でしょ？　手先が器用が売りなのよ」

ミミズみたいな目がわかりづらいウインクをする。

「形勢逆転、でいいかしら？」

指でくるりと回転させせにぎり直す仕草は堂に入っていた。

「お願いだから悪あがきはやめてね。いちおうあたし、天国とか来世とか信じるタチなの。無駄な殺生はしたくない」

銃口がワタルの額を捉えた。汗が噴き出た。動くことも言葉を発することもできない。ペテンの出番などないくらい即物的な暴力が、目の前に突きつけられていた。

「じゃあそういうことで、よろしく」

「まあまあ、ニイさん」

定太郎の口調はやはりのんびりとしていた。

「おれの顔も立ててくれないか。このままハコを帰したらじいちゃんに叱られちまう」

「お気の毒さま。八つ当たりならこの子にしてね」

「そうか。まあ、そうだよな」ぽりぽりと頭をかく。「あんたにも自分のシノギがあるもんな」

「そりゃあそうよ」

「でもそれ、弾入ってないんだな」

「え？」

どん、と身体がぶつかる音がした。定太郎が佐高に抱きつき、密着したまま運んでいった。マットの上に押し倒すまで一瞬の出来事だった。

汗だくのタカトが飛んできた。「ワン、ツー、スリー！」

かんかんかんかあん——。

「乱暴で申し訳ない」ぽかんとしている佐高に定太郎が笑みを向ける。「力自慢が売りなんだ」

佐高の右手首はしっかり押さえつけられていた。

「揉め事はなしでお願いできないかな。みんな仲良く。それが一番だと思うんだが」

持ち主に奪われた拳銃を、佐高は恨めしそうに見上げていた。

「……とんだタヌキ野郎ね」

「能ある鷹と呼んでほしいんだな」

のっそりと立ち上がり、銃口がこちらへ向く。

「君も」

笑みが消えていた。

「あまり調子に乗ったらいけない」

脅す口調ではなかった。のんびりとしていた。しかし本能が理解した。銃弾は入っている。駆け引きや強がりは通じない。

「——わかった。ここはあんたの仕切りだ。大人しくする」

うん、と拳銃を腰に差すと、さっきまでの空気が嘘みたいにゆるんだ。

「ラーメン食うか?」

「実はおれ——」タカトが神妙に応じた。「どん兵衛派なんだよね」

定太郎が苦笑を浮かべる。「たしか、あったな。ひとつだけ」

やっほいと飛び上がって階段へ駆けてゆく背中に、「なんなの、あの子」マットに座り込んだ佐高が吐き捨てた。「ネジゆるすぎるんじゃない?」

「うるせえ」

ワタルは佐高をにらんだ。

「馬鹿にしたいい方はやめろ。頭にくる」

「たった今、揉め事禁止って決まったんじゃなかったっけ？」

ワタルが舌を打つのと、その悲鳴は同時だった。

タカトが、鉄の階段を転がり落ちてきた。

「おい！」

尻もちをついたタカトに駆け寄ると、相棒は頭を押さえ顔をゆがめていた。「痛ててて」

「どうしたっ」

「やられた」

「え？」

「ピンクだった」

「は？」

頭上から、鉄アレイが降ってきた。危うく脳天に直撃するところだった。

「うざい」

二階の手すりに、坊主頭のハコが立っていた。ニコちゃんマークのTシャツを着て、心の底から軽蔑するような眼差しで。

タカトが顔をゆがめながらささやいてくる。「ブラ、ピンクだった」

実際問題、いっぺん医者に診てもらったほうがいいのかもしれない。

「あんたからもいってやってよ、ハコ。ここでウダウダやってたら、あたしらおまんま食い上げだってさ！」

「佐高のいうとおり」

ハコが階段をおりてくる。視線は定太郎に定まっていた。

「わたしにはやることがある」

「パレスでか」

「そう」

「ギャンブルか」

「だったら？」

挑むようないきおいに、定太郎が口もとをゆるめた。

「邪魔をするつもりはない。お前にはお前の生き方があるからな。遊びに夢中になるのはいいことだ」

「遊びなんかじゃない」

ハコの目つきが鋭くなった。

「わたしがこの半年でいくら稼いだと思ってる？」

「楽しんでるならいい。それが大事だ」

「子ども扱いはやめて」

今にもビンタが炸裂しそうな空気になった。

「そうカリカリするな。今夜の予定はないんだろ？　あるなら初めからここにいないもんな」

「ついさっきお誘いにあずかったとこよ」佐高がスマホを掲げた。「なる早で返事をくれってさ」

「やるに決まってる」定太郎をにらんだままハコが即答する。「邪魔はしないんでしょ？」

「わかった、わかった」定太郎が降参するように両手を挙げた。「だがまあ、少しはゆっくりしていけるだろ。ひと眠りして、起きたらみんなで飯を食おう」

「着替えて準備して、やることはたくさんある」

「どっちにしても飯は食う。なら、みんなで食べるほうが楽しい」

「もういい」

ハコが吐き捨てた。「話にならない。行こう、佐高」

「ちょっと待ってくれ」

慌てて割り込んだワタルに、きつい視線が飛んできた。

「出ていくなら、その前に敷島さんと――」

「しつこい」

研ぎたてのナイフみたいな切れ味だった。

「話くらい――」

「なぜ?」

「なぜって――」

「話を聞いてなんの得が? 何をしてくれる? あなたを助けるメリットは何? 当然ギブアンドテイクのつもりなんでしょ?」

間髪をいれず、ハコがつづけた。

「ない」

きっぱりと断定する。

「あなたには何もない。何も」

その苛立ちに気圧され、ワタルは言葉を返せなかった。

「まさかわたしが心優しい女の子だとでも思ってた？　都合よく動くとでも？　冗談じゃない。ここまで付き合ったのはたんなる気まぐれ。野良犬にかまってあげただけ。あなたにそれ以上の価値はない」

拳に力がこもった。

「殴る？」

頭の中が燃えた。

「好きにして、ぼくちゃん」

ツンとした澄まし顔。理性はぶっ飛ぶ寸前だった。ぎりっと歯がこすれた。

「――パーカーを取ってくる」

そういってハコが踵を返した。階段を踏む足音が遠ざかるのを、ワタルは地面をにらみながら聞いた。

くそっ。くそ、くそ、くそ！

「よく我慢したな」

肩に手を置かれた。定太郎が苦笑を浮かべていた。「さすがにあれは、ひどいと思ったが」

「――どうせ、あんたに止められた」

「よかったよ。君を血ダルマにするのは気が引ける」

「まったくだぜ」とタカトがうなずき、「似合うと思うけどね、血ダルマ」佐高が茶々を入れてくる。「野良犬って、やっぱワタルは秋田犬だな」「道端の石ころ以下って意味だったんじゃないの？」

どいつもこいつもくたばっちまえ！

定太郎が困ったようにいう。「あいつは少しひねくれてるんだ。たぶんきっと、悪気はない」

「だったら扱い方を教えてくれ」

「こっちが知りたいくらいだが」

定太郎の視線に、スマホを片手に立ち上がった佐高がお手上げのポーズを返した。「土下座でもしてみたら？」

これほど唾を吐きかけたくなる面も初めてだった。

「なんであんなに意地を張るんだ？」

定太郎が困ったようにあごをさすった。「いろいろあるんだな。大したことじゃなくても、あの子にとっては大事なんだろう」

「ガキってことか」

「手厳しいな」

「そうだろ？　意地だか反抗期だか知らねえけど、せっかくもってる敷島とのつながりを活かさないなんて、そんなの馬鹿がすることだ」

「君は違うのか？」

「……おれは無駄なことはしない。チャンスはぜんぶ利用する。それがおれのやり方だ」

何をべらべらしゃべってんだ――。気恥ずかしさに舌を打つワタルの横で、「ふうん」と定太郎が腕を組んだ。

「意外と、似てないいんだな」

丸い顔へ目を向ける。なんのことかと目で尋ねる。

「そのジャケット、イタリアのブランドだろ」

「……知ってたのかよ」

ビームスとかいってたくせに。

「山勘だ。蓮の影響かと思ってな」

ワタルは黙った。正解だった。

定太郎が満足げにほほ笑んだ。「昔、同じような趣味の人がいてな――」

どん。

鈍い音がした。

今度はなんだ？　とっさにタカトを探した。相棒はカップ麺を求め階段をあがりかけているところだった。部屋の隅で電話をする佐高と目が合う。

「外だな」

拳銃を抜いた定太郎が、ゆっくり出口へ向かった。その背中を、ワタルは追った。

半開きのシャッターから外をのぞいた定太郎が、動きを止めた。ふうん、と小さくうめいた。

「これは、どういうことなんだろうなあ」

肉厚の背中がシャッターの外へ歩きだす。怒号も脅しも聞こえてこない。虫の音だけが響いている。

定太郎の足は佐高のアメ車へ向かっていた。ワタルは辺りを見回し、ひと気のなさを確かめてから、同じようにシャッターをくぐった。そしてそれに気づき、立ち止まった。

アメ車の長いボンネットに男が寝そべっていた。その大げさな刈り上げ頭に見覚えがあった。はだけたスカジャンからのぞくベルトは、どこにでもある安物に替わっていた。

ユースアカツキでタカトにのされた若い組員が、にょろりと舌を出し、白目をむいている。

死んでいた。

※

ポッキーは大丈夫だろうかと、赤岩一照《あかいわかずてる》は気が気でなかった。

堀木流久須《ほりきるくす》という、大昔の暴走族みたいな名前の若者とコンビを組んでもう三年になる。お笑い芸人でもあるまいしコンビ名があるわけでなく、教育係を押しつけられた縁で同じ仕事に就いてきただけだ。特に慕われているというわけでもない。

礼儀もくそもない若造だった。虚勢を張り、頭を下げることを知らず、気に食わなければとにかく嚙みつく。甘い誘いにほいほい乗っかり、火傷しても反省しない。典型的なノータリンヤンキーである。

このくそガキをいつ絞め殺してやろうか——当初はそんな悶々《もんもん》とした日々を過ごした。組の息がかかったスナックにおしぼりを卸す。猿でもできるコッパ仕事。なぜ揉めるのか、理解できない。なぜ酔っぱらってしまい、なぜ顔を腫らし、なぜ回収した代金が半分近く減っているのか。時代が違えば一発で人生から退場という失態を、堀木は何度となくしでかした。そのたび赤岩は堀木をどつき、滝山に低頭し、ときに自腹で穴埋めをした。

ヤクザ社会の人手不足は深刻だ。今どき稼げる保証もないブラック企業に自ら志願する若者は希少種である。気の利いた連中は仲間同士で徒党を組み、ちゃんと会社を立ち上げて、法の網をくぐりながら悪さをしている。腕力よりも頭脳と知識、そしてコミュ力が重要なのだ。堀木みたいなイケイケが肩で風をきれる時代はとっくに終わった。

それでも人の情というやつは侮れない。小突きたおし、ときに小突き返されるを繰り返しているうち、「こういう奴が生き残ってもいいんじゃないか」と赤岩は思うようになっていた。

もともと赤岩自身、チャラついた文化を鼻白んできた男だ。日本の不良は五分刈りかパンチパーマかリーゼント。ごちゃごちゃいわずに拳で語る。青春時代、ちょうどチーマーの全盛期、ツナギの特攻服に足袋《たび》をはき、海外文化に染まった連中を狩りまくっていたこともある。腕っぷしには自信があった。

だがいかんせん、仲間が集まらない。ダサいという謎の理由で孤立した。そんな彼が滝山慎吾に拾われるのは必然的な流れだったのだろう。

滝山は、ヤクザだった。経済ヤクザと一線を画す極道だ。ほれぼれする五分刈り。背中に背負う和彫り。しびれた。問答無用の暴力。完全無欠の縦社会。性に合った。

同時に、自分に足りないものがわかった。飽くなき欲深さ。それが赤岩には欠けていた。だから上を目ざすより、滝山を支えることを生き甲斐《がい》にしてきた。

そうこうしている間に四十を超えた。自慢の腕っぷしも衰えは隠せない。物忘れも加速している。最近は胃のポリープを切除した。幸い良性だったが、この先どうなるかはわからない。

滝山は元気だ。まだまだ上にのぼるチャンスがある。赤岩が駄目になったとき、自分に代わる右腕は、ぜひとも堀木に務めてほしい。

そんな思いが芽生えたのも結局、堀木への情だろう。ポッキーと呼ぶたびにしかめっ面を見せる若造を、なんだかんだ可愛がっているのだ。

問題は、やはり堀木の素行の悪さだった。自制心のなさだった。ヤクザに素行や自制を求めるのも不思議な気はするが、こればかりはどうしようもない。戦地で人を殺しまくる軍隊が厳しい規律で縛られているように、荒くれ者の集まりであればこそ、守らねばならないルールはある。

これが堀木にはできない。突っ込むしか能がない。先月も都内でレギオンの奴らと揉め、相手の店を三軒つぶした。サーフショップに日焼けサロンにアパレルショップだ。赤岩などは昔の自分を見ているようで微笑《ほほえ》ましく思ったが、案の定、組長の江尻にくそみそに叱られた。何せレギオンは表向き堅気で通っている連中だ。お上との融和政策を進める大栄会として、組員の暴走を見過ごすわけにはいかない。連帯責任で赤岩も巻き込まれ、壮絶な制裁ののち、島に飛ばされた。こんな有様では滝山とて、堀木を重用なんてできないだろう。

悪い奴じゃない。ギャンブルに目がなく借金だらけで、酒におぼれて頭が弱く、女とみるや腰をふり、メンチやメンツで喧嘩を売って、ちょっとシャブにはまっているだけなのだ。

あごに手をやる。くそっ。あのガキ、いきなり吹っかけてきやがって。危うく骨が砕けるところだ。頭にも傷が増えた。ふりおろされるアタッシュケースの角を夢に見ちまったじゃねえか。

赤岩は手近にあったボックスソファを蹴りつけた。内装業者のスタッフが驚いてこちらを見たので「手を止めんじゃねえ」と怒鳴っておく。

なんでおれがこんな下っ端仕事を――。

島への左遷《させん》は屈辱的だった。預かりという形ではあるものの、それは新津蓮の指揮下に入ることを意味したからだ。滝山と組のナンバー2を争うライバルにあごで使われるなんて、恥以外の何ものでもない。滝山からは新津の傷を見つけてこいと尻をたたかれているが、パソコンしかない事務所で留守番か、つまらない運転手くらいしか任せてもらえない一ヵ月はマイルドな地獄だった。謹慎に近い処遇の身では文句もいえない。

やっと回ってきた仕事らしい仕事も、見事にしくじってしまった。

昨晩、久しぶりに滝山から直電が入り、若造二人を拉致ってこいと命じられた。ユースアカツキというホテルに出向き、そしてのされた。赤岩たちの信頼はガタガタだ。

だからこんな下っ端仕事をさせられてるんだ。

新津の指示で、赤岩は会場のセッティングに立ち会っていた。貸しきった場所に十人ぶんの席を用意し、店の人間と段取りを組む。いや、組むまでもない。すでに段取りは新津が決めており、赤岩はそれができ上がるのをぼうっと眺めていればいい。

なんのための会場なのか、誰を招くのか。それすら赤岩は教えられていない。

なめられている。腸《はらわた》が煮えくり返る一方で、この場に堀木がいないことが気がかりだった。堀木は別命を与えられた。その中身も、赤岩は知らない。たぶん取り逃がした二人組の捜索に回されているのだろうが、嫌な予感がする。

堀木はキレまくっていた。ライオンみたいな頭の男にKOされ、大事にしていたワニ革のベルトを奪われ、殺してやる殺してやると、呪うようにつぶやいていた。

暴走しなきゃいいが。

この島にきて、堀木は変わりはじめていた。海を渡る船、サイコーっす――。そんなことをいうようになった。小さな双眼鏡を海に向け、無邪気に船を眺める姿に、こいつもまともになれるかもしれないと赤岩は期待していた。

そうだ。この件さえ無事に乗りきれば、汚名返上のチャンスは残る。

レギオンと世良のボンボン。

滝山を喜ばせる「土産」は、すでに手に入ったも同然なのだ。

「ホリキ……なんて読むんだ？」

タカトが首をひねる横で、定太郎が「さあな」と応じた。ボンネットに横たわる死体から拝借した運転免許証にルビはふられていない。

指紋をふき取り、定太郎が免許証を革財布に戻した。こちらもワニ革だったが、さすがにタカトはほしいといわなかった。

「さて、どうしたものかな」

太い腕を組み、定太郎は死体を見下ろした。ぱっと見、堀木の身体に傷はない。首を絞められたのだろう。首回りに圧迫の痕が見受けられた。

「君たちを襲った奴に間違いはないいんだな？」

「ああ……」と、ワタルは返す。

「襲われたっていうか、襲ったともいえるけど」タカトが首から下げたベルトを見せびらかす。なんでこんなにのんきなのか、ワタルには理解できない。

「意味がわからないな」

定太郎のぼやきは、そのままワタルの思いと一致していた。

意味がわからない。ワタルたちを追っている江尻組の舎弟が殺された。そこまではいいとしよう。何か事情があったのだと。だがその遺体をアメ車のボンネットに残す理由は不明だ。たまたま偶然ちょうどいい場所を見つけたなんてことはあり得ない。わざとここに残していったのだ。つまり――。

「おれたちの居場所を知ってたってことだな」

そうなる。

なのに襲ってくる気配はない。死体を置き去りにして、犯人はどこかへ消えてしまった。

「オールバックの男、かな」

定太郎のつぶやきに、ワタルはうなずいた。なんらかの事情でオールバック野郎は堀木と揉め、そして殺害したのだ。その遺体をワタルたちの足もとに転がし、しかし危害を加えることなく身を隠した。

倉庫のやり口と似てなくもない。あり得るストーリーだ。なぜそんなことをしたのか、どうやってこの場所を見つけたのか。その二点に説明さえつけば。

「ちょっと！」

アジトから佐高が飛んできた。「あたしの車、汚さないでよ！」

大股で近寄り、死体に顔をしかめる。「あー、小便もらしてんじゃない！」

なんでこいつら、こんなに平静なんだ？　頭がくらくらした。

「で？　なんで殺っちゃったわけ」

「おれじゃないんだな」

「なら、あんた？」

「違うっすよお」

「ええ？　まさか――」

「違う。誰も殺っちゃいない」

佐高がぽかんとした。

「じゃあ、なんで死んでるのよ」

それを今、みんなで考えてるとこなんだ！

「とにかく、このホトケさんをどうにかしなきゃな」

定太郎の口調に、うんざりした様子がうかがえた。

「島の警察は江尻さんとずぶずぶだ。通報すれば君らのことは筒抜けになる。こっちも面倒はごめんだ」

「隠すのか？」

「とりあえずの応急措置だな。じいちゃんに相談してみよう」

場を離れてゆく定太郎の背中を、ワタルは目で追った。憎らしいほど冷静だ。無責任なだけのタカトや佐高とは違い、自分のテリトリーに死体が投げ込まれたのだ。あそこまで冷静でいられるものか？

頼もしさと疑わしさが同時に生まれた。

江尻組が竜宮町の特権を疎ましく思っているように、敷島だって隅に追いやられた現状に満足しているはずがない。バックヤードの倉庫通りが裏取り引きに利用されたこと自体、おもしろくはないだろう。

敷島の仕掛けだとしたら？

バックヤードを支配する敷島なら取り引きの日時をつかむのも可能だ。江尻組に打撃を与えるため本土の殺し屋を雇って取り引きをつぶした。ワタルたちを生かした理由も説明できる。韓国マフィアと江尻組の確執を生むスケープゴートにするためだ。

そして手もとに匿い、駆け引きの道具にするつもりなのだとしたら。

しかし――。

しかし、この死体の説明がつかない。自分たちの縄張りで江尻の組員を殺す。協定すら吹っ飛びかねない危険な真似を、彼らがするだろうか？

「なあ」タカトが話しかけてくる。

「腹減ったなら勝手に食ってこい」

「じゃなくてよお」

「なんだよ！」

「ピリピリすんなって。こっちは怪我人なんだぜ」

どの口が――ワタルは思いっきり舌を打った。

「ラーメンじゃねえならなんなんだよ」

どん兵衛な、とどうでもいい訂正をしてからいう。

「おれ、こいつ見たことあるわ」

「夜中にぶっ飛ばしたばっかじゃねえか」

「じゃなくって、このスカジャンで思い出したんだ。こないだ島に居たときだよ」

八百長破りで九死に一生を得たタカトは、ジーナのところに一週間ほど転がり込んでいた。

「小遣い稼ぎで配達の手伝いとかしてたんだよね。そのときハコちゃんの噂を聞いたんだ。一回見かけてさ。めちゃ天使だった」

「そんなことはどうでもいい。要点をいえ」

「ヨウテンって？」

こういうやり取り以外のことだ！

「でさ、新しいほうの港に軽トラ走らせて、酒とか食いもんとか積んだりしてたんだよ。昼過ぎだったと思うけど。『ハニー・バニー』に戻るのにゼロを使って」

環状道路の南側を走った。

「旧いほうの港のとこでさ、こいつ見かけた」

とボンネットの死体を指さす。

「港から、虎のスカジャン着て」

旧玄無港はとっくに営業をやめている。釣りスポットとして利用する島民がいるくらいで、これといった施設はない。密航を防ぐため、海にはブイが大量にならんでいる。

ルートゼロの道を挟んだ内陸部は竜宮町だ。ちょっと立小便に寄ったという可能性はあるが。

「サウスブリッジのほうに歩いてたな」

橋を渡った先の十八禁エリアに車を停めていたのだろうか。江尻組の事務所はニュー玄無港のそば、会社や役所が集まったビル街の中にある。旧玄無港まで徒歩ではつらい距離だ。堀木が島でどんな仕事を任されていたのか定かでないが、新津から聞かされた憶えはないし、使いっパシリだったのだろう。

「港に何かあったのか」

「知らねえよ。おれ、そのまま『ハニー・バニー』に戻ったから」

よくわからない。この目撃情報の意味も価値も判断できない。ふつうに考えればたんなる偶然だが……。

あらためて死体へ目をやる。

真相がなんであれ、新津に報せるべきだ。しかしこんなわけのわからない状況を信じてもらえるだろうか？　見つかってやり返したと思われたらおしまいだ。さすがに庇いきれないと見捨てられる恐れもある。

「話がついた」

考えがまとまる前に定太郎が戻ってきた。

「ホトケさんはじいちゃんが引き取ってくれる。君から組に報告しないことを条件にな」

「敷島さんが報せてくれるのか？」

「向こうとの交渉次第だな。最悪、行方不明になってもらう」

知らぬ存ぜぬで魚の餌か豚の餌に。

「……報告しない、と約束すれば信じてくれるのか」

「スマホを取り上げるような真似はしない。交渉のとき、少しでもおかしいと感じたらそう判断するだけだな」

むちゃくちゃだが、こちらは匿ってもらっている身だ。ゴネようにも腰の拳銃には敵わない。

「わかった。おれからは伝えない」

定太郎が硬い表情でうなずいた。

「ここはどうする？　オールバック野郎にバレちまってる」

「そのとおりだが、逆に迎え撃つという考えもあるな」

一理あった。オールバック野郎さえ確保すればなんとでもなる。向こうから出向いてくれれば願ったり叶ったり。

「……ハコは？」

ワタルの質問に、定太郎が顔をしかめた。

「ともかく、中へ戻ろう」

シャッターをくぐると、レスリングマットのそばにパーカー姿のハコが立っていた。

「何があったの？」

答える者はいなかった。戸惑いの空気を、ハコがにらんできた。適当なごまかしはすべて見抜くといわんばかりの鋭さで。

定太郎が、仕方なしといったふうに歩を進めた。

「面倒なことになった。しばらくここを動けない」

「わたしに関係が？」

「ない。ないが問題は、相手さんがどう判断するかだ」

ハコは眉を寄せ、視線をシャッターの先へ向けた。

「しばらくここにいたほうがいい。ほんとうは屋敷に行ってほしいとこだが」

「命令される覚えはない」

ぴしゃりとはねつける。「仕事がある。行かなきゃいけない」

「キャンセルすればいい」

「簡単にいわないで」

「悪いが強制だ。力ずくってやつだな」

「嫌」

定太郎が弱り顔になった。

「わがままをいわないでくれ。お前に何かあったら、豚か魚か、どっちの餌になるかを選ばなくちゃならない」

「それこそわたしには関係ない」

「たしかに」

佐高がハコのもとへ歩きだした。定太郎に向かって肩をすくめる。「ごめんだけど、オーケーの返事をしちゃってるのよ。ドタキャンの違約金はけっこう高い」

「信用にもかかわる」ハコが重ねた。「勝負の場をなくすわけにはいかない」

「命の危険があってもか」

「そんなの、とっくに賭けてる。ずっと前から」

「いい加減にしないかっ」

吹き抜けの天井に怒声が響いた。

「命をかけるなんて、軽はずみにいうんじゃない」

「軽はずみじゃない。ちゃんと自分で決めた」絞りだすような声だった。「わたしはもう、閉じ込められるなんて、まっぴら」

虚を突かれたように、定太郎が口をつぐんだ。

拳をにぎり、肩をいからせる少女には、いっさいの妥協がうかがえなかった。

「……絶対に認めないと、おれがいったらどうする？」

「そのときは力ずくで」

ハコの返事に、うんざりとした様子で佐高が指の骨を鳴らした。

「いちおう、がんばってみるわ」

「馬鹿が」

定太郎の口から深いため息がもれた。

蒸し暑いアジトに沈黙が流れた。定太郎とハコの、互いにゆずらないという膠着の外野に立って、ワタルは爪を噛んだ。

頭を回転させろ。全速力で。利用するんだ。チャンスはぜんぶ。

「――着替えは」と、ハコに問う。「どこにある？　勝負の前に着替えるといってたろ」

ハコがこちらを見た。

「『ハニー・バニー』か？」

「……だったら何？」

「おれもついていく」

彼女の顔が、いぶかしげに曇った。

「ボディーガードみたいなもんだ」

「奴らの標的かもしれない張本人がか？」

定太郎が呆れ気味にいう。「君にそんな資格はない」

「差しだせばいいだろ」

定太郎が目を細めた。

「追手が絡んできたら、おれを差しだせばいい。佐高さん、そういうの得意だろ？」

ぽかんとする佐高の間抜け面から定太郎へ視線を移す。

「本命さえ捕まれば、この子に危害を加える理由はなくなる。むしろおれにしかできない役割だ」

「……楽観的すぎるな。なんの保証もない」

「それでもここらへんが落としどころじゃないか？　あんたがマジでハコをぶん殴る覚悟なら別だけど」

口をへの字に曲げ、定太郎は黙った。

「あなたにお守りをしてもらえっていうの？」今度はハコだ。「冗談じゃない。死んでも嫌」

「少しは我慢したらどうだ？　お前は定太郎さんを納得させて勝負に行ける。おれは敷島さんに誠意を示せる。ウインウインだ」

ウインウインはいいすぎだが――。

「雑用くらいはする」ハコと向き合う。「野良犬がまとわりついたって減るもんじゃないだろ？」

彼女の顔は険しいままだ。

「信用できない」

「信用なんてもんを期待してたのか？」

ハコの顔から表情が消えた。ロボットみたいな瞳がじっと見つめてくる。

ワタルは息を止め、無言の解析を受け止めた。

「――変なの」やがて彼女が、ぽつりともらした。「さっきまで丸わかりだったのに」

「正直者なだけさ」

ワタルはゆっくり息を吸い、佐高へ向いた。

「あんたも納得してくれるな」

「迷わず差しだしたげるわ」

「定太郎さん」

「……仕方ないな。お願いしよう」

「任しといてよ！」

ようやく出番とばかりに立ち上がったタカトへ、定太郎が気の毒げな目を向けた。

「悪いが、君は留守番だ」

「ええっ？」

「まずいだろ？　二人そろって逃げられたりしたら」

ええ？　そんなあ。おれたちそんな卑怯な真似しないっすよお。ていうかハコちゃん、ワタルよりおれでしょ？　この二択、おれでしょ？　迷わずおれでしょ？　ワタルなんかぜんぜん役に立たないし、ふーって吹けばピューって飛んでくもやしみたいな奴なんだぜ。いや、さすがにもやしはかわいそうだけど――。

「ニラだよ、ニラ。ニラ野郎なんだ、こいつ」

「お前、ちょっと黙れ」

肩パンチをくらわせても、タカトはぶつくさぼやきつづけた。

相棒の文句を聞き流しながら、天井へ長く息を吐く。

とりあえず、またひとつ関門をクリアだ。堀木の死体は最悪の落とし物だったが、ジーナのところへ行くアシを確保できたのは大きい。これでアタッシュケースを取り返せという新津の指令が果たせる。道中でハコを説得する材料を探そう。佐高は曲者だが定太郎よりはマシだ。最悪、強引な手段も使えるかもしれない。

「喧嘩は終わりだ。いい加減飯を食おう」

のっそりと、定太郎が歩きだした。


カップ麺を食い終わったころ敷島の屋敷からワゴンが到着し、堀木の死体をどこかへ運んでいった。死体の代わりに屋敷の和室でいっしょだった二人の若衆がアジトに残った。片方は眉がなく、もう片方はずんぐりむっくりした団子鼻。ツナギの作業服を着込み、腰に拳銃とサバイバルナイフを差している。もはや隠す気もないらしい。

順番にシャワーを浴び、三時間交替で仮眠をとることになった。客間はハコ専用と決まり、ワタルは八畳ほどの大部屋に布団を敷いた。

着替えもできず、襲撃に神経を尖らせながら眠れるもんかと思ったが、湿っぽい布団に寝そべったとたん意識がふやけた。へばりついた重しが蒸発するような気持ちよさだった。

まどろみに落ちかけるたび、自問がそれを邪魔した。定太郎が離れたいっとき、新津への連絡を保留した選択は正しかったのか。今だって密かに伝えることは可能だ。新津なら敷島にバレないよう振舞ってくれるだろうし、定太郎のほうもそこは織り込み済みに違いなかった。

しかし、どうしてもぬぐえない。堀木の死を知った新津に見捨てられる不安が。

ただでさえ意味不明だった状況は、ますます加速している。睡魔と混乱と恐れ、新津を欺いている罪悪感とがないまぜになって、ワタルはひたすら寝返りを打ちつづけた。

腹に痛みが走った。

「いつまでおねんねしてんのよ」

目を開けると、佐高が見下ろしていた。いつの間にか三時間が過ぎていた。もう一発佐高に蹴られ、ワタルは重たい身体を起こした。

「七時には出るからね」佐高が布団に寝転び、足を組む。「それまでに車洗っといて」

「は?」

「は?　じゃないでしょ。雑用くらいするんじゃなかったの?」

くそ。最低の日だ。

「――今夜は幾らの勝負なんだ」

ドアの前で足を止め、尋ねた。

「ぼくちゃんには縁のない額よ」

「ひと晩でそんだけ稼いで、あんなオンボロにしか乗れないのか」

「信じたくないならお好きにどうぞ」

「疑問に思っただけさ。あれがビンテージの高級車なら、心を込めて洗わなくちゃいけないからな」

「くっ」と佐高が笑った。

身体を起こし、ニヤリとする。「あんた、悪くないんだけどね」

「なんだよ、それ」

「馬鹿じゃなくて目端が利いて、顔もまあまあ。そこそこ出世するんじゃない？」

「そりゃ、どうも」

「褒めちゃいないわ」

ワタルの視線を、佐高の笑みが受け止めた。

「あんたみたいなのって、この稼業じゃ一番のカモなのよ」

「……どういう意味だ」

「馬鹿じゃなくて目端が利く。口は達者で利にさとい。そこそこの野心に、そこそこのプライド。自分を賢いって思ってるでしょ？　だけど、それだけ。怖くない」

ミミズみたいな目がいやらしくゆがむ。

「そういう奴に限って、もっと頭が良くて目端が利く相手に食いものにされるのよ。たとえばハコみたいな怪物に」

「大げさだな」

苛立ちを押し殺し肩をすくめる。「ちょっと観察力があるだけで百戦百勝とはいかないだろ」

「ふつうはね」

「ふつうじゃないのか、あいつは」

「当たり前でしょ。だからあたしはわがままにふり回されてるし、敷島だって腫れ物みたいに扱ってる。ただの家出少女なら無理やりとっ捕まえればいいだけでしょ？」

それができないのは――。

「お金を生むからよ。莫大なね」

胃の底がざわついた。その感情の正体が、ワタルにはわからない。

「落ち目の敷島にとっちゃあ喉から手が出るほどほしい金の卵。ご機嫌を損ねたくないお姫さまってわけ」

「なのに、あいつは家出したのか」

「デリカシーに欠けてたんじゃないの？　しょせんはヤクザと五十歩百歩、汗臭い野郎どもの集まりだそうだから」

冗談めかして唇をゆがませる。

「ハコはハコでひねくれてるしね。あの子は見抜きすぎる。気の毒なくらいに」

「……ただのわがまま女にしか見えないけどな」

「今夜、自分の目で確かめなさい」

布団に寝転ぶ佐高に訊く。

「あんたとハコは、どうやって知り合ったんだ？」

「男女の仲じゃないからご安心を」

部屋を出て乱暴にドアを閉める。真ん前に、ハコが寝る客間の扉があった。

莫大な金を生む女――。

佐高の言葉を鵜呑みにはできなかった。理由もなく情報を垂れ流す男とは思えない。奴がワタルに吹き込みたかったのは敷島の真意だろう。ハコがあちらへなびかないように、わずかでも味方を増やそうという魂胆だ。

つまり、ハコが金を生むのは事実ということだ。佐高は手放したくないし、敷島は取り戻すタイミングをうかがっている……。

そんな女が命綱という状況は吉なのか凶なのか。

下の階から男どもの歓声が聞こえた。レスリングマットの上で、眉なしの若衆と孔雀へアーが組み合っていた。団子鼻のほうが「足、足狙え！」とマットの外から指示をだしている。その横で定太郎が腕を組み、組み合う二人を楽しげに眺めている。なんというのんきさだ。

呆れながら鉄の階段をおりる途中で、タカトが眉なしを転がした。馬乗りで肘関節を狙いにいくところを眉なしがブリッジで返す。膝をついて四つ手のぶつけ合いをはじめる二人を横目に、ワタルは定太郎にホースのありかを尋ねた。

「君も一本やってみるか？」

「怪我でもしたらどうすんだよ」

「打撃はなしにしてるんだがな」

そういう問題か？

「こんな状況で無駄に体力を使う意味がわからない」

「意味なんてない。楽しいだけだ」

「もういいよ。勝手にしてくれ」

「君にはないのか？　趣味や、楽しいこと」

定太郎がつづけた。

「君の夢はなんだ？」

夢――。

「そんなもん、見てるひまねえよ」

「若いのにさみしいことをいうんだな」

「……あんたこそどうなんだ？」

「おれか？　おれはみんなで楽しく暮らせれば満足だ」

どの口が。銃刀法違反、死体遺棄……冗談にしても笑えない。

「お家再興が生き甲斐か？」

「難しい言葉を使うんだな」愉快げな笑みが返ってきた。「君くらいの歳だと、敷島は悪代官みたいなイメージかな」

黙ったまま、定太郎をにらんだ。

幼かったころ、周りには敷島を畏れ敬う人間しかいなかった。敷島以上の金持ちをワタルは知らなかったし、敷島より偉い者はいないのだと思い込んでいた。

ぜんぶ嘘っぱちだと、ほどなく気づいた。敷島は田舎の小金持ちにすぎず、ランドの下請け業者にすぎず、酔っ払いの元締めにすぎなかった。尻尾をふる奴には協力費という餌を与え、吠える奴は切り捨てる。だからみんな、逆らわずご機嫌をうかがっていただけだ。これを「偉い」と呼ぶのなら、すべての独裁者が聖人だ。

「じっさいは、悪代官というより越後屋だけどな」

「……金をだすクライアントがいて、あんたたちは上手いことやってる。それだけだろ」

おかげで島が安定してるのも事実だ。たとえランドが強引なやり方をしても文句はあがらず、無駄な争いも起こらない。

「争わなけりゃ美味い酒が飲める。美味い酒が飲めりゃあ争うのが馬鹿らしくなる。これがこの島の仕組みだろ？　平和でけっこうじゃねえか」

「ずいぶん意地悪な分析だな。否定はしないが」

「――もっと美味い酒を、とは思わないのか？」

「争ってまでか？」

定太郎を見つめる。彼の本音、敷島の本音を探すが、その笑みはただ穏やかなだけだった。

「争うくらいならカップ酒でいい。おれはそういうタイプだな」

「……おめでたいな」

「そう。めでたいのはいいことだ」

馬鹿にしやがって――。

離れようとしたとき、

「オールバックを見つけて、どうする気なんだ」

引き止められた。

「……とっちめてケジメをつけさせる。それしかないだろ」

「君がか？」

答えられなかった。

「勝てるとか勝てないの問題もあるが、それより、もし勝ったとしてだ。君が、やるのか」

殺る――。

「それとも彼のほうが?」

「タカトは、関係ない。これはおれの問題だ」

「殺れるのか?」

舌打ちがもれる。「子ども扱いしないでくれ。まさかモラルを説くつもりじゃないだろ」

「うん。まあ、腹括るのが必要なときもあるからな」

さらりと、定太郎はいった。かすかに胃がざわめく。

「ハコのことは任せる」

定太郎が耳もとに顔を寄せてきた。

「ただしもし、あの子に何かあったら、君が餌になる覚悟をしなくちゃいけない」

刺すような眼差しに唾を飲む。汗がにじむ。

何がカップ酒だ。だったらどうしてハコを囲おうとする?

疑え。誰も彼も――。新津の忠告が蘇る。

洗車のため外へ向かうワタルの耳に、ぎゃあ負けたあ! というタカトのはしゃいだ悲鳴が届いた。

※

名前なんてどうでもいいと、Gは思っている。ずいぶん幼いころから現在にいたるまで、ほとんど変わることのない感覚だ。なんならその日の気分で改名したい。首からネームプレートをぶら下げるから認めてほしい。

シェービングクリームを塗ったくったあごに剃刀をあてる。じょりっとした手応えを味わいながら鏡に映る自分を眺める。

青い瞳、浅黒い肌。縮れ毛の黒髪は肩口までのびている。フットボーラーを名乗れそうな骨格だが、運動は得意じゃない。引き締まった肉づきは体質で、ようは飾りだ。

立川市のハイスクールに通っていたときは苦労した。しつこく運動部に誘われ、断ると「調子にのってる」と陰口をたたかれた。無様な実演を披露しても「手を抜いてる」と信じてもらえない。ようやく正しいポテンシャルが広まったと思ったら「がっかりだ」とくる。こういっちゃあなんだが、外国人に幻想をもちすぎだろう。

チュニジア生まれの父親はフランス人とアラブ人のハーフで、アラブ人といっても祖父はユダヤ人とベルベル人のダブル、フランス人の祖母にはヒスパニック系の血が流れていたというからややこしい。

ギリシアへ渡った父親が現地法人で働いていた母親と出会い、結婚し、Gが生まれた。二人は早くに別れ、Gは母親とともにヨーロッパをくるくる回り、十四歳のとき日本へ移り住んだ。母親の母国、コンビニとヌードルとアニメーションの国に。

母親にはいささか神経症的なところがあって、国を移るたび——つまり男に捨てられるたびに、彼女はGの名前を変えた。グスタフ、ベルトラン、バセム、ギヨーム……忘れたものもふたつくらいありそうだ。分母は多く、数ヵ月の付き合いという名もあったから仕方ない。

ひげを剃り終えたタイミングでスマホが鳴った。

「ハロー」

〈我那覇《がなは》さんですか?〉

この島でGが使っている名前だ。

「ええ。あなたは――」

〈唐崎です〉

せっかちな客だ。声にも落ち着きがない。

〈コンダクターから、我那覇さんに連絡するようにと……〉

「ええ。ご無理を聞いていただきありがとうございます」

相手は押し黙った。Gの発音に違和感はないはずだ。ヨーロッパにいたころから日本語は母親に仕込まれている。

「唐崎さん。昨晩はたいへんな目に遭われたそうですね」

〈そうなんです!〉すがるような声だった。〈あの女、人を油断させといてイカサマみたいなやり方で攻めてきて――〉

唐崎の泣き言を、Gはベッドルームで下着をはきながら聞き流した。

〈気がついたら、ぜんぶ奪われてしまってたんです〉

「災難でした。でも大丈夫。今夜、すべて取り返しましょう」

〈……ほんとうに、金を融通してもらえるんですか?〉

「それも含めて、わたしの仕事ですから」

靴下に手をのばす。枕もとのデジタル時計が四時を示している。約束より早い連絡だ。そうとう切羽詰まっているのだろう。

しかし、と不安げな問いかけ。〈勝てますか?〉

「もちろん。今回はそれも込みのパックです。あなたを勝たせるためのね」

電波の向こうで唾を飲む気配。

「大丈夫。こちらからお誘いしたのですから間違いはありません。任せてください」

決心をつける息づかい。

〈何とぞ、よろしくお願いします〉

「ええ。では九時に」

唐崎の返事を待たず、Gは通話を切った。

ワイシャツに袖を通しながらスマホを操る。

「やあ」

〈かかってきたか?〉

「めちゃくちゃ必死だったよ」

〈棺桶に片足突っ込んでるからな〉

唐崎尚輝の状況は頭に入っていた。勤務する会社、役職、住まいから家族構成、借金の額にポーカーの腕前まで何もかも。

「気が重いね。とっくに火葬場だってのを知らないふりで通すのは」

相手の苦笑が伝わってくる。〈レギオンのGに仏心があったとはな〉

こちらも苦笑で応じる。「弱い者いじめに興味はないよ」

〈ならちょうどいい。今夜の相手は本物だ〉

ほんとうかね、とGは思う。噂には聞いている。しかしこの業界に尾ひれのついた「伝説」はごろごろしている。ギャンブルが好きなだけの素人を百人蹴散らしたって、Gのお眼鏡にかなうとは限らない。

「半日のフライトが無駄にならないように祈っておくよ。そっちの調子は？」

〈イレギュラーはあったが予想以上に上手く進んでるな。仕上げも近い〉

「ひゅう。さすがリーダー」

〈あとはお前次第だ。気を抜いて遊びすぎるな〉

はいはい、と返し通話を終える。

ベッドに横たわり、レギオンのGねえ、とつぶやく。

Gがあいつらと知り合ったのはハイスクールのときだ。がり勉やスポーツマンやセックスホリックのクラスメイトに嫌気がさして通ったクラブで、もはやきっかけなど忘れたが、あいつらと出会った。毎晩のごとくつるむようになり、ある夜、奴がいった。

引っくり返さない？

何を？

すべてを。

レギオン――誰がその名をつけたのか、もう憶えちゃいない。しだいにメンバーが増え、中にはくだらない奴もいて、けれどゆるくつながるやり方のおかげで気にならなかった。

Gが、初めて見つけた所属する場所。仲間。

おれたちは何でつながる？　人種、生まれ、見てくれ。違うだろ？　能力、志《こころざし》、未来。そんな格好いいもんじゃない。

エクスタシー。快感だけが真実だ。

レギオンには、それがある。

Gは完璧にスーツを着込み、そしてスマホをいじる。高校生のGはクラブ通いの金を稼ぐため、男に貢ぐことが生き甲斐だった母親を参考に、ヒモ稼業に精をだした。ついでに性に目覚めた。今では立派なセックスホリックだ。

デリヘル嬢の顔は確認しない。名前だけで適当に選ぶ。最高のおもてなしで迎え、必ず満足させる。たとえどんな女性が訪れようとも。

これがGにとってどうしてもやめられない、そして唯一負け越しているギャンブルだった。

6

アジトから山道をくだり、ルートゼロに合流するまで数分もかからなかった。さびれたドライブインを左手にかすめながらルートワンへ折れようとする佐高に、ルートゼロの南側を走ってくれとワタルは頼んだ。昼間にタカトから聞いた話が頭に残っていた。旧玄無港を一目見ておきたくなったのだ。

道沿いの常夜灯が役に立つ時刻だった。もう間もなく、島は夜に覆われる。

倉庫通りには規制線が張られていた。しかし警官の姿はない。事件はニュースで「外国人同士の喧嘩」と報じられていた。拳銃にはふれられていなかった。こうしたごまかしは珍しくない一方で、不義理を働いたならず者が逃げおおせたって話も聞かない。表と裏が結託したこの狭い島の中で、たいていの情報は筒抜けだ。法律に縛られない制裁が嫌なら海に飛び込むほかない。

サウスブリッジの手前でワタルは車を降りた。『ハニー・バニー』へ向かうアメ車を見送り、旧玄無港に踏み入る。立ち入り禁止の看板を無視してチェーンをまたぐと、潮の香りが濃くなった。だだっ広いコンクリートの地面を歩く。人影は見当たらない。明かりもない。波の音がする。

かつてフェリーが行き交っていた船着き場に立ち、ワタルは首をかしげた。倉庫通りと違い、旧玄無港は密談や取り引きに向いていない。何せ遮蔽物《しゃへいぶつ》がほとんどなく、下手をすればルートゼロの道路からも見られかねないのだ。海上に設置されたブイが邪魔をしてボートを着けることも難しい。まさしくデッドスペースである。

こんな場所で堀木は何をしていた？　それも真昼間に。

考えても仕方ない問題のようだった。目をつけていた女をストーキングしていたら逢引きを目撃ってオチかもしれない。どのみち答えは出ないだろう。

遠く、大型船が海を渡っていくのが見えた。八丈島《はちじょうじま》を経由する観光船か、横浜《よこはま》へ向かう貨物船か。玄無島の南に位置する小島の影が目に入る。

海の向こうにわくわくした記憶が、ワタルにはなかった。子どものころから漠然と、ここじゃないどこかなんて存在しないと感じていた。

両親は本土で暮らし、けれど舞い戻って腐ってしまった。大人の事情などわからないワタルが得たのは、ようするに島だろうが本土だろうが、負け犬は負け犬だという直感だった。そんな子どもの目に海は、四方を囲う檻でしかなかった。

東京に移り住み、違法ネットカジノを手伝ううち、直感は確信に変わった。パソコンの青白い画面に食い入る客どもの腐った面は、堕落《だらく》した父親や、なすすべなく途方に暮れる母親や、竜宮町の飲んだくれ、自殺した国語教師のそれだった。

ネオンの数と、人生のまぶしさは関係ない。彼らを相手に日銭を稼ぐ自分の面も、さぞかし腐っていることだろう。そう思うたび全身に、いたたまれない電流が走る。

若いくせに夢はないのかと定太郎はいった。若いからないんだとワタルは思う。金、経験、人脈。足りないものの多さに気が狂いそうになる。

新津は、島で会ったときから輝いていた。世界を蹴散らしてゆくパワーがあった。その輝きは褪せるどころか、いっそう鋭さを増している。

海に背を向け、ワタルは歩きだした。輝くためにはひとつずつ、ミッションをクリアしなくてはならない。


バーテンの壁岡にジーナの不在を告げられ、ワタルは愕然《がくぜん》とした。

「どこに?」

二杯目のジンをつくりながら壁岡が首を横にふった。

「いつ帰るって?」

黙ったまましショットグラスを差しだしてくる。

「カベさん。大切なことなんだ。教えてくれ」

カウンターに両手を置いた壁岡が、じっとワタルを見据えてきた。

「わかったよ」

ひと息でグラスをあける。喉が焼け、胃が熱くなった。意味不明の儀式を済ませ、あらためて問う。「ジーナはどこへ? 何時に帰ってくる?」

首が横にふられた。酒のせいでなく眩暈《めまい》を覚える。

「嘘だろ」

我知らず口にしていた。ジーナの携帯嫌いは有名だ。絶滅種のガラケーは時計代わりで、通話の頻度はワールドカップより少ないとささやかれている。

「アタッシュケースが、預けてたアタッシュケースが要《い》るんだ」

壁岡の表情は変わらない。

「頼むよ。どこにしまってあるか教えてくれ」

壁岡の表情は変わらない。

「ジンなら何杯でも飲むから！」

「知らされてない」

店内に流れるＢＧＭと喧騒が遠のいてゆく。悪い夢を見ているようだ。

「何しょぼくれてんのよ」

佐高が横にやってきた。

「見て。こんなに稼いできちゃった」

海兵隊みたいな外国人から賭けビリヤードで巻き上げた戦果をひらひらさせ、「ウォッカちょうだい」と壁岡にすべらせる。島における酔っぱらい運転の罰則は注意だけだ。

「……ジーナの居場所に心当たりはないか？」

「あたしにいってんの？」

「知らない仲じゃないんだろっ」

おお怖っ、と肩をすくめショットグラスを受け取る。

「そりゃあ、こうしてハコとつるんでるわけですから、まったく他人てことはないけどね」

「だったら――」

「嫌われてんのよ、あたし。だから店の上にも通してもらえないわけ」

ウォッカを飲み干し、付け合わせのレモンをかじる。

「なんで嫌われてんだ」

「いろいろあるのよ、いろいろ。大人の事情ってやつね」

苛立ちで脳みそがショートしそうだ。

「まじめに答えてくれ。心当たりがあるのか、ないのか」

「知らないわよ。あたしがケアマネージャーに見える？」

お代わりちょうだい——壁岡に声をかける佐高をにらみつけながら、ワタルは頭を回転させた。

アタッシュケースの回収は新津の命令だ。ジーナを疑っているというよりも、ワタルたちを救うために必要と判断しているのだろう。ならば最優先で果たさねばならない。

ハコの同伴はやめ、ジーナを探す。

そう伝えようとした矢先、

「でも」

佐高がこぼした。

「この島でどっか行くって、パレスしかないいんじゃない？」

「パレス？　ジーナがギャンブルするなんて聞いたことないぞ」

「馬鹿なの？　付き合いに接待。やばい商談だってプライベートルームなら安心だしね」

あり得る、か？

このタイミングでの不在は倉庫通りの件と無縁ではないだろう。警察関係者、あるいは裏の人間との相談、折衝《せっしょう》。ならばパレスの可能性はある。当てもなくぶらつくよりは——。

どよめきに、思考が中断された。酔客の視線が階段に集まっていた。ダコタ・ステイトンの歌声にのってゆっくりとおりてくる人影に歓声があがった。暖色のライトに映えるスパンコールのシルバードレス、その鋭角に開いた胸もとにぶら下がるカラフルなネックレスをゆらしながら、コバルトブルーに染まったボブヘアーの下、濃いアイシャドウで強調された鋭い瞳が、まっすぐこちらを撃ち抜いてくる。

思わず見惚《みと》れたワタルが、真っ赤なルージュで塗られた唇の、その二連ピアスに気づいたとき、

「何？」

と女が訊いてきた。

「ぼけっとしてるひまはない。時間よ」

壁岡の用意したジンのグラスをくいっと飲み干し、ハコは出口へ歩きだした。


化け猫め――。

パーカーを着た坊主頭の少女は跡形もなく、アメ車の助手席に座るのは丸っきり夜の女だ。

「見違えたでしょ？」アメ車をパレスに進めながら佐高がからかってくる。「かわいいねとか惚れ直したよとか、一言くらい感想がないの？」

「……勝負のたびに変装してるのか？」

「何よ、その気が利かない質問」

「うるせえな」

「いつもは――」ハコがいう。「もっとお人形さんみたいな格好が多い。フリルのスカートとか。髪も巻き毛で、ゴスロリみたいな」

淡々とつづける。

「見た目で勘違いする馬鹿もいる」

「今夜は本気モードってわけか」

「通じないだけ。二度目の相手だから」

「すっかりオケラにしてやったはずなんだけどね」と佐高。

「昨晩の相手がリベンジを？」

「よほどあたしたちに貢ぎたいらしいわ」

「……きな臭くないか？」

佐高がニヤリとした。

「あんたってほんと、そういうとこには頭回るわね」

道の向こうにパレスの建物が見えてきた。

「落ちてるお金は拾うのがこの稼業の鉄則よ。尻込みするくらいなら公務員を目ざすべきね」

「そういう問題じゃねえだろ。罠に飛び込むくらいなら引きこもってるほうがいい」

「虎穴《こけつ》に入らずんば虎子を得ず。意味わかる？」

ふざけやがって。

「パレスとグルでイカサマはない。信頼がゆらげば商売が成り立たないからね」

「罠としてあり得るのは？」

「代打ち」

金をだす本人の代わりにプロが勝負の席に着く。

「認められているのか？」

「もちろん。入室に制限はかけてるけどね」

本人とコンダクターのほかに許されるのは一名だけ。いったん部屋に入った三人以外が勝負に加わることはできない取り決めだという。

「コンダクターも参加できるのか」

「プライベートルームの勝負は合意さえあれば自由にルールが決められるわ。絶対禁止は暴力行為くらいね」佐高がつづけた。「昔は多かったのよ、代打ち兼コンダクターって。ただ、ちょっと前にコンダクター同士が組んで片方の客を嵌めたことがあってね。その二人は現在行方不明」

勝負の公平性は守る。それがパレスと、パレスを統べる支配者の意向なのだ。

「イカサマは許さない。なぜならそれが一番お客を呼んでお金を生むから。真理ね」

「ほんとうに儲けてる連中は自分じゃ勝負なんかしないってわけか」

「それも真理。ずいぶんひねくれてつまんない考えだけど」

「金は金だ。安全に稼ぐシステムがあるなら乗っかるべきだろ」

「賢い生き方ね」

妙に神経を逆なでされた。

「しょせんあんたらだってプレイヤーだ。オーナーじゃない」

「おっしゃるとおり。あたしたち、賢さと縁がないの」

「――いつまでつづけるつもりなんだ？」

パレスが迫ってくる。地下駐車場の入り口へアメ車が向かう。

「遊んで暮らすぐらいの金はとっくに稼いでんだろ？」

贅沢をしているふうではない。思いつくケースは三つ。スポンサー付きの雇われか、返しても返しきれない借金があるか。

「それとも負けるまでやめられないギャンブル中毒なのか？」

返事より先に駐車場の入り口に着いた。ゲートバーの前に停まると、上下左右、四方から赤外線照射を浴びる。車内の人間を記録するシステムだ。

開いたバーの先へアメ車が進む。

「あんたの申請はしてあるわ、ぼくちゃん」

未成年のワタルが入場するには裏ルートが要る。それを電話一本で手配できるほど、佐高はコンダクターとして力があるらしい。

エレベーターの前にタキシードの案内係が待っていた。佐高に挨拶をし、ノーチェックでワタルたちを誘導する。

佐高が腕時計を見た。「開始は十一時。あたしたちは控室にいるけど」

「おれはジーナを探す」

彼女の行き先はハコも心当たりがなく、入場の有無をパレスに確認することは佐高でもできないという。

「じゃあ三十分前に三階のＶＩＰエントランスで落ち合いましょう。遊んでもいいけど自己責任でよろしく」

そんな金はない。財布には数万、電子マネーで引きだせる全財産と合わせても二十万あるかどうかだ。

「くれぐれも問題は起こさないでちょうだいね。あたしの信用にかかわるし、あんたの命にもかかわるだろうから」

ワタルを一階でおろし、エレベーターの扉が閉じてゆく。スパンコールのドレスに身を包んだハコは無表情で、こちらを見もしない。その細い身体から発する空気は、これまでにないほど尖っていた。

足音が絨毯《じゅうたん》に吸い込まれた。うるさくない程度のBGM、賭け客のざわめき。一階フロアの入り口付近、お出迎えのようなスロットマシーンがざっと百台、列をなしてずらりとならぶ。運試しのコインを投じているのは一見《いちげん》さんと思しき軽装の者が多い。百円から遊べるこの辺りに漂うのはギャンブルというより「観光」の空気である。

スロットゾーンを隈なく見て回るだけで十五分ほどかかった。ジーナの不在を確認し、ワタルは奥へと進んだ。

踊り場のようなスペースに出た。左右から内側へカーブする階段がしつらえてある。頭上に巨大なシャンデリアが三台ぶら下がり、二階はそれよりも高くなっている。踊り場の先にはテーブルがひしめいていた。バカラ、ポーカー、ルーレット。クラップスにブラックジャック、etc。マイナー競技は一階に集まっている。ミニマムベットはスロットマシーンと大差ない。歓声、笑い声に似た嘆き。まだまだ「観光」の範疇《はんちゅう》だ。

フロアは驚くほど広かった。テーブルは数えきれない。清掃のためクローズされているもの以外のほとんどにディーラーと客の姿があった。オープン当初のお祭り騒ぎに比べれば客足は落ち着いているはずだが、それにしたって千ではきかない数だ。配られるカード、回転するダイス、行き交うチップ、弾ける感情、熱気。抗いがたい高揚をふり払うように歩を進めた。

一時間後、ワタルはフロアの端にあるバーカウンターでジンジャーエールを頼んだ。ソフトドリンクは無料、入場の仕方によってはアルコールも飲み放題である。

一階をひと回りし終え、ワタルはうんざりしていた。スタジアムに負けない面積、夥《おびただ》しい人数、おまけに出入りも激しく遊戯室や仮眠室まであるのだ。この中から、いるかどうかも定かでない女を見つけるなんて正気じゃない。

正気じゃないが、ほかにできることもない。

飲み干したジンジャーエールはいかにも本物志向の辛さで、ワタルの好みではなかった。

二階の人口密度はまだマシだった。ミニマムベットの額が上がり、物見遊山《ものみゆさん》の客が減っている。それでもまだ、勝負というほどの切迫感はない。

腕時計に目をやる。午後九時を過ぎていた。一階よりは狭いフロアを速足で歩き回り、ざっと見て回る。収穫のないまま三階へ。

空気が変わった。客層からして違う。スーツやドレスの者が増え、ミニマムベットははした金の域でなくなる。笑って負けられる富裕層と、顔が青ざめるギャンブラーが入り混じっている。テーブルの数も人数もぐっと減り、バーカウンターに落ち着くまでに二十分とかからなかった。午後十時。

注文したコーラを口に含みながら、ワタルはため息をついた。傍から見れば身の丈に合わない額をすった負け犬に映るんじゃないかと自嘲が浮かぶ。

ジーナはいなかった。驚くことじゃない。むしろ見つけられたらラッキーなくらいだ。しかしそれでも失望は濃かった。

パレスが正解でもオープンエリアとは限らない。ワタルの予想通り、彼女がなんらかの相談や折衝に出かけたとすればプライベートルームを利用しているだろう。

三階より上へ行くには手続きが要る。そして使用中の部屋にはドアマンが立つ。勝手に中をのぞくことはできない。

手詰まりか――。待ち合わせまで残り三十分、当てもなく歩きつづけるよりは大人しくコーラを飲んでいるほうがマシという時刻だ。

徒労感をごまかすようにカウンターに背をあずけた。近くのテーブルが目に入る。バカラ台だ。賭け金の額が上がれば上がるほど複雑なゲームは避けられる。三階にはバカラ、ブラックジャック、ルーレットしかない。

ディーラーのカード捌きは見事だった。客たちもこなれている様子だ。若い女を侍らすアジア系の禿げオヤジ、どこか荒《すさ》んだ雰囲気を醸《かも》す妙齢の白人女。ラメスーツにサングラスの男は一見してスジ者に見える。こちらもアジア系だろう。

なんの気なしに勝負を眺めた。禿げオヤジが調子よく勝利を重ね、連れの若い女におだてられるまま賭け金を増やしている。対抗するようにラメスーツがチップを置く。白人女は懐《ふところ》が寒いのか、様子見のノーベットを織り交ぜながら勝ち頭の禿げオヤジにちまちま相乗りする戦略らしい。

ワタルにギャンブルの習慣はなかった。本土の高校に通っていたころ、パチンコで一万負けた。競馬は勝てる気がしなかった。宝くじも同じだ。

付き合いで麻雀は打つ。勉強もした。技術で勝率が上がるのは好ましい。しかしのめり込むことはない。なぜなら結局、勝敗は運で決するからだ。

必然性のない敗北を、心の底から憎んでいる。

またしても勝利した禿げオヤジがガッツポーズをした。連れの若い女が後ろから抱きついた。ラメスーツがカードを投げ席を立った。白人女が首の皮一枚で資金を取り戻している。

ワタルは興味を失い、二杯目のコーラをあけてカウンターを離れた。『ハニー・バニー』に電話を入れジーナの不在を確認し、アタッシュケースを返してほしい旨あらためて伝言を頼んだ。敗北を受け入れるのは、できることをぜんぶしてからでいい。

点々と置かれたテーブルのあいだを縫ってフロアの奥、待ち合わせ場所のＶＩＰエントランスへ。運否天賦《うんぷてんぷ》にうつつを抜かす連中を見下ろしながら。

ふいに、意識の端がピリッとしびれた。足を止め、ふり返る。通り過ぎた視界の中にその理由を探した。手前にテーブルが三つ。バカラが二台、ルーレットが一台。客は十人足らずだ。ジーナはいない。探す範囲を広げても、魔女の白髪は一本だって見当たらない。

なんだ？　おれは何に反応したんだ？

ルーレット台の客にこれといった特徴はない。やや高齢者が多いくらいだ。バカラ二台ははっきり人種が分かれていた。片方は黒人もまじった欧米系、もう片方はアジアの男たちで占められている。背広が目立つ欧米の連中はハイソな雰囲気がある。アジアテーブルは若くてガラが悪い。着崩した色柄シャツ、顔に傷跡をもつ男、腕をむきだしにした男――。

「ぼくちゃん」

佐高がぶらぶら近寄ってきた。

「何をぼーっとしてんのよ」

「いや……」集中をそがれ、思いつきは飛び去っていった。

「酔っぱらってんじゃないでしょうね」

「コーラしか飲んでねえよ」

「馬鹿ね。ここで美味しいのはジンジャーエールなのに」

佐高が顔を寄せてきた。「ジーナは？」

ワタルは無言で首を横にふった。

「あら残念」と肩をすくめる。「ツイてないわね」

「ツキなんかに期待しちゃいない」

「ふうん」

佐高が気色悪いニヤケ面で、

「なら行きましょう。きっと今夜、一番ツイてない男が待ってるわ」

エントランスへ歩きだした。


そのまま高級レストランの個室として使えそうな部屋だった。中央に置かれたポーカーテーブルはサイズこそ小さいが一級品だろうとワタルでも想像がついた。

「ゲームは最大二十回戦です。どちらかのチップがなくなるか、双方の合意によって途中終了も可能です。プレイコール後、観覧のお客さまの入退室及び移動、私語は禁止となっております。時計や携帯電話等の音についても同様です。場合によってはペナルティを科させていただきますのでご注意ください」

すらりとした女性ディーラーが淡々と説明をつづける。

「この部屋は通信電波の届かない仕様となっております。外部と連絡のさいはプレイコールの前にご退室ください。また当方の判断によって不正行為が認められた場合、お手持ちのチップのすべてを没収させていただきます。この裁定はパレスの信頼をかけたものであるとご理解ください」

プレイヤーの後ろに立つイカサマ防止のお目付け役が紹介された。二人とも体格の良い男性だ。

「では一回戦をはじめます。プレイヤーは着席ください」

部屋の奥側の席にハコが座った。壁にもたれる佐高の横に、ワタルは陣取った。

ハコの正面に、スーツの男が腰かけた。三十代後半くらいだろうか。黒髪をセンターでわけ、ノンフレームの眼鏡をかけている。

「よく再戦を受けてくれた。感謝してるよ」

「こちらこそ」

「ジャケットの若い彼は助っ人かな」

「助太刀の必要がある？」

ハコの返答に、理知的な顔つきがかすかに力む。

「調子にのるなよ。もう油断はしない」

ワタルの位置からハコの表情はうかがえない。けれど冷たい無表情が、はっきりと目に浮かぶ。

「ではプレイオンです」

二人が参加料のコインを二枚ずつ置く。一枚五万のＶＩＰコインだ。

掛け声とともにディーラーが各々に二枚のホールカードを配った。プリフロップである。

ハコは二枚のホールカードの端をちらりとめくり、すぐに伏せた。あまりのスピードにワタルの認識は追いつかない。

視線を前方へ飛ばす。名乗り合っちゃいないそうだが、佐高によれば相手の彼はカラサキという会社員で、背後のソファに腰かけるホストみたいな金髪のコンダクターはレギオンの男らしい。歳はワタルと似たりよったりに見える。

「チェック」

「チェック」

賭け金がないままフロップ――テーブルに三枚のコミュニティカードが開かれる。◇7、♡5、♠3。

つづけざまにチェックの声。

ターン――四枚目が示される。♡A。

「ベット」無機質なハコの声。二枚のコインがテーブルに加わる。

「こちらも」カラサキが応じ、同じく二枚を置く。

リバー――最後のコミュニティカードは♡K。

「ベット」ハコが前回と同じ枚数を追加する。

「レイズ」カラサキが一枚多くだす。

テキサスホールデムポーカーのルールなら知っている。ワタルが手伝っている裏カジノでもネットポーカーは人気だ。

しかしオフラインの対戦を目の当たりにしたことはない。それも参加費だけで十万の勝負である。

賭け方も特殊だ。通常はカードが確定する前段階に三度、最後のリバーでベッティングは終了するが、パレスルールでは回数に制限がない。そのため「ベット」は同額追加を意味し、「コール」がカードオープンの宣言となっている。一対一で高額のやり取りを行う工夫だろう。

ワタルにはどちらのホールカードもわからない。二人の声や態度からハンドの強さを測るしかない。いったいどんな心理状態でどんな駆け引きがなされるのか。

「ベット」

カラサキのレイズにハコが応じた。ハンドがわからない以上、勝算の有無を見通すことはできないが、まずはセオリーどおりに思えた。今夜一発目の勝負だ。大きく張りすぎるのも消極的すぎるのもよくない。

「レイズ」

カラサキが二枚上乗せで迫ってくる。

「ベット」

「レイズ」

さらに二枚増し。ハコが勝負をつづけるには最低でももう七枚ださねばならず、すると賭け金は百万に迫る。

「ベット」

イカれてやがる——。ワタルはコバルトブルーのカツラをかぶったハコの後頭部を見つめ唾を飲んだ。

カラサキの発声が止まった。

「……コール」

カード勝負だ。

「ショウダウン」

ディーラーが宣言し、二人がホールカードをオープンする。

カラサキは♣J、そして◇A。Aのワンペアが成立している。

ハコは◇9、♠4。

ブタじゃねえか！

「くくく」

低い笑い声を、カラサキが発した。

「そのやり口は飽きたよ、お嬢ちゃん」

ハコは返事をせずホールカードをディーラーへすべらせた。

いくら初戦でもこれは痛い。おそらく相手のフォールド待ちでコールできなかったのだろう。その結果ハコの出費はアンティ込みで二十一枚、百五万だ。一千万勝負の、十パーセントがたった数分で失われた。

無性にハコの表情を見たくなった。ワタルのとなりでブランデーをなめる佐高の顔にも笑みはない。

嫌な予感は当たった。二戦目、三戦目とハコはいいところなく負けを重ねた。弱気になってフォールドを繰り返すようではいよいよ大敗の兆候だが、がむしゃらに突っ込んでいくのも大差ない。コインがみるみる減ってゆく。

五戦目がはじまる時点でハコは未勝利、資金は七百万を割るかというところまできていた。

流れが悪いのはホールカードからも明らかだ。

思わず佐高にささやく。「休憩は入れられないのか?」

きっとにらまれた。まさかこいつまで熱くなっているのか?

「プレイオン」

ディーラーの声でワタルは口を閉じた。こうなったら見守るほかない。

相変わらずスピードが速すぎてハコのカードは見えない。それがまた胃を締めつけてくる。たった二枚のアンティすらもったいなく思えてくる。

「ベット」

ファーストコールは前回の敗者がする。つまりベットのコールをしたのはハコだ。場に三枚のコインが追加される。ワタルは思わずカラサキの顔を見た。

表情はない。「――チェック」

フロップのコミュニティカードは◇9、◇7、♠6。

「ベット」

「……チェック」

ターンは♠10。

「レイズ」

ハコが四枚置く。

「チェック」

カラサキは様子見をつづける。

リバーは♠2。

「レイズ」

ハコが五枚置く。合計十七枚。一方のカラサキはここで勝負を降りればアンティのみの出費。勝負に出るなら不足分を一気に払わねばならない。

カラサキからすれば気色悪い賭け方だろう。ホールカードしか明らかでないプリフロップの時点でベットだ。そしてレイズを重ねた。強いホールカード、強いハンドが予想できる。

「ベット」

ワタルの、組んだ腕に力が入った。カラサキが差しだす十五枚のコインが禍々《まがまが》しい。

「……ベット」

ハコがもう十五枚追加する。このとき、ワタルの目にカラサキの笑みが映った。

「パターンだな」

レイズ、と十六枚を押してくる。

「大した手は入ってないんだろ？　アンティ取り目当ての降り狙いだ」

ハコは応じない。

「違うか？　だったらレイズしてみろ」

「――ベット」声が小さい。

「はっ」カラサキが声をだして笑った。「コールもできないのか？　レイズだ」

十七枚。

「ほら、勝負してみろ。おれは降りないぜ。ほら」

「ベット」かすかな震え。

「降りられないか？　そりゃそうだ。ここでその枚数を負けたら終わりだもんな」

ベットだ！　さらに十七枚。

「さあ、レイズしてみろ！」

「レイズ」

へ？　カラサキの笑いが止まった。ワタルの心臓も止まりかけた。

二十枚。

「どうぞ。ベットでもレイズでも、コールでも」

ハコの口調が、平坦に戻っていた。

「どうぞ」

郵便はがき

1 1 2-8 7 3 1

料金受取人払郵便

小石川局承認

1879

差出有効期間
2019年12月
31日まで

〈受取人〉
東京都文京区
音羽二―一二―二一

講談社
文芸第二出版部 行

書名をお書きください。

この本の感想、著者へのメッセージをご自由にご記入ください。

おすまいの都道府県 性別 男 女

年齢 10代 20代 30代 40代 50代 60代 70代 80代〜

頂戴したご意見・ご感想を、小社ホームページ・新聞宣伝・書籍帯・販促物などに使用させていただいてもよろしいでしょうか。 はい (承諾します) いいえ (承諾しません)

TY 000044-1807

ご購読ありがとうございます。
今後の出版企画の参考にさせていただくため、
アンケートへのご協力のほど、よろしくお願いいたします。

■ **Q1 この本をどこでお知りになりましたか。**

1 書店で本をみて
2 新聞、雑誌、フリーペーパー 〔誌名・紙名　　　〕
3 テレビ、ラジオ 〔番組名　　　〕
4 ネット書店 〔書店名　　　〕
5 Webサイト 〔サイト名　　　〕
6 携帯サイト 〔サイト名　　　〕
7 メールマガジン　8 人にすすめられて　9 講談社のサイト
10 その他 〔　　　〕

■ **Q2 購入された動機を教えてください。〔複数可〕**

1 著者が好き　2 気になるタイトル　3 装丁が好き
4 気になるテーマ　5 読んで面白そうだった　6 話題になっていた
7 好きなジャンルだから
8 その他 〔　　　〕

■ **Q3 好きな作家を教えてください。〔複数可〕**

〔　　　〕

■ **Q4 今後どんなテーマの小説を読んでみたいですか。**

〔　　　〕

住所

氏名　　　電話番号

ご記入いただいた個人情報は、この企画の目的以外には使用いたしません。

「――ふざけるな。降りるとでも思ったか?」

カラサキが親指の爪を嚙んだ。「……コールだ」

ディーラーが宣言する。「ショウダウン」

カラサキがカードをめくる。◇6、♡10。6と10のツーペア。

「ごめんなさい」

ハコがホールカードの一枚目をめくった。♠7。

「ひどい攻めだったと思う」

二枚目は♠9。ツーペア同士。しかしハイカードはカラサキの10……。

いや、違う。ハコのハンドは、♠のフラッシュだ。

「早く終わりたかったの」ハコがいう。「眠くて」

カラサキは目を見開いて固まっていた。固まったまま、その身体がぐらりとゆれた。

「おっとっと」

レギオンのコンダクターがソファから立ち上がりカラサキを支えた。

「勘弁してよ、カラサキさん。おーい、聞こえてますかあ?」

カラサキの頰をぺしぺし叩く金髪のコンダクターに、ディーラーが優しく声をかけた。「プレイヤーを交代しますか? 休憩は三十分まで認められています。超えたさいは十五分ごとにペナルティとしてコインが一枚移動します」

「オッケー。休憩にしましょう。そちらさんもかまわないね?」

「ルールだからね」佐高が肩をすくめる。「よければ十時間くらい休んでくれてもいいわよ」

「じゃあ三十分後に再開ってことで」

レギオンのコンダクターはチャラい見てくれに反し落ち着いていた。文句を垂れながらカラサキをソファへ担ぎ、「水ちょうだい」とスタッフに命じている。

ワタルは大きく息を吐いた。心のしびれを落ち着かせる。

今の勝負で八十五枚のＶＩＰコインがカラサキからハコへ支払われた。一撃四百万超の出費だ。前半のリードを失い二百万近く凹んだことになる。

佐高にささやく。「向こうの金髪に危機感がないな。コンダクターの報酬は勝った金額で上下するんじゃないのか？」

「お金も都合してるはずなんだけどね」

「あいつが？」

「個人ではないでしょうけど、大負けは面倒なはず」

レギオンが抱える闇金を紹介したうえで勝負を促す。珍しい手口ではない。しかし取り立ての算段がついているのだとしても、負けてうれしいわけではないだろう。カラサキから取りあげたい資産でもあるなら別だが。

「ま――」佐高がブランデーのグラスをあける。「想定内よ」

訊き返す間もなく佐高は両手を広げた。「お疲れ」

ハコがこちらへ歩いてきて、促されるままソファに腰をおろした。

「手応えは？」

「ふつう」

「ならオッケー。何か飲む？」

「ジンジャーエール」

給仕は当然、ワタルの仕事だった。

部屋の隅のカウンターでグラスを受け取り、ソファへ戻る。そのさい、横たわるカラサキの姿をちらりと見やる。胸に手を当て、はっはと息をしている。金額よりも精神的ダメージが深刻そうだ。

「最初は様子見だったのか？」

グラスを渡しながらハコに尋ねる。佐高は手洗いへ退室していた。

「別に」

「解析の時間だったんだろ」

まさかほんとうに眠かったはずもない。

「昨日で読みきってたんじゃないのか」

「あいつは雑魚《ざこ》じゃない。あなたが思うような癖があるわけでもない。その程度の奴がここで常連になるのは無理」

ストローでジンジャーエールを口に含んでから、かすかに息を吐く。「目の動き、汗の感じ。指の角度、声の強弱、呼吸。その日の体調や気分で変わる」

「ホールカードが読めるのか？」

面倒くさそうにハコがつづけた。「彼の場合、手札を確認するときの視線と唇の微動でカードの強さがわかる。ペアはもちろん、絵札やAのハイカードがあるのもわかる。コミュニティカードが出たときの様子と合わせて絞ればいい」

ほんとうか？　ホールカードを見るのは一瞬だ。ゲーム中、ワタルもカラサキの態度から手役《ハンド》を読もうとしてみたが、マグレ当たりすらなかった。

「正確に数字とハンドが確定できるのか？」

「回数と状況次第」

「だったら初戦の張り方はなんだったんだ」

無難に回数を重ねるやり方ではなかった。無理攻めを敢行し、多額のコインを失った。

「相手のハンドを見極められないのに突っ込むなんて馬鹿だ」

ハコがうんざりした様子でいう。「状況による——っていわなかった？」

ワタルは眉をひそめ、すぐに答えに行き着いた。

状況。つまりそれは、カラサキの精神状態だ。昨晩大きく負け、取り返したいという気持ち。負けられないという気持ち。やり返してやるという気持ち。それらを読みやすい一方向に整えるための大敗だったのだ。方向さえ決めてやれば、あとはそのテンションのカラサキを解析するだけでいい。

「……6と10のツーペアは読みきってたのか？」

当たり前でしょ、とばかりにジンジャーエールをすする。

ワタルは呆れ半分でとなりに腰かけた。このマッチ棒みたいな少女が、そんな超能力じみた真似を平然とこなしているというのか。

「——でも、自分の手がくるとは限らない」

ハコが横目でこちらを見てきた。

「フラッシュになったのは運だ。五枚目のリバーが開くまで、お前は負けてた。なのにお前はプリフロップからベッドを重ねた」

ターンの時点で十枚を超える勝負に持ち込んだのだ。たしかにフロップでハコは7と9のツーペアが成立していた。勝負にいくことは理解できる。しかし四枚目のカードでカラサキにハコよりも強いツーペアができた。おまけにハコのセッティングで、カラサキは押す一択の状態だった。

もしもリバーがスペードじゃなかったら――。

「結局、ギャンブルだ」

「何をいってるの？」

ハコが、きょとんとしていた。

「ギャンブル。そのとおりでしょ」

胸をつかれる感覚があった。

「……いつか負ける」

我ながら強がりのような響きだった。

「手ひどく負けて、失う」

「ええ。たぶんね」

ハコを見つめる。理解しがたい、その平然とした横顔を。

「二十畳の鳥かご」

「え？」

「あそこに戻るくらいなら、地の底に落ちるほうがマシ」

意味を尋ねる前に、

「ハコ」

佐高がせわしない足取りで戻ってきた。表情から、いつものふやけた余裕が消えている。

「お出ましよ」

二人の視線が、ドアへ向いた。

タキシードの男が入室した。浅黒い肌、ラテン系を思わせる顔のつくり。肩までのびた真っ黒の縮れ毛。スポーツ選手並みの体格だが、ごついというよりもスマートな印象だ。

「お待たせしました。プレイヤーを交代します」

なんの違和感もないイントネーションだった。

男はカラサキが座っていたテーブルにつき、ワタルたちへ笑みを寄越してくる。

「我那覇といいます」

キン、と冷えたような空気。それが何ゆえ生じたのか、ワタルにはわからない。

立ち上がったハコを佐高が止めた。

「どーも、お久しぶりね」

「佐高さん」我那覇がやわらかな笑みのまま応じる。「ほんとうに久しぶりですね。六年くらいになりますか」

「二年よ。二年と三ヵ月」

「ああ、そうでしたか。どうもわたしは数字に弱くていけない」

佐高が「くっ」と笑い声をあげた。

「相変わらずね」

「佐高さんもお元気そうで」

「元気よ。チョー元気。すこぶる快調」

「何よりです」

「最近は海の向こうで遊んでるって噂だけど、はしゃぎすぎて追いだされたの？」

「砂漠とステーキに飽きたんですよ」

「ディーラー。プレイヤーは事前に申請があった三名に限るはずよね」

さようです、と女性ディーラーが佐高に返す。

「この人は我那覇の名前で登録されてる？」

「申し訳ございませんが、お答えできません」

「でもこの人、我那覇じゃないわよ。別人。偽名」

我那覇は笑みを浮かべたままだ。

「それは許されるんでしたっけ？」

「――パレスにおいて身分を偽ることは禁止されております。それはプライベートルームに関しても同様です。虚偽の確認ができた時点で勝負は無効です」

「だって」

佐高が我那覇に向く。

「あなたがそこに座る権利はない」

「佐高さん。よしましょうよ、そういうつまらない駆け引きは」

我那覇が白い歯を見せる。「事実、パレスはわたしを我那覇と認めてここに入室させているんです。わたしが偽者だというなら、その証明はあなたがしなくちゃならない。そしてそれは不可能だ」

「つまりこういうことね？　どんな場合でも、ここでの勝負は有効。あとで誰がどうだったなんてケチはつけない」

「お互いに」

佐高のミミズ目が細まるのを、ワタルは感じた。ただの心理戦ではない。じっさい身分を偽っているワタルの存在を考慮した言質《げんち》取りだ。

「ところで提案なんですが」

我那覇がにこりと笑う。

「こうして佐高さんと再会できたわけですし、残り十五戦というのはいささかさみしい。金額も一千万では退屈だ。そう思いませんか？」

「何がいいたいの？」

「ルール変更を提案します。回数は無制限。賭ける金額は一億」

思わずワタルは唾を飲んだ。一億。一枚五万のコインが二千枚。

「――勝負途中の金額と回数の変更は禁止よ？」

「そのとおりですね。なのでこの場で、二試合目の予約をしちゃいましょう」

我那覇の後ろから金髪のコンダクターが書類をテーブルに置いた。

「この部屋の予約は済んでいます。丸々一日貸しきりです。手続きもしてあります。あとはそちらのサインさえあれば成立します」

「ずいぶん、準備がいいのね」佐高が書類を手にした。

「回数は無制限。ただしそれだと永遠につづいてしまう恐れがあるので、アンティとは別に五枚の参加コインをプールしていくシステムにしましょう」

コインが平行線をたどっても四百戦目で互いに底をつく計算だ。

「プールコインは最終的な勝者の総取りです」

「おもしろそうね。ただあいにく、一億なんて大金持ってないわ」

「ご冗談を。むしろ物足りないくらいだと危惧してましたが」

「あんた、危惧なんて言葉覚えたのね」

「言葉には強いほうなんです」

もちろん――、と我那覇がいう。

「必要なら一時的にお貸ししましょう。無利息で」

罠だ。ワタルの直感はそう告げていたし、ふつうに考えてもこの展開は怪しすぎる。

「拒否したら？」

「嫌がらせをします」

「嫌がらせ？」

「はい。ずっと休憩をしつづけます。こちらのコインは残り百三十枚ほど。一時間四枚消費ですから三十時間ほど拘束できます」

「時給二十万なら悪くないわね」

「価値観によりますね。ちなみにご存じとは思いますが、今回の勝負では参加者三名が同時に部屋を出られてしまうと自動的に勝負放棄とみなされ、コインはすべて没収です」

「……嫌な性格してるわ、あんた」

「初めていわれました」

ディーラーが口を挟む。「休憩は終了です。プレイヤーは席についてください」

「だそうですよ、佐高さん」

我那覇が身を乗りだす。

「わたしの相手はそこのレディですか？　それとも佐高さんが？」

佐高は答えなかった。その背中に冷気を感じる。

「佐高」とハコが声をかけたとき、

「休憩よ。再開は三十分後」

佐高が宣言した。

「何者なんだ？」

ソファを囲み、ワタルたちは向き合っていた。

「G。本名は知らない」

「レギオンのG？」

レギオン創設メンバーの一人と噂されている名だ。

「ほんとのとこは知らないけどね」

ふり返ると、我那覇は席に座って目をつむり、テーブルの端を指でリズミカルに叩いている。

「強いのか」

「化け物よ。少なくともあたしが見てきた中ではピカイチの」

佐高がにゅるりとほほ笑んだ。

「ある日プライベートルームに現れて、あっという間にキングへ成り上がった男よ。稼いだお金は三億とも四億ともいわれてる。名だたるギャンブラーたちを容赦なくなぎ倒していく様はいっそ爽快ですらあったわね」

どこかうっとりした響きがあった。

「ただ勝つだけじゃなく、心を折るやり方だったわ。Gが去ったあとは死屍累々。ぺんぺん草も生えやしない。国内じゃ勝負が成立しなくなって拠点を海外へ移さなきゃならないほど、強い」

「こいつよりも？」目を、ソファに座るハコへ向ける。

佐高は答えなかった。そこにワタルを小馬鹿にする様子はない。

「受けるのか?」

無制限の一億勝負を。

「きっと罠だ」

「どんな?」

イカサマはあり得ない。考えられるのはひとつだけ。我那覇は確信しているのだ。真っ向勝負で、絶対に負けないと。

佐高が問う。「ハコ」

「やるに決まってる」ハコは即答した。「いつかこうなるのはわかってたし」

「負ければ終わりよ」

「この日のためにわたしを飼ってたんじゃないの?」

佐高が長く息を吐いた。

「サインしてくるわ」

テーブルへ向かう佐高を見送り、ワタルはハコに尋ねた。

「あの男を倒すために、佐高はお前と組んでたのか?」

無言の沈黙は暗に肯定を表していた。

ならば——と、ワタルは口もとに手を当てた。

倉庫通りで殺人が起こった翌日にチンピラの死体が目の前に転がったその日の夜に、海外で活動している宿敵と再会し、勝負となる。

こんな偶然が、ほんとうにあるのだろうか?

「長い勝負になる」前を見たままハコがいった。「好きなときに帰って」

そうだ。いつまでもここで時間をつぶしちゃいられない。しかしこの子を無事に帰さなくては敷島に切られてしまう。

「大丈夫。勝つから」

ハコの眼差しはまっすぐだった。冷たい無表情で、じっと我那覇を見据えている。そのまじりっ気のない意志は、一言でいうと美しかった。

お前は、なんのために勝負をしてるんだ？

それを言葉にする代わりに、

「――なら賭けよう」

ワタルはいう。

「こっちの問題を片づけて、おれは戻ってくる。そのときお前が負けてたら、素直に敷島さんに会いに行け」

「勝ってたら？」

「なんでもひとつ、命令を聞いてやる」

ワタルは出口へと歩いた。

案内の人間とともに廊下を進みエレベーターに乗ったとき、スマホが震えた。プライベートルームは電波が入らないことをすっかり忘れていた。

「ワタルです」

〈何をしてた？〉

新津の声は硬かった。

「すみません。敷島の頼みで――」

〈女だな〉

筒抜けか。新津の情報力に恐怖すら覚える。

〈ちょうどいい。話をつけることにした〉

「敷島とですか」

エレベーターが三階に着く。

〈ああ。これまでのことを腹を割ってな。ウチの従業員のことも含めてだ〉

堀木だ。新津と敷島が連絡を取り合ったのは事実らしい。

「向こうが応じたんですか?」

〈お前が連れてる女を利用した〉

ハコを?

〈こっちで預かってるから会いにこいと伝えてある〉

「え?」足が止まってしまう。

〈あの女は敷島の急所だ。こっちの都合で呼びだすにはそれしかなかった〉

「でも、ハコがパレスにいることは定太郎も知ってますよ」

〈ワタル。おれを誰だと思ってんだ〉

新津蓮。パレスのことならお見通し。その気になればハコをさらうくらいはわけがない――敷島もそう考えるだろう。

パレスの従業員から今夜の勝負も、勝負が長引きそうな状況も伝わっているのだろう。それを利用して敷島を釣りだし、風上に立とうとしている。ハコを拉致したと匂わせて。

〈こっちからはお前らを引き渡せと要求してある〉

「――大丈夫なんですか？」

交渉のためとはいえワタルたちは犯人扱いだ。しかもボディガードを買って出た手前、敷島を裏切った格好になる。

〈何度もいわせるな。おれにとってお前らは弟みたいなもんだ。いや、それ以上だろう。たぶんおれは、お前らのためなら自分を犠牲にしてしまう〉

胸が締めつけられた。八百長破りで死にかけたタカトを身を挺して守ってくれたのは新津だった。

「おれはどうしたら？」

〈すぐに定太郎と合流しろ。ハコとはパレスの前で別れたといっておけ。いいか？　間違っても女の居場所を教えるな。計画が台無しになる〉

「わかりました」

〈ワタル〉

これまでに聞いたことのない、やわらかな声だった。

〈ぜんぶ終わったら、タカトと三人で美味いもんでも食おう〉

「張さんの餃子を」

かすかな笑いとともに電話が切れた。

ハコと別れた理由を定太郎にどう弁明するか。この時刻まで何をしていたかの説明も必要だ。頭を働かせながらフロアへ踏みだそうとして、その足が止まった。

ん？

勝負の場に向かう直前にも感じた引っかかり。それがまたワタルを襲った。

視線の先のバカラテーブルに、先ほどと同じ男たちが座っている。そのうちの一人がチップをなくし、ちょうど立ち上がったところだった。アジア系の顔つき。Tシャツからこれみよがしにさらした腕。筋肉を覆いつくすように描かれたタトゥー。

マジかよ。

心臓が高鳴る。見覚えがある。あのタトゥーの柄。倉庫通りで死んでいた男のものとそっくりだ。スマホをマナーモードにする。肩をいからせて歩くタトゥーの男のあとをワタルは追った。顔ははっきり憶えていない。だがあの死体が偽装とは思えない。本人でないなら、たまたま偶然似てるだけ？

タトゥーの男が階段をおりてゆく。換金所やトイレなら三階にもある。オケラになって帰るつもりなのだろう。二階も過ぎ、右手の階段へ進む。

タトゥーの男は手ぶらだった。Tシャツにジーパン。VIP以外の一般客は入場時に荷物検査のゲートをくぐらねばならない。武器の携帯はないはずだ。しかしどうする？　とっ捕まえたとして、どうすればいい？　堅気《かたぎ》の風体ではない。明らかにマフィアのたぐいだ。いっしょのテーブルにいた連中は仲間だろう。外にも仲間がいるかもしれない。

もしつながりがあるのなら、殺された三人と同じ組織の人間と考えるのが自然だ。だがそうなると、こんな場所で遊び呆けている神経がわからない。組織から動くなと命じられているだけなのか……。

タトゥーの男は一階の踊り場から出口へ向かいかけ、方向を変えた。行き先はトイレだ。ワタルは呼吸を整えながらゆっくり歩いた。タトゥーの男が入るのを確認し、それから周りの様子をうかがう。やってくる者はいない。中に人がいれば中止。そう決めてあとを追う。

宇宙船みたいなトイレには誰もいなかった。タトゥーの男だけが小便器の前に立っている。

理性は「ほっとけ」と騒いでいた。「回れ右しろ」と命じていた。だが直感が、立ち止まることを許さなかった。

後ろから首に腕を絡みつける。タトゥーの男は心底驚いたように身をよじった。その拍子《ひょうし》に小便が床に飛び散った。

「ビイ・クワイエット」

頭に浮かんだ英語で話しかける。腕でがっちり首を絞め、あとは力を込めるだけという状態だ。

タトゥーの男は入り口へ視線を投げながらも、無駄な抵抗をあきらめた。

「日本語はわかるか?」

「――少し」

「韓国人か」

うなずき。

「倉庫で死んだ奴の仲間か」

沈黙。

「しらばっくれんな。お前と同じタトゥーを彫ってる奴がいただろ」

「――兄貴だ」

血の気が引きそうになった。だが今さら謝ったって同じだ。唾を飲んで質問をつづける。

「島に残っている理由はなんだ」

タトゥーの男は答えなかった。

「報復か？」

「違う」

「じゃあ――」

「遊びだ。観光だよ」

「兄貴を殺されて観光なんてしねえだろ」

「待て。あんた、ポリスか？」

「もっときつい職業だ」

「だったら――聞いてないのか？　この話は片がついてる」

「片がついてるのに、なんでさっさと国に帰らない？」

「だから、遊びだって」

話がループしている。ほかの客が入ってくるまでごまかすつもりか？

ワタルは巻きつけた腕に力を込めた。

「お、おれはたんなる付き添いだ。朝には帰る。ほんとうだ」

タトゥーの男が言葉を絞りだす。

「なあ、聞け。兄貴はクズだ。組織のお荷物だった。おれも尻拭いをさせられてばかりだったんだ。殺されたって恨みなんてない」

「信じられるわけねえだろ」

「ほかの二人もそうだ！　どいつもこいつも能ナシで、おれたちみんな、死んでせいせいしてる」

その口ぶりに演技の様子はなかった。

「お前ら……」ワタルは半信半疑の思いつきを口にした。「あの三人が死ぬことを知っていたのか？」

タトゥーの男は黙った。尋常でない汗が流れていた。襲撃の恐怖だけじゃない。図星だからだ。

そしてたぶん、それは口にしちゃいけない情報だった——。

こつん。

誰かが外からやってくる足音。ワタルはタトゥーの男を壁に突き飛ばし、出口へ走った。

パレスを速足で出て、中央広場へ向かう。ふり返っても追ってくる者はいない。正面のライトアップされた噴水から水柱があがる。華麗なジャグリングを披露《ひろう》する大道芸人を横目に、ワタルの頭は混乱の収拾にやっきになっていた。

倉庫通りで死んだ三人の韓国人マフィア。わけのわからない一連の出来事の発端。その根本がゆらいだ。

三人は組織のお荷物で、もともと処分される予定だった。これが事実ならあの殺人は事実上の処刑——つまり自作自演ということになる。

だからワタルたちに手をださなかった？　アタッシュケースもそのままにしておいた？

一見筋が通りそうだが、あり得ない。処刑ならどこぞで勝手にやればいい。

わざわざこの島で、あえて取り引きの場を選んだ理由はなんだ？　答えはひとつしか浮かばなかった。初めから江尻組と揉めるつもりだったのだ。

しかしこれもしっくりこない。あまりにリスクが高すぎる。江尻組の窓口は若頭の滝山だ。かつてのいきおいはないにせよ、やすやすといいなりになる輩《やから》じゃない。江尻組のバックには関東大栄会が控えている。おまけにこの島で事件を起こせば国家権力と米国資本すら敵に回す恐れがあるのだ。

待て。

ワタルは足を止める代わりに息を止めた。

この事件で、もっともわりを食ったのは誰だ？

取り引きを台無しにされた滝山？　自分の縄張りで事を起こされた敷島？

表面的にはそうかもしれない。

表面的というなら一番はワタルとタカトだろう。

だが自分たちが絡んでいるせいで、責任を追及されかねない人物がいる。組長の江尻から島の管理を任されたワタルたちの兄貴分——新津蓮。

首謀者のほんとうの目的が、新津を蹴落とすことだとしたら？

すると首謀者は、滝山慎吾しか考えられない。

ワタルたちが韓国マフィアの手下を殺害し取り引きをつぶしたとなれば、仕切り役の新津は責任を免れない。滝山はそれを口実に新津を排除し、島の利権をかっさらうつもりなのだ。それならば韓国マフィアに用意した見返りも想像がつく。

クラクションの音が響いた。気がつくとワタルは広場を抜け、ルートワンの道沿いを歩いていた。

クラクションは、道路の端に停まったワゴンからだった。後部座席のドアが開き、男がのっそりと姿を見せる。

腰に手を当てた定太郎が、困ったような笑みを浮かべていた。

「乗るんだな」

とっくに日付が変わった午前一時。

※

すべてを失った夜がある。

金も自信も、誇りも未来も、あっけなく、すぽんと消えた。

自分だってさんざん他人から巻きあげてきたものだ。文句をいう資格はない。自業自得、身から出た錆。祇園精舎《ぎおんしょうじゃ》の鐘の声、おごれる人も久しからず。

だからって、「そうですか」とはいかない。「ふざけるな」以外にない。

兄と姉がいた。頭の良い人たちだった。スポーツもできる。社交的で見目麗《みめうるわ》しく、歳は離れていたけれど、二人がクラスの人気者であるのは肌でわかった。

なぜか末っ子の自分には、彼らの美点が備わっていなかった。共通していたのは底意地の悪さくらいだろう。

あれはいつだったか。正月だ。親戚が集まった宴会を抜けだし、兄の部屋で三人、お年玉を賭けて勝負をした。それはちょっとした年中行事になっていて、末っ子の小遣いはいつだって右から左に奪われていく運命だった。

何年目かのとき。奴らからすべてを巻きあげた瞬間の光景。傲慢《ごうまん》な兄の唇を嚙む顔、高飛車な姉の泣きっ面。抑えきれない快感が、脳みそに焼きついた。

しかしほんとうに勝ったのは、誰だったのか。二人はくだらない敗北などさっさと忘れ、すくすくと成功者の道を歩んだ。社会的な地位をもち、家族をもち、さぞかし人生を謳歌《おうか》していることだろう。

一方の末っ子は、いまだにあの正月のひとときから抜けだせずにいる。

「コール」

壁にもたれかかる佐高信光《のぶみつ》の耳に、我那覇を名乗るGの投げやりな声が届いた。

ディーラーが「ショウダウン」と告げ、カードがオープンされる。ハコの手役は9のスリーカード。Gはフルハウスだ。

VIPコインが移動する。ハコから我那覇へ。

双方の合意によって最初の試合は終了し、無制限一億勝負がスタートしていた。その六戦目。十枚のコインがハコから我那覇へ支払われた。

ずいぶん慎重なのね。

フルハウスという強力なハンドを手にしながら、我那覇は勝負にこなかった。レイズはたった一回だけ。それも自らコール宣言して終わらせている。

様子見。それはわかる。一億という大金はおいそれと負けられる額ではない。少なくとも佐高たちにとっては生き死にに関わる金額だ。長い勝負においては序盤にどれだけ相手の情報を集め、流れをつくるかが肝となる。

流れとはツキのことではない。もちろんツキというものはあって、それはギャンブルに長く携っていれば自然に身につく感覚だ。しかしより重要なのは、マインドセッティングである。相手の精神状態から思考を正確に読み、利用する。そのために精神状態を誘導する。確率論や戦術だけで勝てるレベルの二人ではないのだ。

戦いはまだ基礎工事の段階なのだろう。互いに大きな勝負を避け、コインの増減はほとんどない。

七戦目のカードが配られる。

ハコがカードの端をめくり、伏せる。佐高に彼女の表情は見えない。だが対面したところで、どうせその無表情からは何も見抜けない。

「あらら」

両手に一枚ずつ持ったホールカードを交互に見つめながら、我那覇が嘆いた。

「そっぽを向かれてるようです。どうもこいつら、お嬢さんに恋しちゃってるらしい」

ハコを見つめ、にっこり笑う。

ハコとまったく逆のタイプ。通常はあり得ない種類のプレイヤー。表情豊かでよくしゃべる。競技ポーカーでは認められないマナー違反も、パレスのプライベートルームでは認められている。

「さあ、どうしようか」

カードを伏せ、指でテーブルの端を叩く。佐高の記憶がうずく。ぐつぐつと、あの夜の屈辱が煮えたぎる。

二年と三ヵ月前。パレスのプライベートルーム。佐高はプレイヤーとして絶頂にいた。相手の心理が手に取るようにわかった。配られるカードすら操れる感覚だった。絶対音感。鍛えぬかれた最強の武器。相手の発声からすべてを読み解く特殊技術。佐高の耳の前では演技もブラフも通じない。チェック、ベット、レイズ、コール、フォールド。たった五つの単語から、何もかも丸裸にできると確信していた。じっさい佐高は勝ちつづけ、パレスのキングの座を手に入れていたのだ。

我那覇のようなトーキングプレイヤーも苦ではなかった。攪乱《かくらん》のおしゃべりは雑魚の常套《じょうとう》手段だ。佐高はそれをちゃんと相手にし、きっちり裏をかくことに快感を覚えていた。相手の心を食う。こんな素敵な仕事はない。

蓄えた全財産が、二晩で溶けた。三日目の夜に借金で用意した金を失い、パレスを追われた。

目の前にいるこの浅黒い肌の男に、すべて奪われたのだ。

フロップのコミュニティカードが配られる。

「ふう」

我那覇が首をふる。苦笑を浮かべる。その大げさな振る舞いに神経がしびれる。

なぜ自分が負けたのか、佐高にはわからなかった。三日間の全ゲームを何度となく思い返し、隅々まで検証し、なのにヒントのひとつも見いだせなかった。今でもときおり、あの光景が蘇る。そしてやはり、負けた理由は見つからない。

残ったのは、自分では絶対に勝てないという絶望的な確信だけ。借金を返すためのせこいギャンブルに身を投じながら、廃人のような日々を過ごした。

ターンが開く。

「ううん」

我那覇があごをさする。さっきから佐高も耳を尖らせ、彼を読もうと試みているが、手応えはまるでない。勝てるビジョンが浮かばない。

リバーが開く。

「ああ」

我那覇が嘆く。「そっかあ」とぼやく。

あんたは化け物だ。それは認める。

でもね、モンスターっていうんなら、こっちだって相当だよ？

荒んだ生活の中で、ハコと出会った。ある日とつぜん裏カジノにやってきた少女は勝ちまくった。素性も背景も誰も知らなかった。店の顔役の手引きで佐高との対戦が決まり、そして二度目の絶望を味わった。

「レイズ」

ハコが三枚プラスでのせる。

この少女に敗れ、佐高はプレイヤーの引退を決めた。同時に、夢を得た。この子なら、我那覇に勝てるかもしれない。

声をかけ、口説き落とし、コンビを組んだ。コネのある佐高が勝負の場を用意し、ハコが容赦なく巻きあげる。報酬など求めなかった。ひたすら勝ちを積み重ね、資金を蓄えた。パレスで勝負できるようになるまで一年。ハコを勝負の世界に引きずり込んだ男として敷島やジーナに恨まれながら機会を待つこと半年。ようやくここにたどり着いた。

愚かだと、自分でも思う。

ギャンブルの必勝法は胴元になるか、弱い相手と戦いつづけることだけだ。しょせんは裏稼業。名誉などどうでもいい。金は金。万札に貴賤《きせん》はない。好き者の金持ちと仲良く遊び、細く長く稼ぐのが本来あるべきプロの姿ってもんだろう。

そんなことはわかっている。

だけど見たいの。

あんたの、ゆがんだ顔を。

「コール」

あっさりと我那覇は勝負を選んだ。

ショウダウン。

「ありゃ」

我那覇が身を乗りだす。双方ブタ。しかしハイカードはハコのJ。

「ふううーん」

腕を組んだ我那覇がつぶやく。

「しんどい夜になりそうだ」

その声色は佐高の耳に、真実らしく響いた。

7

ワゴンの中列席に、タカトとならんで座らされた。アジトにいた眉なしと団子鼻の若衆が両端に陣取り、ぎゅうぎゅう詰めの状態で車は走りだした。

後部座席にも三人、若衆がそろっていた。どいつもこいつもいかつい面構えで、わかりやすく殺気を放っている。

「むさ苦しくて悪いな」

助手席の定太郎が声をかけてきた。

「それより」タカトを見やる。「こいつはどうなってるんですか」

「暴れられたらやっかいなんでな」

タカトは後ろ手に手錠をはめられ、足もロープで結ばれていた。おまけにアイマスクと猿ぐつわという念の入れようだ。怪我は増えてなさそうだが、ふがふがもごもご、苦しそうに喘《あえ》いでいる。

「この子はセンスの塊だな。ウチの奴はレスリングで国体入賞してるんだが」定太郎がワタルの左に座る眉なしの若衆へあごをしゃくった。「それが五戦くらいで互角だ。最後のほうは押されてた」

「だからって——」

「すまんな。だが、約束を破るのはよくない」

眉なしの拳が、ワタルの腹を打った。パレスで飲んだコーラが逆流しかけた。

定太郎がいう。「ハコはどうなったんだ」

「——組の人間と話したんじゃないんですか」

「君の口から聞きたいんだな。ちゃんとボディガードをしてたなら、君はハコといっしょだったはずだ。それがどうしてこういう状況になったのか、詳しく話してもらえるか」

呼吸を整えながらどうすべきか考えようとしたとき、ふたたび腹に拳が刺さった。

「つまらない駆け引きはいらないんだな。起こったことをそのまま教えてくれたらいい」

「待って！　こんなんじゃ話せないっ」

頼む。数秒だけ、考える時間を。

この事態が新津を陥れる滝山の企みであるとして——すると何が正解だ？　ハコをダシに敷島を呼びつける。この展開は新津のためになるのか、滝山に利するのか。定太郎に真実を話し味方に引き込むべきか？　それとも偽りを告げるべきか……。

こんなもん、数秒で答えられるわけがねえ！

「——ハコとはパレスで別れた。あとは知らない」

じろり、と定太郎がにらんでくる。

「本当だ。わからないんだ」

本心だった。わからない。これだけは胸を張っていえる。

「ただ、蓮さんがハコに手をだすことはない。それは約束する」

「君の約束に、価値はないんだがな」

低いエンジン音を響かせながらワゴンはルートワンを進んだ。ドライブの目的地はニュー玄無港だろう。

「敷島さんは？」

「もう着いてる。君待ちだ」

「おれはどうなるんです？」

乗りだしかけた身体を眉なしに制されながら、ワタルは声を絞りだした。

「おれは犯人じゃない。少なくとも堀木殺しとは無関係だ。それはあんたも知ってるだろ」

「そういう段階は過ぎているんだな」

「せめて状況だけでも教えてくれっ」

定太郎の横顔に重ねる。

「お願いだ」

定太郎が大きく息をついた。

「蓮から電話があった。表向きは倉庫通りの件について情報交換をしたいということだったが、君らの行方を探ってきた」

「それで？」

「こっちで預かっていると認めた。君が蓮に伝えている可能性があったからな」

敷島たちもその点はお見通しだったのだろう。

「蓮からは消えた組員についても訊かれた」

堀木だ。

「君が伝えたのか」

「いや。おれだって立場はヤバい。組がおれを疑ってるのはほんとうだ」

うん、と定太郎がうなずいた。

「もろもろ相談をしたいからニュー玄無港まで出てこいといわれた。ハコを人質にな」

定太郎の声が尖り、車内の空気が張りつめた。

「正直に答えてくれるかな。ハコのことを蓮に伝えたのは君か」

「──ああ」

がっ、と眉なしの肘が喉に食い込んだ。

「よせ」

定太郎の命令で圧迫が弱まった。しかし燃えるような目はワタルを離れない。

「悪気は、なかった。おれはハコが何者かすらわかってない」

「蓮は知ってる」

「パレスのギャンブラーとしてか」

「それだけじゃない。同じ屋根の下で暮らした仲だからな」

「……え？」

「蓮も、敷島で世話になってた人間だ」

初耳だった。新津は自分のことを語る男じゃなかった。住まいも知らされず、会いたいときは『ハニー・バニー』へ足を運んでいたのだ。

いわれてみると思い当たるふしがある。イタリア製のバイクにイカした服。新津蓮ならと勝手に納得していたが、島の少年が簡単に手に入れられる代物ではない。

ジーナの態度もそれが理由か。『ハニー・バニー』に通う新津を彼女は黙認していた。

「ウチもいろいろややこしい。蓮とはずっと絶縁状態だ」

それ以上は語らないという態度だった。

「ハコを人質にされればじいちゃんは動くと蓮は知ってる。だからっていいなりってわけじゃない。どうあれ遺恨は残る」

定太郎が顔を向けてきた。

「蓮は何を考えてる？　なぜこんな危ない橋を渡るんだ？」

「……おれは自分の状況を伝えただけだ。敷島さんを頼ろうと決めたのはおれだし、仲介はジーナだ」

真顔になった定太郎のタヌキ目を見返す。

「あの人は、組に逆らっておれたちを助けようとしてくれてる。そのために敷島さんの力を借りようとしているんだ」

「利用する、の間違いだな」

「悪い話にはならないはずだ。あんたのいう通り、敷島と揉めたって得はない。そうだろ？」

前を向く定太郎に重ねる。

「協定だってある」

「協定か。ほんとに、そんなものが役に立つならな」

「え？」

「まあ、いい。ほかに話していないことは」

ハコの無事――しかしそれを明かせば、完全に新津を裏切ることになる。

「……ないよ」

そうか、と定太郎がため息のように応じた。

「ここにいるみんな、ハコを妹みたいに思ってる。おれもそうだ」

感情のない声がいう。

「覚悟しておくんだな」

道の先にまぶしい明かりが見える。静まったビル街を抜けた島の突端、ニュー玄無港だ。

定太郎と後部座席の若衆が先に降りた。ようやく猿ぐつわから解放されたタカトが「ひーっ」とうめいた。「夢に見そうだぜ」

「大丈夫か」

「ぜんぜん無理。そろそろ膀胱《ぼうこう》が限界」

「おれだってそうだ」

どうせならここで連れションしちゃう？　嫌だよ――。

「おい、ふざけた真似すんなよ。便所くらいいかせてやっから」

眉なしが心底脅えたようにタカトにいった。こいつならやりかねないとわかっているのだろう。

「ねえ、眉さん。暴れないから手錠も外してくれよお」

「おめえは信用できねえんだよ。それにその、眉さんってのはやめろ」

「一回勝ったら呼んでいいって約束したじゃん」

「おめえが勝手に決めたんじゃねえか。それにあれは反則だ」

「ええ？　ケツの穴に指突っ込むのが？」

「当たりめえだ、馬鹿」

せめて手を前にしてくれよう。仕方ねえ野郎だな――。そんな気安いやり取りを聞き流しながら、ジーナの言葉を思いだす。――あんたは核戦争が起こっても生き残りそうだねえ。

そういえば、彼女はどうしてるんだ。スマホは定太郎に取り上げられたから『ハニー・バニー』に確認することもできない。あのババア、こんなときにどこで油を売って……。

ふいに背筋が凍った。この間抜け！　自分を殴りたくなった。

アタッシュケース。いろいろありすぎてすっかり忘れていた。預けっぱなしで取り戻せていない。そしてそれを、新津は知らない。

「電話をかけさせてくれっ」

眉なしの、眉のない眉間にしわが寄った。

「調子にのんなよ」

「違う。まずいんだ。ほんとうに必要なんだ。頼むよ」

「定さんにいえ。おれじゃ無理だ」

くそっ。時間がない。ジーナが戻っていたところで『ハニー・バニー』からアタッシュケースを運んでくるまでに二十分以上かかる。新津はともかく、滝山がそれを待ってくれるとは思えない。

そのとき、ピリッと神経が痺れた。今日だけで、もう何度目になるか知れない悪感が走る。

アタッシュケースを預けた夜に、ジーナはどこかへ消えた。まるで狙ったかのようなタイミングで。同じころ、ハコの前には佐高の宿敵が現れ、ワタルたちは敷島と江尻組の交渉の場へ拉致られている……。

疑え。誰も彼も――。

呆然《ぼうぜん》としているところに定太郎が戻ってきた。ドアを開け、「降りるんだな」と命じてくる。

「定太郎さん。話したいことが――」

しかしその先は言葉にならなかった。

広い敷地に、視界いっぱいの人影が立っている。船着き場のライトを背中から浴び、顔は黒ずんでいるが、それが江尻組の精鋭たちであることは明らかだった。

唾を飲むワタルのそばに、羽織袴の敷島茂吉が現れた。定太郎が横につき、その後ろを若衆たちがつづく。眉なしと団子鼻に引っ立てられ、江尻組の連中がじろりとにらみをきかせる中、ワタルとタカトも敷島の一員として船着き場へ歩を進めた。

「おおっ。リングの花道みてえじゃん」

タカトが手錠のはまった両手を高々とかざす。縁起でもねえと、ワタルは冷や汗を流す。

「お前、身体は大丈夫なのか」

「へーきへーき。おれを誰だと思ってんだよ」

馬鹿のタカトしか知らない。

「堀木のベルト、置いてきたんだろうな」

「ないしょ」とウインク。

勘弁してくれ。殺されたあいつの兄貴分たちに会いに行くんだぞ?

「わざわざチャーターしてくれたらしいな」

定太郎がいう通り、一行の行く手に待つのは大型客船ではなかった。タラップをのぼり、百人くらいがせいぜいと思われるプライベートフェリーの甲板へ。それを組の人間が、船着き場から監視するように眺めている。

タラップの先で待ち構える男が、敷島一行を低頭して迎えた。

「ご足労いただきありがとうございます。本日、ご案内をさせていただく赤岩と申します」

こちらへ――と誘導しながら、きつい視線が飛んできた。男の口ひげに見覚えがあった。あごのガーゼとこめかみのバンソーコーにも心当たりがある。ユースアカツキでタカトが膝蹴りを食らわし、ワタルがアタッシュケースでぶん殴った男だ。タカトがワニ革のベルトを持ってないことを心から祈った。

甲板からすぐ船内へ進む途中、

「蓮はきてるのかな」

定太郎が赤岩に尋ねた。

「すみません。島の管理者に呼びだされたそうで、少しお待ちくださいとのことです」

「警察？　特区担当官？　それともムーンライトの人かな」

「まあ、そのような方々に」

お茶を濁す赤岩に、ワタルが訊いた。「滝山さんはいるんですか」

赤岩が立ち止まり、刺すようににらんでくる。

「まあ、こっちとしても、それは知りたいところだな」

視線が、口を挟んだ定太郎に向いた。

「すみません。カシラもいっしょに呼びだされてるそうで」

「なめられたもんだわな」

羽織袴の敷島が可笑しそうに金歯を見せた。「こんな深夜に呼びだしておいて、てめえらは遅刻ってんだから豪気なもんだ」

「すみません。敷島先生には最大限のおもてなしをしておくようにと――」

「酒に肉か。キャビアもあんのか」

「もちろん最高級のものを」

「女は？」

「ご要望なら――」

「だったらハコを連れてきやがれっ」

敷島の怒声に空気が張りつめた。

「それで話は終わりだろうが。こんな仰々《ぎょうぎょう》しいパーティはあんたら都会の人間だけで楽しんでくれ。おれはハコを連れて帰って、さっさと寝ちまいてえんだよ」

赤岩は恐縮するふりをしているが、内心ではくそジジイとでも思っているのだろう。なんならやってやるぞという雰囲気がにじみ出ている。

「赤岩さん」

定太郎がのんびりいう。「手荷物検査とかしないんだな、江尻さんは」

一行は敷島茂吉と定太郎にワゴンの若衆が六人、敷島の世話役が三人の十人所帯だ。敷島を除きみな軽装だが、腰のふくらみは隠しようもない。

「信頼ってことでいいのかな」

「こちらからお呼びだてした礼儀です。なんならわたしを検査してくれてもかまいません。この船に組の人間はわたしだけですから、それで充分でしょう」

「ふうん」と定太郎があごをさする。「じゃあ、まあ、とにかく案内してくれるかな」

赤岩は地下へつづく階段をおりた。ワタルは敷島たちの中にまじってあとを追う。木の階段を踏むごとに胸さわぎが大きくなってゆく。

階段をおりた先のひと間はちょっとしたパーティルームといってよいレイアウトになっていた。奥の壁際に横長のソファが置かれ、右手には観葉植物の鉢が置かれている。ソファの前に丸テーブルが三つ。手前にシングルのボックスソファがふたつ。滝山と新津の席だろう。

「滝山と新津が到着次第、出航します。それまでぞんぶんにご歓談を」

ウェイターがやってきてテーブルの上に酒や料理をならべはじめた。赤岩が席を外すと、中央に座る敷島が「ふざけてやがんな」と吐き捨てた。コップや箸に手をつける者はいない。

ワタルは観葉植物のそばで眉なしとタカトに挟まれて座っていた。タカトのとなりに団子鼻、そのとなりにワゴンを運転していた筋肉ムキムキの若衆。さらにとなりが敷島、そして定太郎とならんでいる。

定太郎と話すには、声を張らねばならない。

ためらいを、恐怖が一蹴した。

「何か、変です」

視線が集まった。胆が冷えたが引けなくなった。

「若頭の滝山はこんなふうに礼をつくすタイプじゃない」

さすがに音量は下げた。赤岩に聞きとがめられたらオシマイという台詞だ。

「荷物検査をしないなんて、あり得ませんよ」

定太郎がワタルへ前のめりになる。「穏便な話し合いのアピールじゃないのか」

「ヤクザですよ？　それも武闘派で鳴らした男です。足もとを見られるような真似はしません」

「蓮の入れ知恵かもしれない」

「少なくとも赤岩は滝山の息がかかった奴です。蓮――新津さんはオヤジとかカシラとかいう呼び方を好みません。自分の部下には徹底してます」

定太郎が考えるようにあごをさすった。

「だが状況的に、あっちが気を遣うのもうなずけるだろう。こっちは自分たちのシマで事件を起こされて、呼びつけられて待たされてるんだからな。おまけにハコを拉致してる。ほんとうなら戦争になってもおかしくないやり口だ」

「本気でいってるんですか？」

定太郎が苦笑を浮かべた。

敷島が江尻組と争ったところで結果は目に見えている。歯向かわないとわかっている相手に礼儀をつくす必要はない。いたって健全なヤクザの思考だし、滝山はそのタイプの男だとワタルは聞き知っている。

敷島の手前、口にはしないが定太郎もそれは心得ているに違いなかった。

「裏があるといいたいんだな。しかしどんな思惑だ？　理由はどうあれ島で人が死んだ。堀木の死体でウチも無関係とはいかなくなった。すり合わせは必要だし、場合によっては協力して犯人探しをしなくちゃならない」

警察がまともに機能していないこの島ならではの事情である。

「多少の無理強いはあるにせよ、のめない提案を押しつけてくるとは思えないな。そのときは蹴るだけだ。酒や飯で変わるもんじゃない。そう思ってるなら敷島をなめすぎだ」

新津がいる以上、そこまで馬鹿なことはすまい。

「江尻側に、負い目があるなら別だがな」

ハコの不在。拉致という嘘。たしかにそれは負い目と呼べる。それを少しでも緩和したくて気を遣っているのか。

どうも、しっくりこない。

だったら最初から敷島の屋敷に出向けばいい。嘘をついてまで呼びだして、呼びだしておきながら歓待する。メンツがどうこういうなら似たようなものじゃないか？

「なあ、ワタルくん」敷島が話しかけてきた。「君は、隠し事をしてるだろ？」

ワタルは固まってしまった。

敷島が愉快げにいう。「口は達者だが、まだ若い」

「……あんまり突拍子もないんで驚いただけです」

「おいおい。てめえ、ハコがどんな子か知ってんじゃねえのか？　あれがガキのころ、遊び相手を務めたのはおれだったんだぜ」

解析モンスターの育ての親ということだ。

「おれもな、このお目々には自信があんだ。親父の代から敷島の家を支えてきたんだぜ。ランドの開発がもち上がってからは本土のお偉いさんや外国人どもと渡り合った。ガキのごまかしくらい見抜けるわな」

迫力のある吊り目に見据えられ、ワタルは何もいえなかった。

「おれがいいてえのはよ、そのごまかしがてめえにとってほんとうに吉なのかってことだ。今、てめえを守ってくれるのは江尻か？　それとも敷島か？　どっちを味方にしておくのが賢いか、足し算くらい簡単だと思うけどな」

一理ある。それだけに考えがまとまらない。

「ハコを拉致したなんてのはでたらめなんだろう？」

思わず、頬がぴくりと動いてしまった。

「図星か」敷島がにたりと笑う。「パレスの勝負中に連絡がつかなくなることくらい、おれだって知ってらあな」

「……じゃあなぜ、ここへ？」

偽りの口実にのって出向いてきたんだ？

倉庫通りの殺人、ワタルたちの身柄、堀木の死体……。ハコがどうあれ、重なる火種を放置できなかったという理屈はわかる。

わかるがしかし、ワタルの頭には、もっと悲惨な、最悪の可能性がよぎっていた。

「あんた――、滝山とつながっているのか？」

恐ろしい想像だった。韓国マフィアだけじゃなく、敷島もグル。江尻組の若頭は、旧地区の顔役と裏で手を組み、部下を陥れる絵を描いたのか。だとすれば、新津蓮に勝ち目はない。敵の懐に飛び込んでいる自分たちの未来も真っ暗だ。

敷島の吊り目が愉快げにこちらを見ていた。

「なんで？」思わず声がもれた。「なんでそんな話にのったんだ？　滝山は蓮さんをつぶそうとしてるんだぞ」

呼びだされたうえにハコの拉致は嘘。敷島がそれを喚き散らして交渉は決裂。その責任を新津に負わせる……。

「あんた、あの人を世話してたんじゃねえのかよっ」

「何いってんだか、さっぱりわかんねえなあ」

金歯がぎらりと光った。「おれが蓮をつぶす？　身に覚えがなさすぎてびっくりするぜ。まあ、あの野郎がこの島ででかい面してんのが、おもしろくねえのは事実だけどな」

「なんでだ！」

「なんでもくそもねえ。てめえは便所のハエがうざってえ理由を説明できんのか？　気に食わねえのさ。お互いにな」

敷島が、ずいっと顔を突きだしてきた。

「どうする？　今ならまだ間に合うぜ。滝山と蓮がくるまでに、あっちとこっち、どっちにつくのが得なのか、ちゃんと考えて決めてみろ」

思考がまとまらない。状況は最悪で、情報は錯綜しすぎている。どんな言葉が有効で、どれが賢い選択なのか、吟味している時間もない。

確かなものはなんだ？　絶対に譲れないものは？

「――蓮さんの敵に、協力はできない」

「ほう」敷島が笑った。「じゃあおれが蓮の奴を守るといやあ、てめえは洗いざらい知ってることをしゃべんのか」

「……ああ。もちろんだ」

「よし。なら約束しよう。蓮のことは、おれが守ってやる」

あっけない返事に、ワタルはぽかんとした。

「定太郎、お前が証人だ」

「わかった。信用していいぞ、ワタルくん。じいちゃんがつまらない嘘つきなら、おれもがっかりだからな」

敷島がうなずき、身を乗りだす。

「で？　ハコは今、パレスで勝負してんのか」

「――ああ、そうだ」

ふん、と鼻を鳴らす。「やっぱりか」

やっぱり？　つまり、敷島は、拉致が嘘だと知らなかった――。

「おい」

敷島の声が尖った。

とつぜん、眉なしに右腕をねじり上げられた。悲鳴をあげる間もなく床に崩された。ソファの上で団子鼻が、タカトの頭に拳銃を突きつけている。

「座らせろ」

ふたりして引っ立てられ、敷島の前に正座させられた。眉なしがテーブルを後ろに引き、拳銃を構えた団子鼻が背後に立った。さすがのタカトも大人しかった。

「ふざけやがって」

敷島の口調が、完全にヤクザのそれになっていた。

「てめえらがちょこまかしたせいでこんなことになったんだろうが？　ええ？」

汗がとめどなく流れた。必死で大丈夫だと自分にいい聞かせた。この場で殺されることはない。おれたちは江尻と交渉するカードだ。殺せば収拾がつかなくなる。

そうは思えど、後頭部に押し当てられた銃口の感触が和らぐはずもなかった。

「質問に答えろ。あの韓国人と江尻のチンピラを殺ったのは誰だ？」

「おれたちじゃない！　ほんとうに、おれは巻き込まれただけで」

「納得がいくように、イチからぜんぶ話してみろ」

新津に取り引きの手伝いを命じられたこと。島にきてからの行動。コンテナでの出来事。新津と電話で話した内容。ユースアカツキでの喧嘩。ジーナを頼ったこと。そして敷島に助けを求めようとしたこと。

「ハコに会ったのは、ほんとに偶然だったんだ」

「ジーナか」敷島が顔をゆがめた。「あのお節介女め」

目つきに鋭さが戻る。

「堀木の死体は？　あれについて蓮はなんて？」

「……何も。そのことも含めて敷島さんと話すとだけ」

「ふうん」と、わずかに首をかしげる。「あの赤岩ってのは滝山の部下なんだな？　すると堀木ってチンピラもそうだったたってことか」

「それは、たぶんとしかいえない」

「一連の事件が蓮を陥れるために滝山が仕組んだ絵図だと考える根拠は」

「そもそも荷物の交換が、滝山経由の仕事だったんだ。組の韓国ルートをにぎってるのも奴だし、おれたちを嵌める動機も滝山にはある」

「なのに、死んだのは堀木なのか」

「それは――、事情があったんじゃないかとしかいいようがない。死んだ韓国人マフィアの三人組も、じっさいは処刑みたいに殺されたんだ」

「計画のついでに要らねえ組員を始末したってことだな」

「滝山ならやりかねない」

敷島の思案顔をうかがいながら、ワタルは爪を嚙んだ。

敷島と滝山が通じているという読みは外れた。彼らは巻き込まれただけだった。滝山は自作自演で取り引きをつぶし、ワタルたちに罪をなすりつけ、新津の失脚を狙った。そこまではいい。だが、堀木の死体はなんなんだ？　事情があった、計画のついでに邪魔な組員を始末した、滝山ならやりかねない……。ほんとうに、これで説明がついているのだろうか。

ただ殺しただけじゃない。あの死体は、わざわざ敷島のアジトに捨てられたのだ。

韓国マフィア三人を殺したうえに自分の手下も殺し、死体を敷島に押しつける。そんなの、どう考えたってやりすぎだ。島の管理者に知れたら、新津を陥れるどころじゃなくなるだろう。

「何を考えてるんだ？」

定太郎に訊かれ、「いや……」と濁した。疑問の追及より先に、やっておかねばならない交渉があった。

正座のまま、ワタルはソファに腰かける敷島を見上げた。

「滝山と、どんな話をするつもりなんだ？」

敷島がにやにやと、焦らすようにあごをさすった。

「おれたちを差しだす気か」

「そいつは向こうの出方次第だな。てめえが心配することじゃねえよ」

「ハコと賭けをしてる」

余裕ぶった笑みが固まった。

「あいつの勝負が終わるまでにおれがパレスに戻れたら、なんでもいうことを聞くって賭けだ」

もちろん――。

「あんたのとこに顔をだせと命じるつもりだ」

「……嘘くせえな」

「そう思うなら好きにしてくれ。嘘だとわかってから好きにするほうが、賢いと思うけどな」

敷島が鋭く目を細めた。それからわざとらしい笑みをつくった。

「いいだろう、口の減らないくそガキめ。のせられてやるよ」

「守って、くれるんだな？」

「ああ、仕方ねえ」

うっかり倒れ込みそうになるほどの安堵が込み上げた。

それを押し隠し、ワタルはつづけた。

「蓮さんを守るほうの約束も忘れないでくれよ」

「ああん？」

敷島が首をかしげた。「なんだそりゃ。憶えてねえな」

「は？」

「は？　じゃねえだろ。なんでおれが蓮を守らなくちゃなんねえんだよ。こいつら全員、みんなまとめて助けてやってくださいって、おれが滝山に頭下げんのか？　いくらなんでもあり得ねえだろ」

それはそうだが――。

「敷島ともあろう人が、自分の言葉を簡単に破るのか」

「先に騙《だま》してきたのはどっちだって話じゃねえか？」

拳に力がこもった。

「勘違いすんなよ、小僧。てめえらを助けてやるのはハコのためだ。蓮についていうなら、おれはむしろ滝山に協力したいくらいだぜ。おたくの新津にケジメとらせて、ぜんぶちゃんちゃんにしましょうやってよ」

「ふざけんなっ」

立ち上がりかけたところを背後の若衆に押さえつけられた。床を這いずり、それでもワタルは敷島に迫った。「汚ねえぞ！」

「汚ねえだあ？」腰を浮かした敷島の、吊り目と金歯が寄ってくる。「おもしれえこというじゃねえか、コノヤロウ。なんでもかんでも都合よくいくと思ってんじゃねえぞ？　こっちはてめえのおかげで面倒ごとに巻き込まれてんだ。なんなら今すぐ落とし前つけてもらおうか？」

「……なんで蓮さんを、そこまで嫌う？」

「敷島に後ろ足で砂をかけた人間だからだ。手前勝手に島を出てった裏切りもんが、ヤクザになって出戻って、挨拶もなくのさばってやがんだぜ？　恥知らずもここまでくりゃあヘビー級ってなもんだ。そんな奴を助ける道理がどこにあんだよ」

「メンツの問題だってのか？　そんなくだらないことで――」

「おいおい。自分の立場を忘れてんじゃねえぞ」

首根っこを押さえつける若衆の手が、圧力を強めた。ワタルは全力で奥歯を噛んだ。頭にのぼった血が、行き場を失いぐつぐつしていた。

立ち上がった敷島の羽織が、ワタルの鼻先をかすめた。

「あいつはハコを利用した。その性根が許せねえ」

「――どこが違う？」

こちらを見下ろす敷島を、ワタルは見返した。

「あんただって同じだろ？　金を稼ぐからハコを大事にしてんだ。結局てめえの都合じゃねえか」

感情が、言葉になってあふれた。

「何が敷島だ、何が島の顔役だっ。ランドに飼われたお役所だろうが。上からもらった金を偉そうにバラまいて、くそみたいな酔っ払いを増やしてるだけじゃねえか！」

「小僧」

目の前に、すっとフォークが突き出された。

「死ぬか？」

冗談には聞こえなかった。敷島がにぎるフォークの切っ先は焦点が合わないほど近く、いつでもワタルの視力を奪える距離にあった。

けれど引く気になれなかった。くそったれ——。ワタルは歯を食いしばり、敷島をにらみつけた。

「ガキがっ」小さく怒鳴り、忌々しげに唾を吐く。「てめえは何もわかっちゃいねえ」フォークを床に投げ捨てる。「何もな」

ソファに座り直すと、敷島は長く息を吐いた。吐いたぶんだけ歳をとっていくようなため息だった。

「なあ、小僧。この島のあり方をどう思う？」

「……知るかよ。どうもこうも、なるようになってんだろ」

「そのとおりだ。なるようになったのさ。けどな、なるようにするのもそれなりに大変だった。血なまぐさい話も腐るほどあったのさ。ほんとうに、いろいろな」

敷島が天を仰いだ。

「今の形は、ぎりぎりの落としどころだったんだ。ちょうどいい塩梅のな。てめえや蓮になんといわれようと、おれたちはこれからもこの島で、上手いことやっていくんだ」

ぽつんとした空白があった。それが敷島のものなのか、自分のものなのか、ワタルにはわからなかった。

「なんでそこまで、蓮にこだわる？　金か？　シノギか？　だったらどっちも、おれが用意してやってもいい」

「そんなんじゃねえ」

「なら義理か？　恩か？」

違う。それだけじゃない。

言葉を探すまでもなかった。答えはとっくに明らかだった。

「あの人より格好いい男を、おれは知らないんだ」

敷島が、わざとらしく唇をゆがめた。

「くだらねえな」と吐き捨てた。

わかってる。こんな想いは一文の得にだってなりゃしない。

けれど自分の人生を賭けるのに、これ以上の理由が要るのか？

ワタルの眼差しに、敷島はどこかごまかすそぶりで首をもんだ。

「驚きだぜ。あの蓮に、おめえらみてえな子分がいるとはな」

呆れを含んだ、けれど明るい口ぶりだった。

なあ、小僧――。

「人間には、しがらみってのが必要なんだ。それがなくなると、人はなんでもしやがるからな。しがらみは不自由だし、自由は強ええが、そうじゃねえ。てめえらが、蓮のしがらみになってるなら、悪くねえ。おれたちは、あいつのしがらみになれなかったからよ」

なあ、と声をかけられ、ええ、と定太郎が応じた。

そこに親しみを、ワタルは感じた。

床が振動した。

「なんだ。断りのひとつもねえのかよ」敷島が苦笑した。

ゆっくりと船が動きだす。滝山と新津が到着したのだろう。

「蓮を守ってほしいなら」敷島がもらした。「条件がある」

やわらかな目がワタルを向いた。

「ぜんぶ片づいたらお前らふたり、蓮とハコを引っ連れて、ウチに飯を食いにこい」

「――必ず」

「ふん」ぶっきらぼうに鼻を鳴らす。「まあ、期待しとくぜ」

その言葉を待っていたかのように、

「ねえ」

黙りこくっていたタカトがもじもじと切りだした。

「トイレ、まだ?」

定太郎が笑った。つられたように敷島が笑った。眉なしと団子鼻が、背後で呆れた顔をしているのが想像できた。

そのとき、ノックの音がした。

みながドアへ目をやった。

ワタルも床に這いつくばったまま首をよじった。眉なしと団子鼻とテーブルの足の隙間から、それを見た。

男が二人、入ってきた。

滝山と新津ではなかった。赤岩でもなかった。ボーイの格好をした二人組だ。さきほど酒や料理をならべていた中にはいない顔だった。

大きな男と小柄な男。

頭が真っ白になった。大きな男の髪はオールバックだった。

「バッド・イブニング」

かけ声とともにオールバック野郎が両手で抱えた物をこちらへ向けた。小柄な男も同じようにした。マシンガン。

だだだだ。

銃弾が飛んだ。眉なしが肩に被弾し、体勢を崩した。団子鼻の顔面がねずみ花火のように弾けた。

だだだだだだ。

連射は止まらなかった。だだだだだ、テーブルの上の酒瓶が、だだだだだだだだ、料理が、だだだだだだ、テーブルそのものが、次々と銃弾を浴び、だだだだだだだだ、砕け散った。

だだだだだだだだだだだだだだだだだだだだだだだだだだだ、とっさに頭を抱え、だだだだだだだだ、耳を塞いで身体を丸め、だだだだだだだだだだ、逃げるとか立ち向かうとか、だだだだだだだだだだだだ、考える余裕も、だだだだだだだだ、耳もとでバリンバリンと落下するガラス片、だだだだだだだだだだ、タカト！　だだだだだだだだだだだだだだだだ、悲鳴すらあがらない、だだだだだだ、鳴りやまない、だだだ、破壊の音、だだだだだだだだだだだだだだだだだだだだだだ、「――ルっ！」、だだだだだだだだだだだだ、「起きろ！」、だだだだだだだだだだだ、タカトの声が、だだだだだだだ、かすかに届き、だだだだだだだだだだだだだだだだだ、かろうじて顔を上げると、だだだだだだだ、眉なしの死体が目の前に、だだだだだだだだだだだだだだだだだだだ、縮こまったままふり返ると、だだだだだだだだだだだだだだだだだだだだだだ、敷島の上に、だだだだだだだだだだ、ムキムキの若衆が覆いかぶさり、だだだだだだだだだだだだだだだ、その背中が、だだだだだだだだだだだだ、穴ぼこだらけになっていて、だだだだだだだだだだだだだだだだ、血が、だだだだだだだだだだだだだだだだだだだだだだだだだだだだだだだだだだ、敷島のだらしない手が、だだだだだだだだだだだだだだだ、若衆たちの、だだだだだ、肉の塊、だだだだだだだだだだだだだだだだだだ、定太郎は——、だだだ、ソファから跳ねる羽毛、だだだだだだだだだだだだ、「ワタル！」、だだ「死ぬぞ！」だだだだだ、死——、だだだ、手錠がはまったままの手で、だだだだだだだだだだだだだだだだだだだだ、身体を抱えられ、だだだ、震えが止まらない、だだだだだだだだだだだだだだだだだだ、「おおおお！」、だだだだだだだだだだだだだだだだだだだだだだ、タカトの雄たけび、だだだだだだだだだだだだだだ、持ち上げたテーブルを盾に、だだだだだだだだだだだだだだだだだだだだだ、走りだす背中、だだだ——。

「おらああっ」

銃声の代わりに、タカトの絶叫が響いた。手錠のはまった手でふり回した丸テーブルが、小柄な男に直撃した。横倒しになったそいつにテーブルを投げつけ、タカトはオールバック野郎が持つマシンガンに組みついた。

こちらへ叫ぶ。「立てってば！」

呼吸を、ワタルは呼吸を整えようと努めた。視界はぼんやりしていた。硝煙のせいだけではなかった。目に映る映像を、脳みそが拒絶していた。

組みついたタカトに対し、オールバックの男が素早くマシンガンのマガジンを外した。それから手を放し、拳をにぎる。

「っ――よけろ！」

ようやく声が出た。タカトが反応した。頭に飛んできたそれを紙一重でかわし、しかし反撃の体勢はとれなかった。

オールバック野郎には余裕があった。素早くタカトの髪をつかみ、腹に向かって一撃をふりかぶる。動け。

ほとんど反射のように、ワタルはそれに飛びついた。横たわる団子鼻のそばに転がった、血まみれの拳銃だ。

タカトがかろうじて一撃をガードした。けれど顔が苦悶《くもん》にゆがんだ。両腕でも衝撃が吸収しきれないパワーなのだ。

二発目の拳が準備される。

ワタルは銃を構えた。オールバック野郎に照準を合わせた。引け。引き金を。

しかしできなかった。引き金はびくともしない。安全装置。拳銃を扱ったことなどない。

ガードの上から二発目が、タカトに突き刺さる。三発目の準備。

立て。

立たなきゃ死ぬ。殺される。

「動くな！」

銃を向けオールバックの男に叫ぶ。身体を起こそうとしていた小柄なほう――コンテナでジャージを着ていた中年男にも叫ぶ。「撃つぞ！」

「ふうん」オールバックの男から余裕はなくならない。「脅してる場合じゃないと思うんだがねえ」

見透かされている。

ワタルは空いている左手で右肘にふれる。タカトと目を合わせる。それから手のひらを頭にのせる。二人だけに通じるサイン。――とにかく逃げろ。

タカトが息を吸い込む。左足を大きく後ろに引いて、いきおいをつけ蹴り上げる。髪をつかまれている手の肘の辺りを、つま先が打った。

「ん」と、オールバック野郎がワタルから視線を切った。つかんでいたタカトの髪から手を離す。その瞬間、ワタルは拳銃を逆さに持ち替え、突っ込んだ。思いきりオールバック野郎の顔面に投げつける。

オールバック野郎はそれをなんなく防いだ。右手でキャッチした。化け物め！

「こっちだ！」

タカトがドアを開けていた。ワタルは走った。狭い階段だ。銃で狙い撃ちにされたら終わる。だが走らねば、どうせ殺される。

タカトの背を追った。必死で走った。銃声が聞こえる前にのぼりきり、そこで倒れている赤岩を見つけた。

当たり前のように死んでいた。こめかみから血を流して。

「ワタル」

「わかってる」

考えている時間はない。なぜこんな事態になったのか。新津は無事なのか。疑問をふり切ってワタルは走った。甲板へ出た。ほかに仲間がいれば勝負ありだ。その前に逃げなくてはならない。

船は闇の中をゆっくり進んでいた。たとえカーブしていたとしても気づかないスピードだとワタルは思った。

幸い、追っ手は姿を見せない。

「大丈夫か?」

船の後方へ走りながらタカトに訊いた。

「無理。手錠で泳ぐとか正気じゃないって」

それもどん底みたいな夜の海を。

「まあでも、核戦争よりはマシかも」

どっちもどっちだと思いながら、ワタルはパチモンのジョルジオブラットを脱ぎ捨てる。海の向こうにレイ・ランドの明かり。一キロか二キロか、わかったもんじゃねえ。

デッキの上からジャンプした。

※

齢七十七にしてヤキが回っちまった――。

敷島茂吉の意識は自らの状況を理解していた。おそらく外からは無残に事切れた老人の死体にしか見えないだろう。事実、指の一本とて動かせず、呼吸も怪しく、まどろみに似たこの意識が間もなく途切れることは間違いなかった。

茂吉はソファに座っている。誰かの身体が覆いかぶさるように重なっている。記憶から想像するしかできないが、襲撃の直後、そばにいた若衆が自分を守ろうとしてくれたのだ。ありがたい反面、馬鹿な奴だとも思う。こんなジジイなんぞほっといて、逃げることを優先したらよかったのに。どのみち無駄か。マシンガンをぶっ放した二人組のボーイはプロだ。そしてこの襲撃は周到に計画されたものだ。こっちの武器には銃弾を入れないよう命じてあった。この袋のネズミ状態を手ぶらで脱出しろってのは、宝くじを一発で当てるくらい難しそうだ。

七十七年。まあ、よく生きた。無茶をしてきたわりに長く生きた。生きすぎた。ヤキが回って嵌められて、若い奴らを巻き添えにしちまった。積もり積もったツケを払わされたみたいで気に食わない。あの小僧と関わったのが運の尽きか。スカした面の疫病神め。達者なのは口だけで、世の中のことも島のことも、てんでわかっちゃいやしねえ。

元号が昭和だった時分、戦後の混乱の真っただ中で、敷島家の四男として茂吉は生まれた。戦争で長男と次男は亡くなっており、茂吉の上には長女と三男がいた。下にも三人、弟と妹がいた。コンビニもなければ下水の整備もされていないころ、電気はよく止まったし、ワクチンだとか抗生物質なんてものも手に入りづらい時代だ。長女は十代のうちに、五男は幼くして病気で死んだ。二十歳を迎えたのは三男と茂吉、六男と次女の四人だけだった。

父親は、島の網元だった。こんな辺鄙《へんぴ》な島に流れてくる連中は多かれ少なかれ訳ありの荒くれ者で、そんな奴らをまとめてこき使っていたのだから、父親自身の来歴もだいたい察することができるだろう。

茂吉が成人したころ、日本の漁業はまだまだ元気だった。各地から多くの船が島を訪れ、漁師が羽を伸ばし、銭を置いていった。父親はそこに目をつけ、彼らを迎える歓楽街――はっきりいえば遊郭《ゆうかく》をつくった。今の竜宮町がそれである。

船の仕事は三男の兄貴が継ぎ、茂吉は竜宮町の仕切りを任された。女郎も店主も客人も一癖二癖は当たり前、つまらない喧嘩から刃傷沙汰まで、毎日何かしら事件があった。活気があった。騙し騙されの日々だった。楽しかった。

生き残るため、自然と人を見る目が肥えた。高すぎる勉強代のときもあったが、それゆえ血肉になった。出会いもあった。尊敬できる傑物もいた。唾棄《だき》すべきクズもいた。苛烈な女もいた。あの時代を語りはじめたら時間がいくらあっても足りない。

仲間もできた。契《ちぎ》りを結び合った義兄弟たち。敷島十人衆などと呼ばれ胸を張ったものだ。

時代が流れ、高度経済成長が終わり、各国が二百海里漁業水域を設定すると漁業は目に見えて衰えはじめた。平成の御代になり、島の経済は急速に冷え込んだ。それでも竜宮町はまだかろうじて生きながらえていた。

敷島の家が予想以上にかたむいていると知ったのは、本家の兄貴を殺してからだ。

当主だった兄貴はバブルの残り香を求め本土のブローカーと接触し、財産を巻きあげられていた。そして茂吉がもっていた竜宮町の利権を奪う暴挙にでた。

結局、その犠牲になったのは茂吉の息子だ。長男の家族がみな死んだ。殺された。茂吉は十人衆を引き連れ本家を襲撃し、兄貴をバラバラにして豚の餌にした。

潮目が変わった――兄貴の髑髏《どくろ》を海に投げ捨てたとき、茂吉はそう直感した。

ゴタゴタに嫌気が差した茂吉の三男が島を出て行き、連鎖するように若者の島離れが加速した。竜宮町も日増しに活気を失い、じり貧の生活がはじまった。漁業はとっくにお荷物になり下がっていた。

それでも茂吉は希望をもっていた。家に残った次男の政春《まさはる》は賢く、男気もあり、こいつにすべてを譲るまでは踏ん張ろうと心に決めた。

まさに黒船と呼んでいい来航があったのは今から十五年以上も前のこと。

レイ・ランド。

カジノを有する巨大複合施設。

桁違いの資本、政治、国家権力。

協力費という名目で島民に支払われる金は事業規模からすると微々たるものだったが、日銭すらままならない者にとっては喉から手が出るほどほしいぼた餅だった。代わりに提示された契約書には、あらゆる環境被害について免責を認める条項がさらりと記されていた。

茂吉は政春を先頭に据え、交渉にあたった。少しでも島民に有利なように、自分たちの得になるように、粘り強くずる賢く立ち回った。そして数年後、政春が死んだ。島の東側の岸壁に溺死体で見つかった。その不審死は根拠不明のまま「事故死」と認定された。本土からやってきた刑事いわく、「夜釣りでもしていて足をすべらせたんでしょう」。

茂吉は十人衆を集めた。闇夜にまぎれた弔い合戦がはじまった。しかししょせん、茂吉は玄無島という過疎地の大将にすぎなかった。いったいどこの誰を倒せばこの闘いが勝利になるのかすらわからぬまま反抗はなし崩しにつぶされた。一人二人と不審死がつづき、軍門に降るほか道はなかった。

純化作戦のおり、徴兵のような号令がかかり、腹を括った。ここで命を張る。汚れ仕事を買って出て、恩を売ると同時に根性と武力を見せつける。

島の頭領を自負する男の、ぎりぎり最後の矜持《きょうじ》。その成果が協力費の管理分配業務の委託と、不可侵協定だった。

島民に害なすなかれ。

たしかに敷島一派は下請けのお役所になり下がった。対等のポーズで服従を受け入れた。もうこれ以上、血を流したくなかったからだ。血を流すくらいなら、酔っぱらうほうがいいと思ったからだ。

もはや茂吉に、往年のギラギラした欲はない。もともとあったのかも疑わしい。ただおれはこの島で、笑ったり怒ったりしながら、ちょっとだけ偉そうにして、仲間とわいわいやっていたかったんだ。協力費の分配だって、いちおう公平にやっていた。あくまで「いちおう」ではあるが。

ずいぶん前に妻も亡くなり、十人衆も残っていない。

あの世で謝らねばならないだろう。こんな最期になってしまったこと。定太郎たちを犬死させてしまったこと。

しかし――と思う。

これはいったい、誰がなんのために仕組んだ争いなんだ？

油断があったのは否めない。しかしその油断は、根拠のある油断だった。今さら自分たちをここまで徹底的に排除する理由が、いったいどこに……。

答えは出そうになかった。出なくとも良い気がした。予感があった。この事件の首謀者は、きっと茂吉のすべてを否定しようとしている。まるであの小僧のように。

ひとつだけ訂正したいことがある。金のためじゃない。あの子を大事に思う理由は、断じて違う。

ハコ。無事か？　せめてお前だけは、こんな血なまぐさい争いと無縁であってくれたらいいが……。

いよいよ意識が薄れてゆく。痛みはない。むしろ心地よいくらいだ。皮肉にもそれが明確に、人生のおしまいを意味していた。

ああ……。

最期にお前を思い出さないのは、ずるいよな。

ジーナ。

口の減らないアバズレ女。激烈でお節介な、革命家。

おれの青春の、マドンナ。

意識がついえる寸前、視界の端を人影が、のっそりと動いた。

8

冷たく重たく、身体にまとわりつく闇。それをふり払おうともがいて、呼吸を。

ぶはっと水面から顔をだし、ワタルはありったけの酸素を吸った。手足をばたつかせ、沈みそうになる身体を支える。

闇の中にタカトを探した。相棒は手首を手錠でつながれた状態で必死に犬かきまがいの無様をさらし、試行錯誤の末、仰向けの体勢を選んだ。

海水を飲まないように気をつけ叫ぶ。「いけるか!」

「無理っ!」

うるせえ!　いくしかねえんだ。

島の明かりを目印に、二人は泳いだ。海水を吸った服が重たく、ワタルは無理やりシャツを脱ぎ、ズボンも脱ごうとしたが、革靴に引っかかったらまずいとやめた。

仰向けのバタ足で進むタカトがいった。「船が遠ざかってく」

「甲板には？」

「誰も」

ワタルたちをあっさり逃がすとは思えない。何か、不測の事態が起こったのだろうか。

おそらく船には、あの二人組と赤岩しかいなかったのだろう。首謀者は動く密室に敷島を誘い込み、最少人数で秘密裏に片をつけようとしたのだ。

「くそっ。泳ぎにくいぜ」

タカトは器用に進んでいたが、顔は真剣そのものだった。気を抜けばすぐに溺死体のいっちょ上がりはワタルも同じだ。助け合う余裕なんてない。力尽きたらサヨナラだ。

ひたすら身体を酷使しろ。距離をとれ。銃弾が届かないところまで、一秒でも早く。

夏で良かった。凪《なぎ》の夜で助かった。けれどおれは金輪際、海水浴なんてしないだろう。

しばらく進んで少し心の余裕が生まれた。すると吐き気がした。耳鳴りがうるさかった。だだだだだだだ——。

水をかく腕に力を込める。呼吸を繰り返す。涙があふれた。いつ以来だ？　母親が死んだときだって一粒も流れなかったのに。

くそ、くそ、くそ！

なんでこんな目に遭う？

敷島、眉なし、団子鼻にムキムキ野郎。

それに定太郎。

くそ、くそ、くそ！

泳げ。死んだら負けだ。こんな敗北を認めてたまるか。なんの必然性も知らされず、わけもわからないまま死ぬなんて、絶対に認めねえ。

徐々に島の明かりが近づいた。もう少し進んだら、おいそれと荒事には及べないだろう。

「あっ」

背泳ぎの格好になっているタカトが声を発した。

「どうした？」

「消えた」

「消えた？」

「フェリーのライト」

どういうことだ？　ライトを消して追ってくる気か？　目撃されないようにして――。

――待てよ。

そもそも、この襲撃はバレないのか？

たしかに島の中の犯行じゃない。だが敷島という顔役を一掃するなんてことを、管理者が許すのか。フェリーに乗ったところは目撃されているはずだ。江尻組の手配というのもすぐわかるだろう。知らぬ存ぜぬで通るわけがない。

そこまで考えて、心臓が止まりかけた。

嘘だろ――。思考が止まった。危うく手足も止まりかけ、慌てて泳ぎを再開する。

どんどんどんどん、島は大きくなっている。しかしそれが、決して喜ばしく思えなかった。

着いたのは旧玄無港の辺りだった。海面にならぶブイをくぐってよけ、岸壁から地上に倒れ込んだ。もう動けない。仰向けになって筋肉と肺が正常になるのを待った。

タカトも死にかけていた。息も絶え絶えにいう。「おれ、泳ぎながら、小便しちまった」

「……おれもだ」

馬鹿話に浸っている場合じゃない。身体を起こし周囲を見やる。真っ暗だ。だだっ広いコンクリートの上に誰かいたところでわかりゃしない。

「動けるか?」

「うん。でも、戦闘力は2くらいしかないぜ」

と、手錠をかかげる。

「初めて、お前に喧嘩で勝てそうだな」

「勝負ならじゃんけんにしてよ。グーをだすから」

こんだけしゃべれりゃ大丈夫だ。

ワタルは先に立ち上がり、手を貸してやった。

「なあ」踏ん張りながらタカトがいった。「定太郎さんたち、死んだのかな」

「――たぶんな」

そっか、ともらしながら訊いてくる。

「なんで?」

「知らねえよ」

そっか、とふたたび。

そしていう。

「おれ、ぶっ殺すよ。あのオールバック野郎を」

「……ジャージ男もな」

あと、もう一人。

真っ暗闇へ、ならんで歩いた。


上半身裸でずぶ濡れ、実は小便も漏らしているが、それはまあわからないだろう。ともかくそんな格好で、ワタルは『ハニー・バニー』のスイングドアをくぐった。

客たちの好奇の目が集まったのは一瞬だけで、ちょっかいをだしてくる奴はいなかった。この程度はよくあること——というよりも、揉め事の気配が明らかだからだろう。何せタカトにいたっては顔面を腫らし、やっぱりずぶ濡れで、しかも両手に手錠がはまっている有様なのだ。

カウンターの向こうの壁岡が、黙々とジンを用意しはじめた。

「ジーナは？」

壁岡は答えない。ジンを飲むまで答えないのだ。

しかしその無言はジーナの帰宅を意味していると、ワタルは長年の付き合いで察した。

タカトと二人でグラスを一気にあける。

「タオルと、いかしたシャツを貸してくれたらうれしいんだけど」

壁岡の返事を待たず、階段へ向かう。

三階の事務所で、真っ赤なドレスを着たジーナがキセルにつけた煙草を吹かしていた。

「何があった？」

挨拶も軽口もなく、鋭い視線が飛んできた。

「あんたこそ、どこへ行ってたんだ」

ワタルは対面のソファに腰をおろし、ジーナをにらみつけた。

「あそこだここだって、報告する義務はないはずだけどねえ」

「教えてくれ。じゃないと信用できない」

ジーナの目がいよいよ尖った。だがこっちには、びびってる余裕もない。

「敷島が死んだ。殺された」

わずかに、ジーナの身体が強張った。

「ほかの若衆もまとめてだ。詳しい話を聞きたかったら、まず質問に答えてくれ」

束の間、ジーナは煙が漂う宙を見つめた。

「あたしが、ああだこうだといやあ信じるのかい?」

「今のおれに嘘をつく価値なんかねえだろ」

「腹括ってんだか投げやりなんだか、よくわかんない奴だね」

タオルが二枚飛んできた。ついでのように投げられた半袖の開襟シャツは黒地に昇り龍の刺繍がされた、人生で五番目くらいにダサい代物だった。おまけにぶかぶかだ。

「社長さんにお呼ばれされてたんだよ」

「社長?」

「ムーンライトのね。ボンボンのお坊ちゃまさ」

煙とともに吐き捨てる。

「用件は?」

「あんたらのことに決まってんだろ。事件の関係者を匿ってんじゃないかって」

「それで?」

「匿うなんて恐ろしいことできません、見つけ次第すぐにお報せいたしますっていってやったさ。あとは茶飲み話に付き合わされただけだよ」

「どのくらい?」

「――なんだかんだで五時間くらいだね」

七時から零時まで。

「なるほどな」いってワタルは額に手を当てた。

「なんだ。告げ口してほしかったのかい?」

「中途半端すぎる。本気で犯人探しをするつもりならこの店を調べるべきだ」

「あっちはこっちに干渉しない。それが島のルールだろ」

「寝ぼけんなよ、ジーナ。事件があったのはこっち側だぞ。もしも三人殺した犯人が島の人間だったらどうするんだ?」

ジーナは黙った。しかし表情に驚きはない。彼女のことだ。ワタルより早く、そのおかしさに気づいていたに違いない。

「島の管理者は、この事件の真相を知っている」

それは江尻組から説明を受けていたという意味を超え――。

「奴らが陰で糸を引いていたんだ」

ゆえに敷島をフェリーに乗せるという目立つ方法が使えた。この島では、上の意向さえあればすべてがなあなあで済ませられる。

「あんたをこのタイミングで呼びだしたのも、敷島と連絡を取らせないためだろう」

ハコと連絡を取らせないためでもあったかもしれない。

「少しでも敷島に入る情報を減らしたかった。だから中身のない茶飲み話を五時間も引っ張った」

「やめな」

ジーナが苛立たしげにこぼした。「ぜんぶ憶測じゃないか」

「奴らの目的は敷島一派の排除だ。そうすればバックヤードを支配できる。この竜宮町も」

「ギャング映画の観すぎだ」

「敷島さんは殺されたんだぞ？　騙し討ちに遭って蜂の巣にされたのを、あんたはなんとも思わないのか」

「やかましい！　ガキがごちゃごちゃ知ったふうな口きくんじゃないよっ」

その怒声に感情があふれていた。彼女の心が透けていた。

「……少なくとも、もう、あんたらの出る幕じゃない」

吹かした煙草の火は消えていた。

「島を出な。東京も離れるんだ。なんとか手配してやる」

「ジーナ」

「黙っていうことを聞くんだよ。あんたにこの世界は向いてない。どこぞでやり直すんだ。タカトと二人なら、あんたはやっていけるだろ？」

そうかもしれない。そのほうがいいのだろう。

だが、もう遅い。

「アタッシュケースを返してくれないか」

にらむようなジーナの視線を受け止め、「頼むよ」とワタルはいった。

ジーナが立ち上がり、部屋を出ていった。

ワタルは頭を抱えた。

もしも——、これが自分の勘違いだったなら。

それならまだ、やり直せる。

タカトはだらりと手足をぶらつかせ、ぼんやり天井を眺めていた。

ジーナが戻ってきた。アタッシュケースをテーブルに置き、それから手にした針金でタカトの手錠を手際よく外した。

「上手いもんだな」

「昔取った杵柄《きねづか》さ」

「こっちもお願いできるか」

ジーナがいぶかしげに、ワタルが叩いたアタッシュケースを見やった。

「数字錠は手に負えないか？」

「——ババアをなめんじゃないよ」

ジーナがアタッシュケースと格闘するのを、ワタルはどこかあきらめた気持ちで見つめていた。

「ほれ」

数分後、鍵の開いたアタッシュケースと向き合った。

「いいのかい？　開けるなって蓮にいわれてんだろ」

「……おれの勘違いなら土下座でもするさ」

強がりであり、祈りだった。

ゆっくりと、アタッシュケースに手をのばす。

疑問があった。どうしても解せない疑問が。

ワタルは一連の事件を、新津を蹴落とすために滝山が仕組んだものだと考えた。新たにムーンライトを筆頭とする島の管理者が首謀者に加わったが、現場の仕切りは江尻組の人間だったはずだ。

目的は敷島の排除だ。島で襲撃するのは目立ちすぎるしやり損なう確率が高い。だからフェリーを使った。誘いだし一網打尽《いちもうだじん》にした。しかし韓国人マフィアの死だけでは、敷島を呼びだす口実として弱い。

そこでハコを利用した。拉致したと嘘をつき、餌にした。

だが、それでも足りない。ハコを拉致しただけでは、ただの敵対行為だ。敷島が島の協定をもちだせば面倒なことになる。

しかし敷島は従った。なぜか？

堀木の死体があったからだ。自分たちの領内にとつぜん現れたあの死体について釈明しなくては、敷島が江尻組に敵対したとみなされかねない。

勝手に死んでいたのだと突っぱねることもできなかった。

ワタルたちが居たからだ。ワタルたちを匿う形になっていたから、敷島は知らぬ存ぜぬを通せなかった。ゆえに呼びだしに応じざるを得なかった。

倉庫通りの殺人に巻き込まれたワタルはジーナを頼った。その行動はごく自然なものだ。ジーナを頼れば敷島につながる。ハコという偶然にも助けられたが、どのみちジーナなら上手くやっただろう。これも計算できる範囲だ。

そう。島の人間ならば。

ワタルとタカトの素性を知り、ジーナとの関係を知り、ジーナと敷島の関係を心得ている者ならば。ワタルから信頼され、ほんのささいな助言で行動を誘導できる者ならば、たった一手、取り引きの現場にワタルたちを送り込むという最初の一手さえ打てば、あとはなし崩し的に理想の状況がつくれたのだ。

滝山に、そんな芸当はできっこない。

条件を満たす人間を、ワタルは一人しか知らない。

ケースの蓋を開ける。中には札束が詰まっていた。

ワタルはそれをひとつ手に取り、頭の一枚をめくった。

——やっぱり、か。

だからジーナに預けたことを怒った。取り返せと命じた。そのくせフェリーに乗る直前には所在すら確認してこなかった。

途中でバレるのはまずかったからだ。反面、実はどうでもいい物だったからだ。

心が冷えた。地面の底が抜ける感覚を覚えた。

その偽札の束に。

※

数十分、薄暗い天井とにらめっこがつづいていた。目を覚ましたとき、天国の風景にしては素っ気ないと思ったが、ほどなく、どうやら小部屋のベッドに横たわっているらしいと気づいた。

それからずっと一人きり、身動きも取れないまま時間をやり過ごしている。

ドアの開く音がした。

「まったく、あなたには驚かされる」

声が耳に届いた。視線を向けようとしてみたが、顔が上手く動かせない。手足には感覚すらなかった。

「無駄です。痛み止めの麻酔を打ちまくってますから」

男の影が近寄ってきた。そして呆れたようにいった。

「奴ら感心してましたよ。あの状況で生き残るだけじゃなく、抵抗するなんてね」

記憶が蘇った。とつぜん現れた二人組のボーイ。マシンガンの咆哮《ほうこう》。とっさに敷島を守ろうとして覆いかぶさった。その上に、さらに誰かが重なった。しかし銃弾は、すでに敷島を穴だらけにしていた。轟音《ごうおん》が鳴り響く中、敷島の弾けた頭部から流れるものの生温かさを感じながら、自分の盾になってくれた若衆の身体から伝わってくる衝撃に耐えながら、腕や足に弾を食らいながら、定太郎はここが墓場かと観念した。

ワタルとタカトが二人のボーイに挑みかかるのを夢見心地で眺め、二人が階段へ駆けた瞬間、ほとんど無意識に身体が動いた。ボーイの格好をしたオールバックの殺し屋に飛びついた。背後から全力のタックルだ。それでもオールバックの男は倒れなかった。定太郎にできるのは、絶対に離さないと念じることだけだった。

やるねえ――そんな台詞とともに記憶は途切れている。

「丈夫が、取り柄、なんだな」

かすれ気味の声に、影の男が小さく笑った。そのままパイプ椅子に座り、足を組んだ。

「ここ、は？」

「便利な隠れ家みたいなものです。とはいえ、これのせいでややこしい事態になったわけですが」

影の男が苦笑のようにぼやいた。

「なぜ、おれを、生かした？」

「二人が逃げたんでね。ワタルとタカトに感謝するといい」

「人質、か。おれに、そんな価値は、ないと思う、がな」

「ご心配なく。用なしとわかったらちゃんと殺します」

そうか、と定太郎は思った。こいつはこんな、冷たい声で話すようになったのだな、と。

「蓮」

影の男に目をやる。すっきりとした短髪、ほっそりとした顔つき、摂生された身体つき。新津蓮は感情の読めない顔でそこに座っていた。

「こんなことをして――」

「ご心配なく」

蓮がいいきった。

「すべて計画通り。島の管理者――ムーンライトもこちら側です」

「だが、それだけじゃ――」

「ええ、もちろん。管理者の上に君臨する支配者たちを納得させる大義名分が必要だとおっしゃりたいんでしょう？　それも用意してあります。堀木流久須の死体をね」

蓮が唇をゆがめた。

「おわかりでしょう？　あいつを殺したのはあなたたちだ。証拠の映像も撮ってあります。奴の死体へ、拳銃を持って近づくあなたの姿を」

アジトの外で死体を見つけたときだ。死体を残していった者は森の中に潜み、こちらへレンズを向けていたのか。

「ストーリーはこうです。旧地区に押し込められていた敷島一派はそれを不満に思い、江尻組の取り引きをつぶすため韓国人マフィアを殺害した。調査に乗りだした江尻組の舎弟を見せしめに殺した。江尻組は和解と偽って交渉の席を用意し、そこで報復に打って出た」

「報復も、支配者たちは、許さない」

大栄会だって見過ごすはずがない。

だが蓮の表情から、笑みは消えなかった。

「そのとおり。だからこれは、個人の暴走なんです」

「個人？」

「赤岩という堀木の兄貴分が、どうしてもあなた方を許せなくて仕組んだ復讐劇なんです」

フェリーで定太郎たちを迎えてくれた口ひげの男が浮かぶ。

「赤岩は江尻組の重鎮ですから組員を集めることもできる。マシンガンだって用意できたでしょう。フェリーをチャーターした名義も赤岩の名前になっています」

蓮があごをしゃくった。

「どうです？　そもそも先に牙をむいたのは敷島。敷島に復讐すべく暴走したのは赤岩個人。それも島の外の話だ。ヤクザ同士のよくあるいざこざにすぎません。島の支配者は丸く収まるなら文句はないでしょうし、大栄会もそれは同様です」

ムーンライトは支配者に偽りの真相を報告する。そして敷島が抱えていた利権を江尻組に譲渡するよう進言する。竜宮町の運営、島民への協力費の管理分配業務。上納金が増えるなら、大栄会も騒がない。

「ただ、極道としてのケジメはつけなくちゃなりません。経緯がどうあれ、赤岩の暴走を許したのはこちらの落ち度ですから」

「お前は――」心から定太郎は尋ねた。「何が、したいんだ?」

蓮の表情は変わらなかった。薄膜を張ったような笑みはサディスティックな高揚にも見えたし、あるいは中身のないお芝居とも思われた。

「力」

蓮はいった。

「力ですよ。金、暴力、権力。ぜんぶひっくるめて、ぜんぶを引っくり返せる力」

「そんなものは――」

「手に入らない? 存在しない? かもしれない。あきらめるほうが賢いんでしょう。でもね、定兄い。だからあんたはここでこうなってるんだぜ? 茂吉のじいちゃんを守れず、ほかの連中を守れず、おれに命をにぎられて、無様にご高説を拝聴してんだ。島の奴らはみんなそうだろ? 何かが間違ってる。それに気づいているくせに知らないふりをしながら協力費なんていうくそみたいなはした金で丸め込まれて、人間もどきの生活を送ってんだ。満足してるふりをして、これが賢い生き方だとうそぶいてな」

笑みがなくなっていた。薄膜の下から、欲望がこぼれかけていた。

「開発闘争で死んだのは誰だ? 純化作戦で死んだのは? あんたの親だってそうだろ」

定太郎は言葉を見つけられない。

「ざぶん、ざぶん……。耳に残ってる。消えやしない」

そういって蓮は腰を上げた。

「恨むなら、のんきに暮らしてきたてめえの人生を恨むんだな」

「蓮」

しゃべるのも億劫《おっくう》になってきた。しかし定太郎は声をだした。

「あの二人を、犠牲にする必要は、あったのか」

ワタルとタカト。

蓮はこちらを見なかった。部屋の暗さもあって、表情はわからなかった。

ひと息ついてから、定太郎はもらした。

「おれは、のんきが、好きなんだ、な」

蓮は冷たい一瞥を残し、出口へ向かった。

ため息がもれる。じいちゃんや自分が、もっとがんばれば蓮はこじれなかったのだろうか。いやどのみち、狼は狼なのだ。小さな庭に囲われて生きてはいけない。

まあ、おれは、牧羊犬くらいがお似合いなんだろう、な。

頭に浮かぶのはハコと、それからワタルとタカトの二人だった。あのとき、身体が動いたことが少しだけ誇らしい。奴らが逃げきったと聞いて、だいぶうれしい。

せいぜい気張るんだな、二人とも――。

定太郎は大声で笑うように口を開け、そして思いきり、舌を嚙み切った。

9

蓮さん……。

機械的に札の束を確認しながら、ワタルは心の中で繰り返し問いかけた。

なぜだ？　なぜ、こんなことを――。

アタッシュケースに詰まっている札束は表面の一枚を除き、すべて紙屑《かみくず》だった。ほかに入っている物もない。

結論は出た。倉庫通りの取り引き自体、端《はな》っから仕組まれた茶番だったのだ。

韓国マフィアの荷物も偽装されたゴミだったに違いない。どうせ回収する予定だから本物を用意してあったのかもしれないが、どのみち、あの三人は殺されるためにコンテナへ行かされた。そしてワタルたちは都合の良い駒として。

すべてが新津の計画だと考えれば、堀木の死体がアジトの前に捨て置かれた理由も説明がつく。電話でワタルが伝えたからだ。アジトは山の中腹の、ドライブインのそばだと。

紙屑の束をにぎりしめ、奥歯を嚙んだ。耳鳴りがする。だだだだだだだ――。

あの襲撃で、ワタルたちが助かったのは幸運のおかげだった。敷島に正座させられ、背後に眉なしと団子鼻が立ち、丸テーブルもあった。それらが盾となり、最初の被弾を免れた。もし漫然とソファに座っていたらとっくにお陀仏だっただろう。

新津は承知していたはずだ。彼の口からはっきりと、「定太郎と合流しろ」と命じられている。交渉の建前がワタルとタカトの身柄引き渡しだった以上、二人がフェリーに乗らない展開はあり得ない。

百歩譲って、敷島に疑われないよう企みを黙っていたのだとして、しかしオールバック野郎とジャージ男のやり方には被害者の選別など少しも感じられなかった。問答無用の皆殺し。ワタルやタカトを生かせという指示があったとは思えない。

なるほど。

わかった。

ようするに、見捨てられたんだな、おれたちは。

アタッシュケースの蓋を閉め、天を仰いだ。目をつむり、息を吐いた。

そばに立つジーナが呼びかけてきた。

「ワタル」

「大丈夫」

ワタルはうつむき、両手を額に当てた。しっかり、息を止めた。

珍しいことじゃない。てめえの利益のために他人を利用する。家族だろうが恋人だろうが関係ない。甘い嘘で踊らせ、背後から撃つ。そういう世界を、おれは選んだんだ。

「騙される奴が悪い」

ワタルは目を開けた。

「しくじる奴が悪い」

顔を上げ、誰も座っていないソファを見つめる。

慣れている。見捨てられるのは慣れている。父親、母親、親戚、近所の奴らに教師、クラスメイト。ヤクザと少しも変わりゃしねえ。

だからおれは、選んだんだ。てめえの力で生きる道を。

新津を信じ、ひたすら従う。これも自分の選択だった。こんな目に遭った現状も自業自得に違いない。しくじった。それだけだ。

「——新津も、しくじってる。おれたちを殺せなかった」

となりのタカトは、黙ったままそっぽを向いていた。

「おれたちはからくりを知ってる。このまま放置はしないだろう」

言葉を発するごとに、思考がクリアになってゆく。

「手はふたつ。取り込むか息の根を止めるか。たぶん新津は、後者を選ぶ。あの人はおれの性格を知ってる。今さら頭をなでたって嚙みつかれるとわかってる」

不思議な感覚だった。凍ったように冷たい脳みそで、何もかも見通せる気がする。今ならフィボナッチ数列だって説明できそうだ。

「おれは新津の思い通りに動いた。追手をかわしてジーナを頼り、敷島とつながった。だがイレギュラーもあった。まずはコンテナに早く着きすぎたことだ」

そのせいでワタルは、オールバック野郎とジャージ男の面を見た。

「まだある。おれが韓国マフィアの事情を知ったこと。これも新津には計算外のはずだ」

おかげで事件の全貌をつかむことができた。

そして――。

「おれがハコの付き添いでパレスに出入りしたことも、イレギュラーだ」

「あんた――」ジーナが眉間にしわを寄せていた。「何を考えてんだい」

記憶の断片が巡った。竜宮町の路地裏で出会ったとき。『ハニー・バニー』で遊んだとき。バイクで遊んだとき。裏カジノの仕事を教わったとき。タカトを救ってくれたとき。

そうした思い出が、潮が引くように去っていった。

「新津を倒す」

自分でも驚くほどあっけない宣言だった。あっけなさゆえに、言葉が輪郭をもっていた。

初めての経験だった。冷えきった思考と煮えたぎる感情がきっぱりわかれ、なのにそれぞれが同じように急き立ててくる。進め、と。

イカれちまったのかもしれない。マシンガンの弾幕と夜の海の遊泳が、当たり前の神経をずたずたにして、おかしなふうにくっついちまったんだろう。

「馬鹿なことというんじゃないよ」

ジーナが目を吊り上げていた。「あんたに何ができるってんだ。相手はヤクザ、それも管理者と組んだヤクザだ。島に残れば、あんたたちは消される。そのくらいわかるだろ」

「逃げたって消される。甘くない」

「確率の問題だよ。島を出て、遠くで隠れて暮らすんだ。それが最善の手だ」

「できない」

「意地を張ってる場合かっ」

「ここで逃げたら一生日陰の身だ」

ジーナを見上げ、親指でタカトを指した。

「おれはこいつを、いつか表のリングに立たせたい」

ジーナは唇を力いっぱいへの字に曲げ、こちらをにらみつけていた。

タカトがいった。「おれは別に、地下でもいいけど」

「このままじゃ地下も無理だぞ。路上は嫌だろ?」

「冬はね。寒いから」

ワタルは笑った。ごく自然にもれた。

腰を上げる。タカトもつづいた。

腕を組んだジーナがいう。「どうする気なんだ? ピストル片手に突っ込んだって返り討ちだよ」

「たしかに」とワタルは返した。「ピストルを用意するところからはじめなくちゃな」

親の仇を見るような目に、ワタルは苦笑した。

「ジーナ。わかってると思うけど、ここもやばい。協定はおしまいだ。もう守っちゃくれない」

「ガキが偉そうに」

「長生きしろよ」

アタッシュケースをつかみドアへ向かいかけたとき、壁ぎわの固定電話が鳴った。下の階とつながる内線電話だ。

電話をとったジーナの顔が険しくなった。

「――わかった。無理しない程度によろしくやんな」

受話器をおろし、こちらを向く。

「警官だとさ」

「警官？」

「制服が十人くらい。私服が二人に役人付きでおでましだ。ふん。この建物も営業も、法令違反の塊だからね」

さっそく手を回してきたのだ。風営法に違法建築、安全配慮義務違反……名目は腐るほどある。つい数時間前まで見過ごされてきた暗黙の了解は崩れた。

「迷惑かけるな」

「自惚《うぬぼ》れんじゃないよ。竜宮町を手に入れようと思ったら、まずウチを的にかけるのはわかりきった話さ。あたしを誰だと思ってんだい？」

竜宮町の女主人。あるいは白髪の魔女。

ジーナが奥のデスクへ向かう。引き出しをまさぐり、手にしたものをこちらへ投げてくる。

ワタルの手におさまった黒いブツ。リボルバーの拳銃。

「弾は六発。暴発の責任まではもてないよ」

いいながら、ジーナはソファに座った。

「裏口は知ってるね？」

「ああ」

そうかい、とふたたび何かを放ってくる。

受け取ったそれはガラケーだった。

ジーナがキセルみたいなパイプに煙草を装着する。

「絶対に、返しにきな」

「……お礼にホットケーキをつくってやるよ」

渋い顔で煙草を吹かす彼女に背を向け、ワタルは事務所を出た。


騒ぎは三階まで轟《とどろ》いていた。怒号、グラスの割れる音、悲鳴。ベッドシートでいちゃついていた客の男と店の女の子が何事かと半裸で様子をうかがっている。慌ててズボンを上げているおっさんの横を通って、ワタルは階段へ向かった。『ハニー・バニー』の裏口は二階のストリップステージの奥にある。

階段を駆け下りながらリボルバーを腰のベルトにねじ込む。昇り龍の黒シャツで隠す。警官隊を相手にぶっ放すほどパニクっちゃいない。

階段をおりた先でパギさんが三十人ほどの客をなだめていた。店のバニーガールとストリップシヨウの女の子たちが不安そうに固まっていた。

「ここを通しなさい！」フロアの反対側、一階へつづく階段の下から怒鳴り声がする。今にも警官隊が顔を見せる気配だ。

「みなさん、大丈夫ですから。どうぞ落ち着いて」

「パギさん」

ワタルの顔を見て、パギさんが「おお」とほほ笑んだ。

「いやあ、まいった。ここに勤めて以来、手入れなんて初めてだよ。下でカベちゃんが頑張ってくれてるけど、そろそろ限界だろうなあ」

のんびりしてやがる。これでパギさんも修羅場《しゅらば》をくぐってきてるのだろう。

「お前らは行くんだろ?」

ワタルがうなずくとパギさんはニヤリとし、「これ」とキーを寄越してくる。

「配達用の軽トラ、場所はわかるな?」

タカトが「もちろん」と親指を立てる。

「どうせ車検切れてるし、好きにしちゃっていいよ」

怒濤《どとう》のような足音が聞こえてきた。警官隊が雪崩《なだれ》を打ったように駆けあがってくる。

「じゃあ、達者でな」

パギさんが客に向かって叫んだ。

「ステージの奥に避難口がありますよお！」

それから舞台裏の人間に合図を送るようにピースサインを突きだす。ビバップ調のＢＧＭがボリュームをあげた。ピンク色の照明がぎらぎらと蠢きはじめた。ミラーボールがくるくる回る。

警官隊がなだれ込んでくるのと同時に客たちがステージへ殺到した。ワタルはその波に紛れ進んだ。

「全員動くなっ」

背広を着た刑事の叫びはＢＧＭにかき消され、音と光に煽られた客たちは見向きもせず奥を目ざした。

ステージに上がったワタルの目の端に、刑事にすり寄るパギさんの姿が映った。軟弱な通せんぼは肩を小突かれ一瞬で意味をなくしたが、いつか彼に恩返しをしなくてはと、ワタルは彼の売り払われた腎臓に誓った。

もみくちゃにされながらステージを抜けた先の舞台裏はダンサーの控室や音響部屋が詰まってい て、狭い廊下は二人もならべばぎゅうぎゅうだった。非常口の看板の下へ、人々がいっせいに押し寄せる。屋外に設置された鉄製の非常階段は細くボロく、この人数の体重を支えきれるのか一抹の不安があった。踏み外しでもしようものなら命の保証はないだろう。

案の定、非常階段の下にも警官が二人待機していた。「止まれ！」と命じてくる男に向かって、「ひょう！」と階段から人影が飛んだ。自由になった両手を羽ばたかせたタカトが、警官の胸にジャンプキックをきれいに決めた。どこにだしても恥ずかしくない公務執行妨害である。

タカトはもう一人の警官を金的蹴りで悶絶させ、

「急げよ！」

と路地裏を走りだす。このときばかりは相棒の運動神経がうらやましかった。

人ごみを押しのけ階段をおりきったとき、ジャンプキックをくらった警官が起き上がっていた。アタッシュケースでこめかみをぶん殴り、もう一度おねんねしてもらう。またこのパターンかとかすかに思う。

「ワタル！」

路地裏の先に停まった軽トラからタカトが叫んだ。ワタルが駆けだそうとしたとき、後ろから羽交い締めにされた。アタッシュケースよりも硬い頭蓋骨《ずがいこつ》をもっていたらしい。頭から血を流した警官が、鼻で息をしながらワタルを押し倒した。

「何してんだよ！」

うるせえな。組み敷かれてんだよ！

馬乗りになってくる警官が腕を狙ってきた。とっさにブリッジをする。アジトで見た眉なしのようにはいかなかったが、どうにか身体を反転させる。二人して横になり、寝転んだままガキの喧嘩みたいに蹴りを浴びせる。客や店の女の子がどたばたと駆け抜けてゆく。指を踏まれた。ちくしょう。

階段の上に警官の姿が見えた。三人。囲まれたらおしまいだ。

「くそったれ！」

ワタルと同時に警官が立ち上がる。飛びついてくる。一瞬、逃げ腰になったワタルは、しかし寸前で踏み込んだ。頭突きが、カウンターで炸裂した。警官がノックアウトよろしく仰向けに倒れ、こっちの視界もゆれた。

「走れ馬鹿！」

馬鹿に馬鹿といわれちゃあ立つ瀬がねえ。ガンガンする額を押さえながら足を動かす。

「急げって！」

軽トラがエンジンを吹かす。よろよろと進むワタルの背後からカンカンカンカンと階段を駆け下りてくる足音。厄日だ。

「乗れ！」

助手席に飛び込んだ瞬間、新手の警官が荷台に手をかけた。くそっ――と思う間もなく、そいつの身体が宙に浮いた。走りだした軽トラのサイドミラーに、警官を路上にバックドロップする壁岡の姿があった。

「やるう！」

テンションＭＡＸのタカトがハンドルをバンバン叩きながらアクセルを踏み込む。不必要な豪快さでハンドルを切る。このままじゃ事故で死ぬ。

「どけどけどけえ！」

パアーンと響かせたクラクションに通行人が慌てて道をあける。犠牲者が出ないことを祈るよりない。

竜宮町の雑踏を旧玄無港の辺りへ抜け、ルートゼロに合流する。

「このまま逃げ切れんじゃね？」

「島の中じゃ同じだ」

「この軽トラ、水陸両用だったりしねえかな」

しねえだろうな。

タカトが鼻歌まじりに訊いてくる。「どこに行きゃいい？」

軽トラがサウスブリッジを渡る。ゆるくふくらんだカーブが、ずっと先までつづいている。たぶん、ここが最後の分岐点なのだろうとワタルは思った。カーブの途中に、ぽっかりあいた落とし穴は見えている。ブレーキを踏むなら今しかない。

「……お前、おれを信じるか？」

「は？　なんで？」

「おれたちは新津に捨てられた。おれがお前を捨てない保証もねえ」

「捨てるってなんだよ」

「利用するとか見殺しにするとか、そういうことだよ」

「ふうん。よくわかんねえな」

ほんとうによくわかっていない顔だった。

「保証なんて、どこにもないじゃん」

タカトはあっけらかんとそういった。苛つきながら、そりゃそうか、とワタルは思った。

保証なんてない。わかりきった話だ。

「——蓮さんを恨んでるか？」

「恨む？」

タカトが肩をすくめた。「リングに立ったら友だちだって殺す気でぶん殴る。当たり前だろ？」

でもさ——とつづける。

「やられっぱなしはつまんねえよ」

シャンゼリゼを横目に軽トラが走ってゆく。

ワタルは息を止めた。頭はクリアだった。心の炎も消えていない。

人生という長いカーブを駆けている。落とし穴にはまりたくないのなら、ゆっくり歩くべきだろう。横たわるべきだろう。あるいはあの国語教師のように、自ら道をおりればいい。

おれには無理だ。もう、それはできない。落ちるか越えるかわかりゃしないが、ジャンプ以外を選べない。

リングの上。勝負の場所。おれが望んだ世界だ。

「で？」じれったそうにタカトがいう。「どこ行きゃいいんだよ」

「パレス」

パレスにはハコがいる。勝負はつづいているだろう。パレスの中は管理者でも好き勝手が許されない支配者の縄張り。ハコの同伴者として登録されているワタルには手がだせないはずだ。

「おれも？」いいながらルートワンへハンドルを切る。

「いや、お前は入れない」

「じゃあどうすんだ？　金もスマホもないんだぜ」

「軽トラはパレスで捨てろ。食い物を買い込んで隠れておけ」

ワタルは隠れ家を伝えた。アタッシュケースから表面の万札を集め、タカトのハーフパンツにねじ込む。

「いいか、絶対に動くなよ」

「もし見つかったら？」

「全員ぶっ飛ばしてふん縛れ」

「シンプルでサイコーだな」

はしゃぐタカトに指示を吹き込む。それを聞くタカトの目がらんらんと輝く。

「――わかったな？　もし午前零時になって誰もこなかったら張さんの店で落ち合おう。二時までに合流できなかったら自由行動だ。お互い無事とは限らないからな」

「わくわくすんな」

ノー天気な口ぶりに、わずかな陰りが潜んでいた。頼もしくもあり、一方で歯がゆくもあった。

パレスが近づく。地下駐車場の手前で、タカトはトラックを停め、二人とも車を降りる。

「タカト」

相棒に告げる。

「負けねえぞ。もう誰にも」

タカトが親指を立てて応じ、闇の中へ走りだす。ワタルは踵を返しパレスの駐車場へ向かった。

※

くそガキめ――。

滝山慎吾は奥歯を噛み締めていた。このうす暗い部屋に招かれてから四時間以上経つ。招かれたというより呼びつけられたのだ。それも前の客が帰るのを一時間も待たされた。何が哀しくて関東大栄会江尻組の若頭ともあろう自分が、ガキの気まぐれに付き合わねばならないのか。

「政治って、つまり線を引く仕事じゃない？　国境線も法律も、人工的な線だよね。ここからここまでは犯罪で、ここからそっちは合法で。二十歳が成人なんてのも、別に科学的な根拠があるわけでもないでしょう？　そう思いません、滝山サン」

四本目のピンドンを軽快に飲みながら、世良紫音がにこりと笑った。滝山はこめかみに青筋が立つのをこらえ「ええ」とか「はあ」とか繰り返している。

ホテル・クラウン三十三階。世良と滝山のほかには誰もいない。島を管理するトップからサシで飲みましょうと誘われて断れるはずもなく、しかしまさかこんな長時間、どうでもいい講義を聞かされる羽目になるとは思ってなかった。

それも倉庫通りの事件を片づけねばならない状況だ。噂以上に、世良紫音はくそボンだった。

「ようするに権力の本質は、世界をデザインする力なわけですよ。それはルールの設定でもあるし、物理的な破壊と修復の方向性でもいいわけで――」

トゥルル、と部屋の固定電話が鳴った。

「ちぇっ。いいとこだったのに」

ぶつくさいいながら世良が受話器を取った。そのすきに滝山は自分のスマホを確認する。午前四時過ぎの表示を見ると同時に、おや？　と思った。圏外なのだ。

「あ、気づきました？」

いつの間にか通話を終えた世良がほほ笑んでいた。ずいぶん飲んでいたくせに酔っぱらった様子はない。

「いつもはつながるんですけどね。今夜は邪魔されたくなかったんでちょっと細工しました。電波妨害装置――ジャミングってやつです」

瞬間、滝山は明確な殺意を覚えた。この甘ったるい面をボコボコにしてやりたい。愛用のペンチで、歯を一本一本抜いてやりたい。

「怖いなあ」

世良がくすりと笑う。

「仲良くしましょうよ、滝山サン」

「もちろんですよ。そのためにも、今は一秒でも早く倉庫通りの事件を収めなくちゃならないと思うんですがね」

「韓国人マフィアへの義理立てを？」

「奴らにも体面がありますから。あなたのおっしゃる線ってやつです」

「先に線を引いたのはこっちだもんね。純化作戦で」

かつて韓国カジノ業界からもパレスにアドバイザーを呼んでいたという。そいつらもみんな、純化作戦で締め出され煮え湯を飲まされた。

「ぼくは思うんですよ、滝山サン。せっかく隣国のお友だちなんだから、島にコリアン勢を迎え入れてもいいじゃないかと」

え？　と滝山は内心驚いた。純化作戦は政府と米国資本の総意だ。パレスを筆頭に、ランド利権の中枢から彼らを弾くのは動かしがたいルールなのだと決めてかかっていた。

「線をね、引き直したいわけです、ぼくは」

ぞくりとした。新規参入が認められればそれを仲立ちする人間が必要になる。表はともかく、裏の仕切りは江尻組の独壇場だ。億単位の金が平気で行き交うレイ・ランドにおいて、その旨みは計り知れない。

これがこの会談の要点か。散々くだらない話をし、滝山の忠誠心を試していたのか。危なかった。もう少しでテーブルを蹴り飛ばすところだ。

「そのお話、わたしならお役に立てます」

「蓮ちゃん以上に？」

「あいつは小器用なだけの青二才にすぎません」

「手厳しいね。ぼくも彼と同い年だけど」

「いや、決してそういう意味では――」

「いい、いい。ぼくは滝山サンのそういうところ、嫌いじゃないいんだ」

失言が咎められず、滝山はほっと息をついた。

それにしても――新津と世良は同い年だったのか。初めて知る情報だ。

「立川のクラブで会ったんだ」

「は？」

「蓮ちゃんと」

は？　今度は声にならなかった。

「まだ彼がお宅の組に入る前だよ。歳を偽ってバーテンをしててね。あと一人、つるんでた仲間がいてさ。三人で、引っくり返そっかって話になってね。わかるかなあ？　ぼくはセーラーコーポレーションの次男に生まれて、何不自由ない生活をしてきたわけじゃない？　わりと男前だし、頭もそこそこいいわけですよ。これって、どうやっても覆らない事実なんだよね。覆したくても覆せない、ルールみたいなもんなんだ」

なんの話か、見えなくなった。もっとも初めから、この若造の話はさっぱり意味不明だったが。

「韓国マフィアを参入させるのはさ、支配者にたてつく行為でしょ？　ヤバいよね」

楽しげに、世良はグラスをかたむけた。

「だからこそ、楽しい」

「社長。いったい――」

「ほんとはもう少し時間をかけるつもりだったんだ。でもお宅の、なんだっけ、ほら、大昔の暴走族みたいな名前の」

「……堀木ですか」

パチンと指が鳴る。「そう！　流久須くん！　彼がさ、気づいちゃったんだよ。ぼくらの関係に」

滝山は首をひねるしかできない。

「旧玄無港から見えるんだ。ぼくの別荘が。ランドの南に小島があるのを知らないかな？　あそこ、ぼくの持ち物なのね」

正確にはムーンライトのものだけど、と世良は付け足した。

「よく作戦会議に使ってたんだ。で、そこにクルーザーで乗りつけるのを見られたわけ。彼、あそこで船をウォッチするのが趣味だったらしくて」

「社長を、ですか？」

「うん。ぼくと蓮ちゃんとGの三人を」

「G？」

「知らない？　レギオンのG」

三度目の「は？」は滝山の思考を凍らせた。

「レギオンはさ、ぼくと蓮ちゃんとGの三人でつくったんだよ」

滝山の思考は固まっている。わけもわからぬまま、冷や汗が止まらない。

新津が、レギオン？　なんだ、それは。

「滝山サン、少しは不自然に思わないと駄目だよ。いくら才能があったって二十四、五のガキんちょがコンダクター業の元締めなんて無理がある。後ろ盾のひとつやふたつ、疑わないと」

目の前で、その後ろ盾を務めたであろう男が笑っている。

「蓮ちゃんがレギオンだってバレたらたいへんじゃない？　だから計画を前倒ししたわけね。いや、前倒しの理由はそれだけでもないんだろうけど……」

視線を外した世良の苦笑を、滝山は呆然と見つめていた。

「ま、ともかく走りだした以上は止まれないよね。高サンも協力的だし、なんとかなるでしょ」

「高と、社長はお知り合いなんですか？」

「まあね。今回の件でいろいろ相談に乗ってもらったんだ。もちろん彼のバックの、釜山マフィアのお偉方とも仲良しだよ」

「ちょ、ちょっと待ってください。そいつは、いくらなんでもわたしらをコケにしすぎじゃないですか。高とのパイプをつくったのはおれだ。関東大栄会ですよ」

「悪かったと思ってる。だからこうして、ぜんぶ話してあげたんだ。黙って処分してもよかったんだけどね」

ドアが開いた。ふり返った滝山の目に、大男と小男の二人組が映った。手に拳銃をにぎっていた。

「どういう冗談です？」

ごまかすような半笑いを世良へ向ける。

「どういう冗談――なんだろうねえ」

彼の手にも拳銃があった。

「ぼくにとってはこの世のぜんぶが、気の利かないジョークだよ」

「てめえ――」

言葉を出し切る前に、身体が捉えられた。両腕ごと締めつけられ、胸がつまった。オールバックの大男に背後から、信じがたい怪力でハグされた。

「あが、ががっ」

「殺さないでください。形が要りますから」

聞き覚えのある声だった。嫌味なほど明瞭な、癪に障るしゃべり方。

新津蓮。

「カシラ。面倒なことになりました。カシラの舎弟の赤岩が、さっき敷島一派を皆殺しにしちまったんです」

は？　なんだ、それは。

「いくら暴走とはいえ、カシラも責任をお感じのことでしょう」

新津の手に短刀が。

「ケジメ、つけましょう。きっと組長も納得してくれます」

ふざけるな！　しかし圧迫が、発声を邪魔する。

「ほんとうはカシラが愛用するペンチを使ってあげたかったんですが、さすがに不自然ですから、こいつで我慢してください」

鞘《さや》を抜いた短刀の、本身がぎらりと光る。

「ペンチは、形見としておれがもらっておきますよ」

中年の小男が巨大なビニールシートを床に敷いた。大男が滝山を締め上げたままその中央に移動した。新津が滝山の前に立った。

「この靴は高級品なんで、できれば小便は漏らさないでください。男、滝山なら楽勝なはずです」

短刀の切っ先が、腹へ向かう。

「ま、で！」

喘ぐような声が出た。

「でめえ、ごんな、ごとして、どうなるが――」

「それはあんたに心配してもらうことじゃない」

ずいっと腹に、刃が食い込む。

「ある意味、踏ん切りをつけさせてくれたのはあんただ。その点は、感謝しますよ」

ずいずいと、刃がめり込む。口から泡があふれる。

「あとのことは任せてください。カシラの後継者として、おれがちゃんと組をまとめますから」

ぎゅうっと痛みが横に広がる。腹が裂けてゆく。

「しゃ、ぢょう……」

世良が肩をすくめた。「滝山サン。ぼくはほんとに、あなたみたいな人は嫌いじゃないんだ。ただ別に、好きってわけでもないだけで」

小便が漏れた。

10

待たされることなくワタルはプライベートルームに案内された。手前のソファに金髪のコンダクターが座っていた。カラサキの姿は消えている。

ポーカーテーブルには我那覇の背中があった。

奥のソファに、ハコが横たわっていた。腹に手をのせ、目もとをおしぼりで覆い、はっはと息をしている。

「どうしたんだ」

駆け寄って、付き添う佐高に尋ねた。

「勝負熱よ」

ついさっき休憩を申請したところだと教えられた。

時計を見る。午前四時過ぎ。十一時からはじまったカラサキのぶんと合わせ、勝負は五時間を超えた計算になる。

「いつもか？」

「まさか。五時間だろうが十時間だろうがぶっ通しで戦うくらい、この子は平気よ」

だったら――。

「負けてるのか？」

佐高の表情に曇りがあった。

テーブルへ目がいく。ぱっと見、両者のサイドテーブルに積み上がったコインの量に差はない。

「きっちり引き分けにされてる」

「されてる？」

「ええ。あたしにはわかる。あいつは、勝とうとも負けようともしていない」

ワタルは席に座る我那覇を見やった。浅黒い涼しげな顔がグリーンフェルトのテーブルへ視線を落とし、人差し指がテーブルの端をリズミカルに叩いている。

ディーラーの手もとにもコインが貯まっていた。回数無制限の勝負に終わりがくるよう定められた、一ゲーム五枚ずつのプールコインだ。

「次が二十戦目」

ワタルがパレスを出て三時間ちょっと。十分ワンゲームのペースだ。いくらなんでも早すぎる。

「勝負にならないのよ。吊り上げればフォールドされるし、すぐコールしてくる」

賭け金の動きものろい。プールコインだけが増えている状況だという。

ワタルには我那覇の狙いがわかった。時間稼ぎだ。

もう間違いない。今夜、ハコを勝負に誘ったのは新津蓮の策略なのだ。ハコをとどめおき、敷島を呼びだす口実に使う。電波の届かないプライベートルームだから所在の確認もできない。佐高と我那覇の因縁も計算ずみなのだろう。

我那覇と新津はつながっている。つまり新津は、レギオンと組んでいる。

「変なシャツ」

おしぼりをとったハコが、ひゅっと身体を起こした。「ぶかぶかだし」

「いけるの？」

「大丈夫」

立ち上がろうとするハコの腕を、ワタルはとっさにつかんだ。

「……何？」

言葉が出なかった。

「なんなの？」

ハコの表情がいぶかしげに曇った。ワタルの内面に、解析できない塊を見つけたに違いなかった。

「休憩はまだ残ってるか？」

「あと五分」と佐高が答えた。

「――戻ってこなかったら延長しておいてくれ」

こい、と無理やりハコを立たせ、ワタルはプライベートルームを出た。

ドアマンから離れ、廊下の隅で向き合う。

「何があったの？」

いうべきか、いわざるべきか。いえば動揺するかもしれない。いわねば恨まれるかもしれない。いや何より、伝えなくては次の一手が打てない。

「敷島さんが死んだ」

ハコが目を広げた。

「定太郎さんも、屋敷の若衆も、全員」

「嘘」

反射のような声だった。

「つまらない嘘をつかないで」

「嘘じゃない。嘘かどうか、お前ならわかるだろ」

「……あなたが勘違いしてるだけ」

「勘違いじゃない。おれもそこにいた。まとめてマシンガンで撃たれた」

「嘘だ！」

悲鳴のような叫びが廊下に響いた。ワタルをにらむ目は尖り、細い身体が震えていた。

嚙んだ唇から血が流れた。それが二連ピアスを赤く染めた。

敷島の屋敷に出向いたときのことを思い出す。付き合う義理はなかったはずだ。ワタルが屋敷に入ったすきに去ってもよかった。なのにハコは勝負にかこつけ、ワタルを送り、馬鹿正直に待っていたのだ。

「……ハコ」

肩に添えた手を、ハコはふり払った。

「ハコ！」

かまわずワタルは両肩を押さえた。アタッシュケースが絨毯に落ちた。

「聞けっ。今夜の勝負は仕組まれたもんなんだ。カラサキを餌にお前を誘いだしたのも、我那覇が現れたのも、無制限の一億勝負も、ぜんぶ計画の一部だった」

敷島一派を一掃するために。

「首謀者は、新津蓮だ」

ハコの表情が崩れかけた。目はワタルを向いていた。見抜いているのがわかった。真実を、彼女は見抜いてしまうのだ。

「……みんな、ほんとに」

「ああ。殺された」

「蓮さんに」

「そうだ」

ハコがうなだれるように顔を伏せた。あえぐように唇を動かした。「なんで……」

なんで。なんで、あそこまでやる必要があったのか。

金？　権力？　恨み？

「……わからない。おれも殺されかけた。タカトも」

急に、込み上げてくるものがあった。悔しさや哀しさ、不甲斐なさ。

それだけではない。それだけだなんて認めない。

「どうせ見逃しちゃくれない。奴は必ず始末をつけにくる。わけもわからないまま、黙って殺られるなんて、まっぴらだ」

絶対に、認めない。

「おれは、新津をつぶす」

ハコが顔を上げた。

「……どうやって？」

「奴をリングに上げる。保証のない場所に」

「どうやって？」

切るような口ぶりだった。

「あなたに何ができるの？」

「――おれだけじゃ無理だ。お前の協力が要る」

「ふざけるなっ」

声が弾けた。

「あなたが巻き込んだっ。勝手にめちゃくちゃにした」

燃える視線が刺してくる。

「そのくせやり返すから手伝え？　まさか罪滅ぼしとでもいうつもり？」

「違う。そんなんじゃない」

「だったら何？　ただの保身？　やけっぱち？　自己満足？」

感情が言葉になって殴りつけてくる。

「あなたは口だけだ。何もない」

ああ、そうさ。無様に操られ敷島を巻き込んだ。定太郎さんたちを犠牲にし、おめおめと生き残った。そして生きながらえようとしている。

何もない。おれはマヌケに新津を信じ、背中を追っていたくそガキだ。

「お前はどうなんだ？」

ハコの瞳をのぞき込む。

「なんのために勝負をしてる？　何を手に入れたい？　ただの家出少女じゃないんだろ？　つまらないギャンブルジャンキーじゃないんだろ？」

敷島とこじれた原因、新津との関係。今の奴に対する想い……。それを訊く気はなかった。

ただ本心を。純粋な欲望を。

「教えてくれ。お前が求めているものはなんだ」

「お金」

あっけない答えが返ってきた。

「お金がほしい。キリがないくらいの大金が」

「――それを手にして、どうする？」

「買う」

即答だった。

「この島を」

「……は？」

「この島。レイ・ランド」

「はっ！」

思わず笑った。島を買う？　レイ・ランドを？　ギャンブルで稼いだ金で？

「馬鹿か。億どころか兆って額だ。一千万二千万の話じゃない」

「わかってる。けどわたしには、これしかない。勝負しか知らない」

まっすぐな響きだった。輪郭がはっきりしていた。

イカれてる。どれだけ金があったところで、この島を買うなんて不可能だ。政治、権力、経済、暴力、大人の都合。様々な思惑が入り乱れた欲望の島。それを二十歳そこそこの少女が手に入れるだなんてドン・キホーテも真っ青じゃねえか。

「……のった」

自然とこぼれた。

「お前にのった」

今度ははっきり声にした。

「ベットする。おれはこの先お前にベットしつづける。絶対に、降りない」

ワタルは親指で、自分の胸をついた。

「賭け金はこいつだ」

ハコがきょとんとした。その目に、髪を濡らした犬面が映っていた。

「ハコ。おれの手札になれ。おれもお前の手札になる。この島を手に入れるまで使いつづけてくれていい」

ハコの眼差しを、ワタルは見返した。息を止めようとは思わなかった。

「だから勝て。お前は負けちゃ駄目だ」

ハコの顔が、挑むようにぎらついた。

ギャンブル。心からくだらねえと思っていた無謀な遊び。

だが、何もないくそガキが、てめえの人生を引っくり返すのに、ほかにどんな方法があるっていうんだ?

ワタルは深く呼吸をする。腹を括れ。ジャンプしろ。

「無制限勝負になってから、向こうのコンダクターは部屋を出たか?」

ハコが首を横にふった。

「一度も?」

うなずきが返ってきた。

ならば我那覇は敷島たちの死をまだ知らない。いずれ耳に入ったとき、引き延ばし作戦は終わる。本番がはじまる。

「午前零時まで粘れるか?」

ハコが眉間にしわを寄せた。

「我那覇が仕掛けてきた作戦をやり返すんだ。粘れるだけ粘ってプールコインを貯めまくれ。そして最後に、勝て」

見つめ合った。男女の視線とはほど遠かった。陳腐な反発とも違う。取り引きなのだ。この瞬間、互いの都合と狂気によって、イカれた契約が結ばれたんだとワタルは思う。

「勝て」

「誰にいってるの?」

おもむろにカツラを投げつけてきた。コバルトブルーのそれを、ワタルは握りしめた。

「佐高を呼んできてくれ」

鋭い一瞥を残し廊下を戻ってゆくハコを見送りながら、ワタルは目をつむった。勝負の場をつくる道筋は見えている。そのために乗り越えなくてはならない壁は三つだ。

「ふざけんじゃないよ」

苛ついた足取りで佐高がやってきた。

「ガキの遊びに付き合ってるひまはないんだからね」

「頼みがある」

「あんた何様？」

無視して尋ねる。「コンダクターは同時に二試合掛け持ちできるか？」

「なんで――」

「時間がない。どっちだ？」

佐高が顔をゆがめた。

「できなくはないんじゃない？　イレギュラーだけど」

ひとつ目の壁を突破。

「あんたのバックは誰だ」

「はあ？　なにを――」

「ごまかさないでくれ。バックもなしにフリーのコンダクターなんてできやしない」

「あのね。ぼくちゃんには想像もつかない事情ってもんが――」

「時間がないといっただろ？」

ワタルは身体がくっつくくらい佐高に近づいた。そして周りから見えないように、リボルバーを彼の腹に当てた。

「このガキ……」

「敵対したいんじゃない。力を貸してほしいだけだ」

「銃口突きつけていう台詞？」

「時と場合によるだろ」

佐高が舌を打った。

「東京で不動産会社してる社長さんよ。でもその人は名義だけのダミー」

「本体は?」

「マカオのカジノ関係者。昔パレスを締め出された勢力よ」

内部からパレスの客を食い荒らす、いわば刺客だと佐高はつづけた。

「持ちつ持たれつ。向こうはあたしらが稼ぐはした金なんか興味ない。目的は諜報ね」

「口だしはないんだな」

「勝ってる限りはね」

ふたつ目の壁を突破。

「最後のお願いだ」

ワタルがささやくお願いに、佐高の顔がみるみる険しくなった。

「本気?」

「タカトもハコも承知してる。誰にも文句はいわせない」

「あんた、死ぬかもよ?」

「もう慣れた」

佐高が目を丸くした。それから、くっくっく、と心から可笑しそうに笑った。

「オーケー。付き合ったげるわ」

ひらりと手をふり、自分の耳をねじる。

「ハコが最初、あんたを観察してた理由がわかる?」

なんの話だ？

「理屈で考える奴は見抜けるからよ。相棒のほうは駄目。瞬発力で生きてる単細胞は平気で想像を超えてくるから」

でも——、と佐高がニヤリとする。

「もしかしたらあんたも、そっち系かもね」

「……褒めてんのか？」

「さあ。でもあんた、ちょっといい男になったわ」

うれしくない。

佐高がスマホを取りだし、ワタルはリボルバーを腰のベルトに戻した。

「正午までに電話をくれ」

ジーナのガラケーの番号を告げ、ハコのカツラを押しつける。アタッシュケースを拾い、エレベーターへ踏みだした。


パレスを出るのは危険だった。新津はワタルの行き先を読んでいるに違いない。人を配置しているだろう。とはいえ派手な真似もできないはずだ。協定は無効になったが、治安のアピールは支配者の意向だ。むやみに逆らうリスクは高い。

いや、甘いな。今やワタルは警官をアタッシュケースでぶっ叩いた犯罪者だ。取り押さえる正当な理由がある。

いや、それすら甘い。新津にとってワタルたちは殺し損ねた邪魔者だ。刑務所なんかで許すものか。

逃げ場のない地下を避け、カジノの一階でエレベーターを降りた。客がいる前で無茶はすまいと思ったが、午前五時前のフロアはさすがに閑散としている。腹は括ったつもりだが、緊張せずにはいられない。

結局、ここにとどまりつづけるのが一番安全のようだった。

バーカウンターに寄ってコーラを頼む。タカトは隠れ家にたどり着けただろうか。ちゃんと目立たずに飯を買い込めただろうか。こんな心配をするくらいなら、あの派手な孔雀ヘアーを刈っておくべきだった。

コーラを胃に流す。糖分とカフェインを脳みそに送る。

さあ、頭を回転させろ。ふたつの壁はどうにかなった。残りはひとつ。

新津が、敷島一派を葬ったという証拠。これなしに勝負ははじまらない。奴をリングに引っ張れない。

港の監視カメラはどうか。敷島を迎える江尻組の連中が写っている。しかし肝心の新津は写っていないだろう。映像を手にすることすら難しいうえ、とっくに消されている可能性もある。

決定的な証拠でなくてもいい。喉もとに刺さった小骨程度であろうと、しでかした事の大きさを考えれば無視できないはずだ。

カウンターに置いたアタッシュケースにふれる。こいつが頼みの綱か。どこまで通じるか、分のいい賭けじゃなさそうだ。しかしほかに方法は浮かばない。

二杯目を頼んだところでガラケーが鳴った。

〈生きてるか?〉

パギさんだった。

〈ジーナに電話しとけといわれてなあ〉

「どうなってるんだ？」

〈違法営業だなんだっていわれてしょっ引かれちゃったよ〉

カベちゃんは公務執行妨害みたいだけど、とパギさんは付け足した。

〈おらあ下っ端だから見逃されてさ。店の片づけしてるとこ〉

パギさんの口調に深刻さは欠片もなかった。

〈ま、ジーナとカベちゃんなら大丈夫だ。あの二人は昔っから官憲とやり合ってきてっから、留置場くらい屁でもないさ〉

「なんだよ、それ」

〈知らないのか？　あの二人は若いころ闘士だったんだぞ〉

「闘士？」

〈なんちゃら主義のなんちゃら革命がアレコレで、火炎瓶とかゲバ棒とかライフル銃とかで、お国相手に遊んでたんだと〉

おらあ金もらったってそんな面倒やらんがなあ、とパギさんは笑った。

二人の青春時代がどんなものだったのかワタルにはピンとこなかったが、まあようするに、まともな神経の持ち主じゃないってことだろう。

〈そんなわけだから、こっちのことは気にすんな。お前はお前で好きにしたらいい。あがくだけあがいて、死ぬときゃ死にな――って、ジーナの遺言〉

勝手にジーナを殺すなよ。

ワタルはガラケーを持ち直し、尋ねた。

「パギさん。どこで借金つくったんだ？」

へえ？　と素《す》っ頓狂《とんきょう》な声が返ってきた。

〈ジーナに拾われる前のか？　最後は闇金だったけど〉

「大栄会系？」

〈あいつらはえぐかったなあ〉

ワタルは息を吸う。

「頼みがある」

〈勘弁してくれ。店の片づけがあんだから〉

「パギさんなら五分で終わる仕事だ」

〈おだてても駄目だってば〉

ワタルはかまわずお願いを伝えた。

※

田村勇星《たむらゆうせい》は金色に染めた自慢のさらさらヘアーにふれ、シャンペングラスをかたむけた。午前七時を回り、勝負が動きはじめていた。

いつもならソファにふんぞり返って高みの見物を決め込むところだが、今日ばかりはそうもいかない。何せ目の前に座るプレイヤーは我那覇――レギオン創設メンバーの一人とされるGなのだ。無敵を誇るギャンブラーのコンダクターを務めたとなれば箔《はく》がつく。失態を犯せば地獄だ。

レギオンに加わって三年、コンダクターとして二年目。歌舞伎町《かぶきちょう》でホストだった勇星の特技は外面を取り繕うことだった。嫌な客、馬鹿な同僚、無能な店長、偉そうなオーナー。かまわず愛想をふりまいた。空気を読むのは朝飯前。おかげで可愛がってもらえた。人脈が広がった。そつのなさが女性には物足りなく映ったのかホストの成績はそこそこ止まり。代わりにヘッドハンティングされたのだから悪くない。客が死のうが生きようが、余裕の振る舞いを求められるコンダクター業は天職だと思っている。この勝負が終われば一目置かれるに違いない。大金が動く場に呼ばれる機会も増えるだろう。

だからなんとしても、勝ってもらわなくちゃ困るのだ。

ギャンブラーはツキを大切にする。コンダクターが勝敗にタッチしないといったって、負けつづけでは敬遠される。大勝負となればなおさらだ。はったりがものをいう商売だから変な色眼鏡はかなわない。ツイてる奴と思われたい。

その意味で、この勝負はおいしかった。身内仕事ゆえ報酬は大した額じゃないけれど、それ以上に得るものがでかい。何せプレイヤーがGなのだ。

「うーん、レイズしてみましょうか」

Gがコインを三枚上乗せした。五枚目のリバーが開かれたタイミングだった。

午前六時になったとき、勇星は手はず通り退室し、新津蓮と連絡をとった。そして彼の伝言をGにささやいた。——仕留めていいぞ。

そこからGの賭け方が変わった。時間稼ぎを切り上げ、要所で踏み込みはじめた。勇星自身はギャンブラーではないけれど、コンダクターとして様々な勝負に立ち会ってきた。その経験が告げている。この人は負けない。

「フォールド」

相手の女が降りた。もう三連続で、ぶつかり合いを避けている。その前からずいぶん消極的になっている。カードがきてないだけなのか、Gの発する空気にのまれているのか。それにしても淡白だ。まるっきり立場が入れ替わったようである。

彼女の無表情を見つめる。二十代半ばの勇星より、もっと若いくらいだろう。身体も細い。ぽきりと折れてしまいそうな腕をしている。

なのに侮れないと、経験が告げている。

「ふううーーん」

Gが髪をかき上げた。

「何か、事情が変わったのかな?」

女の変化に、当然Gも気づいていた。

「まさかカツラのせいじゃないですよね?」

ダサい黒シャツの男に連れられていったん退室した彼女が戻ってきたとき、勇星もぎょっとした。コバルトブルーの髪の毛が消えていたのだ。ベリーショートの頭とスパンコールのドレスという組み合わせのいびつさに、思わず気圧されそうになってしまった。

「そのヘアスタイル、わたしは嫌いじゃありませんが」

Gの余裕は消えていない。勇星は勇星で、長期戦になることは事前にいい含められている。もう一度日が変わったって付き合う覚悟だ。

「しかしこうも気の抜けた勝負では退屈が勝ってしまう。これでペナルティの休憩まで使われたら興ざめだ。どうです?　陽も昇ったところです。ちょっとカンフル剤を入れませんか」

Gが指でテーブルを叩いた。

「休憩十五分のペナルティとプールコイン、アンティをそれぞれ十枚に」

「冗談はやめて」

相手のコンダクターが声をあげた。

「こっちはあんたのルールをのんでやってんのよ。勝手ばかりいわないでちょうだい」

「佐高さんのおっしゃるとおり。なので代わりに、わたしはフォールドの権利を放棄します」

佐高の顔が固まった。

「正気?」

「放棄はいいすぎでした。それですと一発オールインに手も足も出ませんからね。こういうのはどうでしょう?　わたしに限り、フォールドのペナルティとして別途コイン二十枚をそちらに献上する」

それでも破格の条件だ。ポーカーの肝が押し引きなのは勇星とて承知している。フォールドはたんなる敗北でなく戦術、戦略だ。そのたびにＶＩＰコイン二十枚――百万の金を支払うなんて、いくら一億勝負でも分が悪い。

「いかがです?　レディ」

相手の女が目を細めた。観察するような眼差しだった。

「――じゃあ、それで」

「グッド。ディーラー」

「ルール変更を承りました」

瞬間、女の唇が苦しそうにゆがんだのを、勇星は見逃さなかった。

崩れる――。それは立ち会ってきた勝負の中で幾度か味わった直感。これを外したことはない。

勇星の、密かな自慢だ。

11

客が増えはじめたフロアの片隅で、ワタルはパギさんからもたらされた情報に唇を噛んでいた。未明、太平洋上に浮かぶフェリーを発見。船内には敷島たちと赤岩一照の死体があった。警察は赤岩がマシンガンで敷島らを銃殺し、自ら命を絶ったという方向で捜査を進めている。

そしてもうひとつ。ユースアカツキの一室で、腹をかっ捌いた滝山慎吾が見つかった。ビニールシートの上に正座し、短刀を手にしていたという。

コーラを注文する。この数時間で何杯飲んだか、もう憶えていない。

まさか滝山まで始末するとは。これでパギさんへの願い事は意味をなくした。ワタルは滝山に取り引きをもちかけるため、仲介役を探してくれと頼んでいたのだ。

ジーナとカベさんはまだ警察署だ。すべてが丸く収まるまで口実をつくって囲いつづけるつもりなのだろう。女主人の不在をついて、竜宮町の店主たちを落としていく算段に違いない。

好き放題もいいところ。勝算なしにできる真似じゃない。新津は片手に江尻組、片手にレギオンをにぎり、管理者を後ろ盾に島を牛耳るつもりなのだ。

次の手を考えろ。奴を勝負の場に引きずりだす方法を。

「物騒だねえ」

とつぜん話しかけられた。腰に手を回された。ぶかぶかのシャツの上から、リボルバーを押さえられた。

「動かないでくれ。騒ぎにしたくないからな」

両サイドを挟まれた。左側から腰に手を回しているのはスーツを着込んだ大男。髪型はオールバック。

「ジンジャーふたつ」右サイドに陣取った中年の小男はジャージでなく、チノパンとポロシャツ姿だった。

「――こんな朝っぱらから、ご苦労さんだな」

精いっぱいの虚勢だった。身体が萎縮していた。ワタルはカウンターに置いたアタッシュケースに両腕をのせた格好で、必死に呼吸を整えた。

「顔色が悪い。寝不足じゃないのか」

オールバック野郎がからかうような口調でいった。

「まさか、ここにいれば安全だと高をくくってたわけじゃないんだろ」

覚悟はしていた。しかしまさかこの二人組が現れるとは思ってなかった。

いや、違う。ほかの組員は使えないのだ。今回の件は極秘の反逆。関わる人間は最小限にとどめたい。滝山を殺害している時点でそれは決定的だ。

「何がおかしいんだ？」

「自分の馬鹿さ加減がな」

オールバック野郎が「ふうん」とのぞき込んできた。

「暴れないからケツをさわるのはやめてくれ。あんたらに勝てないのはわかってる」

リボルバーにふれていた手がどいた。

ジンジャーエールのグラスを取るオールバック野郎に尋ねる。

「名前を、訊いてもいいか」

「必要か？」

「そっちのポロシャツのおっさんを、おれたちはジャージ男って呼んでんだ。ジャージじゃないからやりにくい」

くくっと笑いが返ってくる。

「おれは芹沢《せりざわ》。おっさんのほうは木佐貫《きさぬき》だ」

本名かはわからなかった。どちらでもよかった。

「芹沢さん――おれをどうするつもりだ？」

「それを決めるのはお前じゃないのか。どうするつもりなんだ？　このままここに居つくなら、それはそれでやりようはあるが」

「おれは勝負の最中だ。暴力行為は禁止されてる」

「ただの同伴者だろ」

「同伴者にも禁止のはずだっ」

「騒ぐなって。勝負が終わるまで付き添ってやるよ。好きなだけコーラを飲め」

息をつく。心底ほっとする。これでひとつ確認できた。管理者を味方につけた新津でも、パレスを統べる支配者に逆らえるわけじゃない。

芹沢がカウンターに背をあずけた。

「孔雀頭の相棒はどこだ？」

「……初めて会ったよ。おれ以外にあれを孔雀っていう奴に」

「ずいぶん、威勢がいいねえ」

「冗談だろ？　ションベンちびりそうなくらいびびってる」

「そりゃあそうだろうが」

なめるような視線を感じながら、ワタルはコーラを含んだ。

「――新津さんと話がしたい」

「連れてってほしいならそうするが」

「それは断る。ここから動く気はない」

「お前とつなぐ、こっちのメリットは？」

「仕事が楽になるかもしれないだろ」

いいながらガラケーを手に取る。「番号を教えてくれ」

ほんとうは記憶していた。けれど今は少しでも時間を稼ぎたかった。新津への連絡は準備がすべて整ってからする予定だったが、贅沢をいってられる状況ではない。

「確認しよう」

芹沢が自分のスマホを操作するあいだ、ワタルは木佐貫に話しかけた。

「新津さんとは長いのか」

木佐貫はこちらを見もせず黙りこくっていた。ぱっと見は冴えないおっさんだが、ワタルごときいつでも簡単にねじ伏せられるという自信が漂っている。

「個人的な仲間か」

木佐貫は応えない。

「おしゃべりくらい付き合ってくれ。こっちはパニックでおかしくなりそうなんだ」

「……たんなる雇われだ」

「それにしちゃ信頼されてるじゃないか」

「プロだからな」

ハコならこの短い会話で、彼の性格の半分くらいを見抜くのだろう。

ワタルにできるのは、せいぜい数パーセントだ。

「お許しがでた」

芹沢がスマホを寄越してきた。ワタルは汗がにじんだ手のひらをシャツでふき、それを耳に当てた。

「ワタルです」

〈元気そうだな〉

いつもと変わらない落ち着いた声は、むしろ冷たくワタルの耳に響いた。

「へとへとですよ。腹ペコですしね」

〈好きなものを食えばいい。芹沢さんが奢《おご》ってくれる〉

「最後の晩餐ですか?」

〈最後になるかを決めるのはお前だ〉

「まだ、生き残るチャンスがあると?」

〈当たり前だろ〉

「笑えますよ。こうやってずっと、いいように騙されてきたんだと思ったら」

〈勘違いするな。おれがお前らを、危険な目に遭わせるはずがない〉

「――ぜんぶ、あんたが仕組んだ」

〈違う。おれも嵌められたんだ。おれを信じろ。おれにとって、お前は必要な人間だ〉

思考が冷えた。体温は上がった。

「ほんとうに、信じてもいいんですか」

〈もちろんだ〉

「――わかりました。おれはアタッシュケースを持ってます」

新津の返答がやんだ。

「また連絡します」

返事を待たず、電話を切った。

「話はついたか」

芹沢がスマホを受け取りながら訊いてきた。

「おれを嵌めるつもりはなかったそうだ」

「事実さ」

「ふざけないでくれ。容赦なくマシンガンをぶっ放した張本人だろう?」

「お前らがいると知らなかったんだ。床に座ってて見えなかったしな」

「――手違いだったっていうのか」

「プロでも間違いはある。人間だからな」

ワタルは口もとで手を組み、目をつむった。

滑稽《こっけい》だった。新津も、芹沢も、自分も、みながとっくにわかっている。新津に嵌められたこと。それをワタルが確信していること。それでも新津は認めず、ワタルは迷うふりをした。互いが茶番を演じながら、少しでも有利に事を運ぼうと画策している。

「で? このままここでのんびりするのか」

「――向こうにレストランがある。ステーキを食わせてくれ」

いいねえ、と芹沢が応じた。

正午過ぎ、ワタルは一階のカウンターバーに戻っていた。両サイドを芹沢たちに挟まれた状態で佐高の着信を受けた。

〈頼まれた準備はしといたげたわ〉

声の調子に苛立ちがあった。

「勝負はどうなってる?」

〈中盤戦ってとこね。コインはそこまで動いてないけど〉

ただ――、と吐きだす。

〈よくはない。ルール変更から空気が変わった。変えられたというべきでしょうけど〉

我那覇が申し出たルール変更を聞き、ワタルは舌を打ちそうになった。

「なぜ受けたんだ? 粘りたおせといっておいたのに」

〈受けるしかなかったのよ。あれは我那覇の探り。あんだけ有利な条件を受けなきゃ、こっちにはほかの意図があると確定する。それなら素直に受けておいたほうがマシ〉

それはそうだが――。

「有利になった状態で押されてるのか」

〈ぬかったわ〉

歯ぎしりが聞こえそうだ。

〈ハコが読みきれなくなってる。フォールドにペナルティという条件が、我那覇の判断にどういう影響を与えているのか、解析のし直しを迫られてる感じ。十枚二十枚のコインより、こっちのほうがはるかに痛かったわ〉

「――粘れるか？」

〈粘るほかないでしょうね〉

そこまで追いつめられているのか。

しかしもう、信じるしかない。

「こっちの開始時刻は？」

〈午後七時。あたしがいなくても大丈夫にしといたげたわ〉

「わかった。ハコに伝えてくれ」

〈愛の言葉？〉

「勝て」

〈はん。色気のない奴〉

佐高が電話を切った。

「勝つってなんだい？」

芹沢が訊いてきた。

「開始の時刻ってのは？」

ワタルは芹沢にいった。

「仮眠する。七時前に起こしてくれ」


眠りは浅かった。眠る気などなかった。仮眠室のリクライニングシートに横たわり、アタッシュケースを強く抱えた。策はつくした。今できる範囲で、やれることはやった。

まどろみの中で、新津の描いた計画に思いを馳せた。いったい、いつから練っていたのだろう。

どの時点で、自分たちは捨てられたのだろう。

この島を統べる——。管理者の後ろ盾があれば決して難しい話じゃない。はした金をばらまいて手なずけて、甘い汁をすう。文句をいう奴は排除し、都合の悪いことはもみ消す。やがて文句をいうこと自体が馬鹿らしくなり、なんとなくやり過ごすほうが賢いと思いだす。

これが、この島の正体だ。逆らうチャンスすら許さないシステムに組み込まれた者たちは、わけもわからないまま決められた敗北を受け入れる。仕方ない。こんなもんだ。せいぜいそうつぶやいて、ぐだぐだと苦い酒を飲む。笑い話にもなりゃしねえ。

もしも——、と考えずにいられなかった。もしも新津からこの計画を打ち明けられていたら。いっしょに引っくり返そうと誘われていたら。おれは敷島や定太郎を見捨てただろうか。ジーナやカベさんへの仕打ちを見過ごしただろうか。

——考えてもしようがない。現実は、現在以外に存在しない。おれたちは利用され、戻れない場所を転がっている。

タカトの顔が浮かんだ。ノー天気な笑みだ。試合になればあいつも真剣な顔をするし、痛みにゆがむこともある。なのに思い出されるのは、お気楽な笑みばかり。変な野郎だ。わずらわしいと思う気持ちと、うらやましいと思う気持ちがまじっている。この先ワタルが自分の道を歩いていけば、どこかで決裂する予感もあった。

六時五十分。仮眠室を出てバーカウンターへ。新津に電話するよう芹沢に頼んだ。すぐに通話中のスマホが渡された。受け取り、ワタルは即座にいった。

「会って話がしたい」

新津の声が応じた。〈もちろんだ。今はホテルにいる。迎えを寄越そう〉

「待ってくれ。おれはまだ、あんたを信じたわけじゃない」

息を吸う。

「パレスで会おう。プライベートルームをとってある」

電話口につづける。

「必要なんだろ？　アタッシュケースの中の、あんたの指紋がついた偽札の束が」

賭けだった。もしも新津が、手下の誰かにそれをさせていたら脅しにもならない。しかし極秘の反逆の、もっとも大事な仕込みを他人に任せるだろうか。秘密が漏れる危険をおかすだろうか。

この電話はすぐにつながった。決してひまな身分でないのに、新津は待っていた。ワタルからの連絡を。アタッシュケースの危険性に気づいたからだ。

これを新津と敵対する大栄会の人間に渡せばどうなるか。疑わしきは罰する。口実さえあればヤクザは容赦しない。新津の抱える島の利権は、それほど甘い。

新津もしくじっている。

「おれの安全と、アタッシュケースを交換だ」

探るような沈黙があった。

「ほかの要求をする気はない。おれは、疲れた。この世界に向いてないとつくづくわかった。ただ――、死にたくない」

〈……いいだろう〉

「何分でこれる？」

〈十分もかからない〉

「待ってる」

ワタルは通話を切ったスマホを向け、芹沢に告げた。

「タカトは倉庫通り、あんたらが韓国人マフィアを殺したコンテナにいる」

※

コンクリートの床は生乾きだった。ところどころに水たまりも残っていた。ひんやりしてるのはありがたいが、昼を過ぎたあたりからむしむししてきて、二リットルの水は空っぽになる寸前だった。

トイレも困った。いちおう隠れているわけだから、そうそう外には出たくない。それなりに警戒もしていた。いつ何時、誰がやってくるかわからないのだ。

とはいえ、生理現象の前で選択肢は多くない。

結局タカトは、たびたびコンテナを抜けだし、そこらへんで用を足した。腹が痛くなったらどうしようと心配したが、そもそもアジトを出てからろくに食べていない。途中のコンビニで買い込んだにぎり飯を五つ、パンを三個、ポテチを一袋。それがすべてである。

奥の壁ぎわにあぐらをかき、ひたすら時間が過ぎるのを待った。テレビもラジオもスマホもない。コンビニで漫画本を買っておくべきだった。

食い物を買い込んで隠れとけって、簡単にいってくれるけど、パレスからここまで十キロ近く、追われてる身なのに走っていけって、それはあんまりな扱いじゃない？　食い物なんて、コンビニがなかったら詰んでたぜ。無茶ぶりもいいとこだ。

おまけに半日以上、この真っ暗なコンテナに居座ってろってんだからたまらない。娯楽もなく、ベッドもなく、ほんのり血の匂いもするんだもの。

ほんとワタルはやっかいな奴だ。ガキのころに出会ったときから、いっつも苛々して、なんでも小難しく考えて、けどそのほとんどが、タカトにはどうでもいいことばかりだった。ウジウジとしてみたりウツウツとしてみたり、偉そうにしてみたり。そのくせしてすぐびびる。まったく忙しい奴である。

物心ついたときから難しいことが嫌いだった。ややこしい話も好きじゃなかった。家とか土地とか将来とか年金とか税金だとか、家族ですらわずらわしい。気ままに船をだして魚を釣り、畑で野菜をつくって収穫し、山で猪を獲る生活にわりと本気で憧れる。もちろんターボ付きのバイクもガルウイングの軽トラもほしい。パブだって必要だ。ストリップも絶対だ。スポーツ中継も、できれば観たい。かわいい嫁さん、かわいい子ども。それも捨てがたいと思ってる。

なのでお金は必要だ。お金を稼ぐために仕事があって会社があって、役所があって、経済とか社会ってやつは回っていて、そうした営みの先に二足歩行のモビルスーツがあるんだろうとは思うけど、ワタルに話せば罵られるに違いない。

ワタルには馬鹿にされてばかりだ。一日に十回以上「馬鹿っ」と怒鳴られたこともある。情緒不安定な野郎だと呆れてしまった。

たぶんあいつは、抱えている。将来とか年金とか家族とか、ぜんぶひっくるめた、言葉にできないもやもやだ。言葉にできないものなんて他人に理解できるはずがない。言葉にされたって、どうせわかりゃしないんだ。

でも、まあ、飽きない。あいつがくだらないことを考えつくたび、タカトはわくわくした。サインを決めたときも楽しかった。たいして役に立つとは思わなかったが、気にしなかった。あいつなりにいろいろ考えた作戦を聞くのはおもしろい。実行するのも楽しい。しくじったってかまわない。成功なんて初めから期待してないしね。

あいつの言葉にまとわりつく、ちょっとした熱が好きなんだ。賢ぶっているようで破れかぶれみたいなそれが、タカトの心にキックを入れる。ついうっかり、付き合いたくなる。

今もタカトは、わくわくしている。ワタルの考え通りに事が運んでいるのならうれしいし、見てみたい。あいつの熱が連れていってくれる風景を。

きっとそれは大観衆に囲まれたリングの上で、世界チャンピオンを前にした瞬間と同じだけの価値がある。かわいい女の子の次くらいに。

ぎぎぎぎ。

コンテナのドアが音をたて、タカトは腰を上げた。目をぎらつかせ、体勢をつくる。筋繊維の一本一本に血が巡る感覚があった。神経の一本一本が張りつめる。サイコーだ。

ふいに耳鳴りがした。だだだだだ――。頭に浮かぶ定太郎の顔、眉さんの死体。オールバック野郎、ジャージ男。バイクの乗り方を教えてくれた新津蓮。

身体が強張る。心に強烈なキックが入る。二発、三発。

もしかして、おれも抱えちゃったのかもしんないね。しがらみってやつをさ――そんな思いがよぎった。

ドアの隙間から青白い光が差し込む。でかくてごつい人影が目に入る。

さあ相棒。ゴングを鳴らそうぜ。

12

木佐貫とともに三階フロアへ階段をあがった。ＶＩＰエレベーターへ向かう途中、トイレに寄った。清潔で幾何学的なデザインは、やはり宇宙船みたくワタルの目に映った。

誰もいない便所で用を足し、手を洗う。木佐貫は背後について離れようとしない。

鏡の中の彼に問う。

「あんたは行かなくていいのか」

木佐貫は黙ったままだった。じめっとした視線がこちらへ向いていた。

タカトの居場所を伝えると芹沢はパレスをあとにし、計算通り、木佐貫は残った。そしてずっと、すきなくワタルを監視しつづけている。

「悔しくないのか？　負けたままで」

「なんのことだ」ぼそりと訊き返してくる。

「タカトに負けたままで悔しくないのかって訊いてんだよ。あのコンテナで、あんたは素人のガキに腕をねじり上げられたんだろ？　芹沢に助けられなかったら、のされてたのはそっちだ」

ハンドペーパーで手をふきながらワタルは笑う。「大したプロフェッショナルだな」

「安い挑発はやめろ」木佐貫の目つきが鋭くなった。「そんなことでお前の監視を解くとでも思ったか」

「おれは新津さんと会って話をつけるつもりなんだぜ？　監視の必要なんかねえだろ。それにあんたのことは登録してないから、プライベートルームには入れない」

木佐貫に、かすかな動揺が見てとれた。上までついていけると思い込んでいたのだろう。

「芹沢の助太刀に行くほうがいいんじゃないか？」

「――さすがに、ダチを売る男はいうことが違うな」

得意げな響きがあった。

「よけいな心配はいらない。芹沢さんがなんて呼ばれてるか教えてやる。暴力家だ。武闘家でも芸術家でもなくな。こっちの世界じゃ伝説の人だ」

「へえ。するとあんたは伝説的金魚の糞ってわけか」

木佐貫の口もとが強張った。のっぺりとした面に、隠したプライドが滲んでいる。

ワタルは肩をすくめた。「どうせおれに手出しはできないんだ。怒るだけ損だぜ」

「調子にのるな」

木佐貫が寄ってきた。「事故ってのは、いつだって起こるんだ」

「わかったよ」

いいながら顔を洗う。

木佐貫が、不服そうに背を向けた。それを鏡越しに、ワタルはしっかり見ていた。

「やっと目を逸らしたな」

「あ？」

腰から抜いたリボルバーを木佐貫の足もとに投げつける。木佐貫がそれを目で追った瞬間、アタッシュケースが三度目の活躍を果たした。

ケースの角で鼻っ柱をかち上げられた木佐貫はよろけ、個室のドアをつかんで踏ん張った。間髪いれず、ワタルはその胸に前蹴りを放った。

木佐貫が便器に吹き飛んだ。

「リボルバー、預かっといてくれよ。さすがにそれ持ってプライベートルームには入れないだろうからさ」

「……てめえ」

「凄むなって。手はだせねえんだろ？　プロだもんな」

ワタルは木佐貫を見下ろした。

「糞は糞らしく、ここで待ってろ」

唾を吐き、トイレを出た。

佐高が手配してくれたプライベートルームはハコが勝負している場所と大差ないレイアウトだった。違うのはディーラーの数。老年の紳士がいるだけで、お目付け役はいない。バーテンもいない。そしてポーカーテーブルの代わりにガラスのローテーブル。

ワタルはアタッシュケースを手にしたまま入り口正面の肘掛けソファに腰をうずめ、足を組んだ。

これでほんとに、打てる手は打った。木佐貫は動けない。ＶＩＰ扱いのワタルと違い、一般客は手荷物検査のゲートをくぐる。リボルバーを持ったままでは通れないし、銃を捨てたとしても、奴はここを離れないだろう。おれを殺すために。

ドアが開いた。絨毯を踏む美しい革靴が目に入った。

新津蓮が、こちらへ歩いてきた。

赤坂の事務所でアタッシュケースを受け取って以来だが、まるで生き別れの兄弟と再会した気分になった。

立ったまま、新津がいった。

「ずいぶん慎重なんだな」

「命がかかってますからね。そりゃあ、びびりますよ」

現在、この部屋の入室を許可されているのは三人だけだ。ワタルと新津、そして双方のコンダクターとして佐高。イレギュラーな使用法だが、佐高にはそれを通す力があった。

「こんなコネクションをつくるとはな。さすがおれの弟分だ」

「座ったらどうだ?」

新津がいぶかしげに目を細めた。ワタルの様子から、心中を推し量ろうとする視線だった。

対面するソファに腰かけ、前のめりに顔を寄せてくる。ワタルは足を組んだまま、新津を見返した。

「アタッシュケースは?」

「見たらわかるだろ」

「中を見せてもらわないとな」

「その前に、おれの安全を保障してほしい」

新津が傍らのディーラーを一瞥した。老齢の紳士は素知らぬ顔で宙を見つめている。見ざる言わざる聞かざる。それを体現するかのようだ。

新津が息をつく。

「二人だけで話すんじゃないのか」

「喧嘩じゃ勝てないからな」

「喧嘩なんて必要ないだろう。預けてたアタッシュケースを受け取りにきただけだ」

「安全の保障が先だ」

「保障も何も、初めからお前を傷つけるつもりはない」

「やめようぜ。哀しくなる」

ワタルは足を解き、新津と同じように身を乗りだした。

「おれが、どんな気持ちか。わからないとはいわせない」

にらみつけた。新津は涼しい顔でそれを受け止めていた。

「……泣き言はやめよう。取り引きだ」

ワタルはローテーブルにアタッシュケースを置いた。数字錠を解き、蓋を開ける。偽札が詰まっている。

「本物を何枚か借りてるが、すり替えるようなせこい真似はしてない」

「信じるさ」

のばしてくる手をさけるように、ワタルはケースを引いた。

「安全の保障が先だと、何回いわせる?」

新津の目が鋭く光った。

その目つきのまま身体を起こし、ソファに背をあずける。

「いったい何が望みだ。お前はおれを信じないんだろ?　ならばどうやって安全の保障なんかできる?　ここで宣言すればいいのか?　ディーラー、君たちはパレスの外まで客の面倒をみてくれるのか?」

「島の中でしたら指定のお時間帯、可能な限り務めさせていただきます。この勝負におきましては午後七時から翌七時までの十二時間が範囲となります」

ただし――。

「金品以外の清算については、わたくしどものサービスに含まれておりません」

「だそうだ」

新津が唇をゆがませた。

「さあ、お前が望む安全の保障とやらを話してくれ」

「これにサインを」

佐高に用意させた書類を差しだす。

「ルールの同意書だ」

新津の眉間にしわが寄った。

「勝負しようぜ、新津さん」

空気が固まった。一昨日までのワタルなら心臓が縮みあがったに違いない。だが心臓は、とうの昔に縮みきっている。

「そこにサインしてくれたら、アタッシュケースはくれてやる」

新津の指があごにふれた。

「つまり、ほかに何か賭けるのか」

「ああ。面倒はいわない。金だ」

「幾らだ」

「一億」

新津の表情は変わらない。

「それともうひとつ。おれが勝った場合は、もうひと勝負してもらう」

真意を測りかねている顔に向かっていう。

「プライベートルームで行う勝負のルールは合意があれば好きに決められる。この勝負だってそうだろ？　双方のプレイヤーが同じコンダクターで、立ち合いのディーラーは一人きり。こんなの、ふつうじゃない」

既定の使用料さえ払えばパレスは文句をいわない。

「部屋から退室したら負けという条件も取っ払えるし、ディーラー不在の勝負も可能らしい。賭け金も自由。休憩にかかるペナルティもコイン一枚——一時間五万円まで下げられる」

新津が無言で先を促してくる。

「駄目なのは暴力行為くらいだ。これだけはどんな勝負でも、決着がつくまで有効だ」

「お前、何がいいたいんだ」

「だから勝負をつづけるんだよ。おれが勝ったら次の勝負だ。賭け金は同じく一億。勝った金をぜんぶ賭けて、そしておれは、休憩しつづける」

ペナルティが一日百二十万。一億がなくなるまで約八十日。二十四時間ごとに部屋の使用料がかかるが、ディーラーなしなら格安で済むと佐高はいっていた。

「勝負がつくまでにおれが不審死したら、パレスが調査してくれる」

禁止行為を認めれば制裁が下る。

「なるほど——安全の保障、か」

「便利なシステムは利用しなくちゃな」

新津が額に手を当てた。低い笑い声が聞こえた。

「おもしろい。お前らしいよ」

それから宙に息を吐く。

「だがそれなら、勝負などする必要はない。そのアタッシュケースをおれに一億で売って、お前のいう次の勝負をはじめればいい」

そもそも――と、新津が笑う。

「最初の勝負の一億を、お前は用意できない」

「お互いさまだろ？　いくら江尻組のエースでも、右から左に動かせる額じゃない。でも今なら、当てがあるよな」

新津が目を細めた。

「我那覇の稼ぎだ」

ハコとの一億勝負。新津が絶対に勝てると踏んでいるギャンブル。

「おれも事情は同じだ。だから最初の勝負は、ハコが勝つ一億を賭ける」

「――Ｇとあの子の勝負を、担保にしようってのか？」

まだ決着がついていないからこそできる提案だった。

「おれが負けて、ハコも負けたら、おれに支払い能力はなくなる。あんたに一億の負債を背負う。次の勝負なんてできやしない。そのときは、好きにしろよ」

新津が首を横にふった。

「馬鹿げてる。たとえお前の思い通りにいっても、二ヵ月ちょっと安全が買えるだけだ」

「頭を下げるほうが賢いか？」

ワタルは鼻で笑った。

「たしかに、そうだろう。頭を下げずとも、あんたのいう通りアタッシュケースを売るほうが確実かもしれない。幾らで買ってくれるかは知らないが」

しょせん不確かな状況証拠だ。新津の心持ち次第で価値は変わる。

「けどな、蓮さん。おれは、あんたを倒すと決めたんだ。だから無茶でも無謀でも、勝負しかねえんだよ」

ワタルはにらんだ。かつて慕った男を。憧れた男を。

ハコが我那覇に勝ち、ワタルが新津に勝てば、彼は二億をてめえの懐から捻出する羽目になる。それは決して、笑って済ませられる額じゃない。

「勝負を受けるだけでアタッシュケースは手に入る。我那覇が負けてもあんたが勝てば金は戻ってくるし、逆の場合も同じだ。こんな破格の条件はないんじゃないか？」

「……それでも断ったら？」

「偽札入りのアタッシュケースをプレゼントするさ。マカオの怖い兄さんたちに」

新津なら、この部屋を準備したコンダクターの後ろ盾くらい調査済みだろう。

呆れたような吐息が聞こえた。

「ほんとうに、どうしようもない奴だな」

感情のない目が、テーブルへ向いた。同意書を手にし、ふっと笑う。

「なんだこの、勝負の内容は」

「おもしろいだろ？」

指定の同伴者が、先にこの部屋を訪れたほうの勝ち。

「空いてる欄に、芹沢の名前を書けよ」

おれは——。

「タカトの名を書く」

相棒には別れるとき、この計画を伝えてある。

「近くに潜ませるなんてことはしてない。あいつが今どこにいるかはわかってるだろ？」

芹沢から報告が入っているはずだ。

「仮に」と新津がいった。「芹沢が負けたとして、おれがタカトを素直にこさせると思っているのか？」

「注意事項をよく読めよ。勝負途中の退室は禁止だ。ここじゃ携帯は使えない。指示なんかだせやしない」

江尻組は使えない。この展開を想定していたはずもない。木佐貫の動きも封じてある。

「それで上手くやったつもりか？」

新津の声が尖った。

「追いつめられているのがどっちか、冷静に考えてみたらどうだ」

懐に手を突っ込み、テーブルにそれを置く。血痕のついた、ペンチだ。

どくん、と心臓が跳ねた。負ければ死ぬ。むごたらしく殺される。こうして向かい合っている以上、逃げるすべはない。

目に映る忌まわしいペンチ。耳に残るおぞましい爆音。だだだだだ――。

小さく息をのむ。それから新津を見る。

「おれはここに座ってる。それで充分だろ？」

鋭い視線が返ってきた。ワタルは目を逸らさない。

馬鹿げているのはわかってる。だけど足りやしないんだ。賢く上手くやるだけじゃ。

新津が、静かにもらした。

「タカトじゃ、芹沢には勝てない」

「勝つ。あいつは勝つよ」

胸のところで手を組み、新津は目をつむった。ワタルはそんな彼をじっと見つめた。心が熱かった。その炎は、怒りだけじゃ説明できない温度だった。

ディーラーに、新津が手のひらを向ける。ペンが、そっと置かれた。

※

ノイズが身体中を行き交っていた。

「ジョージア州のリチャード・クレイマンの話を知っていますか？　六八年、ベトナムウォーが泥沼化していた時代です。クレイマンは大のギャンブル好きでしてね。二十四歳のとき志願してマリーンに入隊したのも友人との賭け事がきっかけだったくらいです。新兵訓練所の地獄のような日々の最中、ある日彼は同僚にこう話しかけました。――レイズ」

我那覇が三枚上乗せしコインをテーブルに押しだしてくる。十五枚のタワーだ。

「『なあ、ビリー。ホー・チ・ミンとロシアンルーレットをするときの必勝法を知ってるか？』ビリーが答えます。『手にしたトミーガンで蜂の巣にすりゃあいい』なるほど、そいつは悪くないアイディアだとクレイマンは笑ったそうです。――どうぞ、ベットでもレイズでも」

ハコは黙って同じ十五枚を置いた。

「で、クレイマンの話ですけどね。『しかしビリーよ、そりゃあ戦争に勝つ方法で、ギャンブルとは呼ばねえぜ。勝つか負けるか、刹那のゆらぎを楽しまなくっちゃギャンブラーとしては三流だ』『そうかいクレイ。だったらお前のやり方を教えてみなよ』『オーケー、ビリー。耳をかっぽじってよく聞きな』――コール」

ディーラーが「ショウダウン」と告げる。

瞬く間に勝負が決まる。我那覇の勝ちだ。

「『ニクソンに投票するのさ！』」

はっはっは、と我那覇はのけぞった。

「わかります？　当時共和党から出馬していたニクソンはベトナム戦争の早期撤退を掲げていた。けれどその実、彼が容赦ない帝国主義者だと疑わない者はいなかった。ニクソンが大統領になれば北ベトナムは火の海だ。ホー・チ・ミンも自殺するに違いない」

我那覇が大げさに頭をふった。

「じっさい彼の指揮のもと、米軍はラオス、カンボジアへ侵攻しました」

手に入れたコインには目もくれず、我那覇はしゃべりつづける。

「一方で、ニクソンが戦争を終わらせたのも事実です。なかなか示唆に富むと思いませんか？」

ルール変更からこっち、我那覇は延々とおしゃべりをつづけている。その口は壊れたスピーカーのように止まらない。勝負の最中、決着の瞬間、勝ちだろうが負けだろうが関係なく、ひたすら言葉を繰りだしている。

ノイズ。しかしそれがおしゃべりのせいだけでないことに、ハコは気づいていた。

身ぶり手ぶり。表情。吐息に瞬きまで、我那覇のそれは、何もかもが作り物だ。それも意図した作り物じゃない。ナチュラルに、彼はフェイクを垂れ流している。仕切り直してから五十戦近くこなしているのに、一粒たりとも彼の真実が読みとれない。

「プレイオンです」

ディーラーがホールカードを配る。二度目の交代で、最初の女性に戻っている。

「『カイロのイカサマ師』の話もおもしろい。実のところ彼はエジプト人ではないんですが――」

コインは徐々に減っていた。負けつづけているわけではない。フォールドにペナルティがつく足枷は重く、拮抗は保たれている。

しかし総量が減っている。もはや所有コインよりもプールコインのほうが多いくらいだ。勝負は刻一刻と最終局面へ向かっている。なのに読みの材料がまるでない。

ホールカードの端を絞る。

「――そんなとき、決まって彼はいうんです。『賭けるのは、互いの魂だ』とね」

カードを伏せる。我那覇を向く。彼は大げさに肩をすくめ、両手を広げていた。

駄目だ。視線を切ってしまった。彼がカードを見たときの反応が、情報になっていない。心のどこかであきらめが勝っている感覚があった。彼を見ても無駄。解析不能。ならば自分のカードで勝負しよう。

馬鹿じゃないの？　そんなの、素人のすることだ。数百円、あるいはお菓子や玩具をかけたお遊びだ。運任せの勝った負けた。わたしが求めているのはそれじゃない。

「――チェック」

「互いの魂を賭けるって、すごくロマンティックだと思いません？　けど逆に、魂とはなんぞや？と思わなくもないですが。――ベット」

五枚。

「コギトエルゴスム？　デカルトもギャンブラーだったそうですね。ん？　カントールのほうだったかな」

フロップ。

「チェック」

「カルダーノ！　カルダーノでした、ジェロラモ・カルダーノ。イタリアの数学者です。――レイズ」

七枚。

ターン。

「チェック」

「ラプラスはご存じです？　有名な悪魔の人です。そう。実は世界で起こるすべてのことは確定していて、正しく要素と原理を理解していれば未来だって読み解ける。――レイズ」

十枚。

リバー。

「しかしその後、どうやら人間のレベルで世界を決定するのは難しいことが明らかになっていきます。ゲーデルの不完全性定理をグレゴリー・チャイティンが深化させ、ついにはこんな結論が出たとも聞きます」

ハコのハンドはワンペア。

「『神はいない』」

「……フォールド」

十枚に増えたアンティを失うだけで済んだ。それに胸をなでおろしている自分がいる。

「我那覇さん」

背後から佐高の声がした。

「三十分休憩しましょ」

「ペナルティを払うんですか」

「ルールだからね」

コインが我那覇へ移動するのを、ハコは逆らいもせず眺めていた。

「きな」

腕をとられ、ソファへ連れていかれた。

頭の中で、さっきの勝負がぐるぐる巡った。ペアはJだった。勝算のないハンドではない。なぜわたしは、フォールドしたんだろう。

「ハコ」

顔を上げると、佐高の気色悪い顔があった。

「ジンジャーでいい?」

うん、とロボットのように返す。

脳みそが熱を発していた。目頭が焼き栗みたいになっている。なのに足もとが冷たい。氷水に突っ込んでいるかのようだ。北極の海に溺れている気分。こんなのちょっと記憶にない。

子ども時代、茂吉じいちゃんにこてんぱんにやられて以来だ。

ハコはもっと、人間を知らなくちゃならねえな。でなくちゃおれにゃあ一生勝てねえ。

悔しくて悔しくて、ちぎれるくらい唇を噛んだ。

身体が弱く、ろくに外へ出られなかった。学校へも通えなかった。友だちなんて一人もいなくて、勉強は家庭教師に教わった。定兄いが考えた国語ゲームや算数ゲーム。花札とオイチョカブを教えようとする茂吉じいちゃんを、亡くなったばあちゃんが叱ってたっけ。

遊び場は、屋敷の居間と決まっていた。ずらっと敷かれた畳の上で寝転んだり座ったり。縁側から差し込むやわらかな光、おだやかな風。怖いものは何もなく、いつも優しさで満ちた場所。だけど空はなかった。縁側の向こうは塀で、塀の向こうは山だった。一人きりの夕時《ゆうどき》、二十畳の鳥かごは小さな身体には広すぎて、けど狭かった。

勝負をしてる最中だけは、ぜんぶ忘れて夢中になれた。

いろんなゲームの中でも特に、駆け引きのあるやつが好きだった。十歳になるころには若衆たちは敵でなくなり、手ごわい定兄いにも負けなくなった。でも茂吉じいちゃんは無理だった。じいちゃんは強かった。にこにこしながら急所を刺してくるみたいなところがあった。人間力の違いだと自慢され、だったら自分のやり方でやってやると心に決めた。

人間なんてわからない。だけどゲームならわかる。ルールがあってシステムがあって、それに則ったプレイヤーの思考がある。思考が行動を生み、決断を生み、勝敗を決める。嘘と本音。強気と弱気。思考のタイプを分類し、どんどん細かく分類し、見抜く力を磨いていった。

十三歳でやっと勝ったとき、茂吉じいちゃんは悔しいようなうれしいような、不思議な表情を浮かべた。分類しづらい感情だった。その顔は今もしっかり脳裏に焼きついている。

一度勝てばもう負けなくて、でも解析の力は磨きつづけた。いつの間にかささいな感情の起伏まで楽に感じられるようになっていた。まるで会話をするように。

だから、気づいてしまったんだろう。茂吉じいちゃんが抱えている後悔や不甲斐なさ。悶《もだ》えのような自己嫌悪。

その原因がなんなのか、教えてくれたのが蓮さんだった。

「無様ね」

ジンジャーエールのグラスを手に、佐高が笑っていた。ほんと、この人の顔は気持ち悪い。

「あそこでフォールドってびっくりしたわ。思わず吹きだしそうになったくらい。ギャグならあらかじめ教えておいてくれなくちゃ」

佐高はジンジャーエールを自分で飲んだ。

「わかってる？　ここで負けたら、あたしたちはおしまい。貯めてきた貯金はすっからかん。というか、けっこうなアシが出る。まともにやってちゃ返せないくらいの額がね」

ふーん、そっか。でもどうせ、負けたら死ぬのと同じだ。

「あたしは日銭稼ぎのチンケなギャンブラーに舞い戻り、あんたはそうね、どっかのオヤジの愛人にでもさせられるんじゃないかしら」

やはりハコは「ふうん」と思った。足もとは凍えたままだ。

くくっ、と佐高が笑った。

「まあ、でも、そんなもん。死にゃあしない」

つられるように佐高を見上げる。

「ほんとは我那覇の悔し泣きを拝みたかったとこだけど、よく考えたらこれでもいいわ。あんたにも、こっぴどくやられてるしね」

だから——と佐高がいう。

「だからあんた、好きにやんな」

ハコの目に、佐高の嘘は見てとれない。こんなイケてないポンコツを見抜けないくらい、わたしはまいっているのだろうか。

ジンジャーエールを飲み干した佐高が、にゅるりと笑った。

「ねえ、ハコ」

いやらしいミミズ目を寄せてくる。「あんた、恋してるでしょ?」

「は?」

「ワタルに」

「はあ?」

「だってそうじゃなきゃ、あいつのために勝負を長引かせたりしないもの」

「違う」

思わず強い声が出た。

「別にあいつのためじゃない。ただ――」

ただ、なんだろう。あのときあの廊下で、デリカシーなく両肩をつかまれて、失礼ないきおいで迫られて、あいつに勝てといわれたとき、たしかに伝わってくるものがあった。それもまた、解析を超えていた。

蓮さんを恨む気持ちに確信はなかった。敗者が失うのは当然だから。勝負とはそういうものだから。茂吉じいちゃんも、それはわかっていたはずだから。

一緒に暮らしていたときの蓮さんはいつも素っ気ない態度で、屋敷にいないことも多くて、たくさん遊んだわけでもなければ特別仲良しということもなく、ただ、強敵だった。定兄いと同じくらい強かった。何よりあの屋敷の中で、たぶん二番目に負けず嫌いな人だった。一番だったわたしは、そんな彼が好きだった。

ある日とつぜんいなくなり、ある日とつぜん帰ってきて、敷島の秘密を教えてくれた。二十畳の鳥かごから飛び立つきっかけを与えてくれた。

この感情を、言葉で分類するのは難しかった。

だから蓮さん、勝負しよう。きっとそれでしか、わたしはあなたと話せない。

いつの間にか佐高の手に、ふたつ目のグラスがあった。

「ジャックのためにがんばるクイーン。あたし、そういうの好物よ」

休憩は終わりです、プレイヤーは着席ください――。

ディーラーの呼びかけに、ハコはすっくと立ち上がった。びっくりするほど身体が軽かった。グアム上空を飛んでるみたいだ。

ジンジャーエールを喉に流す。味はわからないけど、スカッとする。

着席したままの我那覇がうれしそうな顔を向けてきた。

「休めましたか、レディ。そうそう。さっき思い出したんですがね、『モントルーの狂詩人』っていう、とても文学的な逸話があるんです」

「おもしろそう」

ハコの返事に、我那覇がちょっと意外そうな目をした。

「ぜひ聞かせて」

席に座りながら思う。たまには佐高も役に立つと。

けどやっぱりポンコツだ。だってわたし、どっちかっていうとタカトが好み。

13

なすべきことはもうなかった。ワタルと新津は向かい合い、互いの相棒の到着を待ちつづけていた。

「どうして敷島との関係を隠してた？」

話しかけたワタルに、新津が首をかしげた。

「敷島の人間だって教えてくれてたら、もっとペコペコしてやったのに」

皮肉を、新津は薄い笑みで受け流した。

「反抗期か中二病か知らないけど、調子にのって家を飛び出したんだろ？」

ワタルと出会ったとき、新津は十四歳。その三年後、たった一人で本土へ渡った。

新津が頬杖をついた。「ずいぶん、おしゃべりなんだな」

「ひまつぶしさ。減るもんじゃないだろ」

呆れたように息を吐く新津に、ワタルはつづけた。

「敷島が憎かったのか？」

冷たい目がこちらを向いた。

「だから馬鹿げた無茶をしたのか。定太郎さんやほかの連中も巻き込んで」

自分の声が尖っているのがわかった。

「ジーナのことも、あんたは切った」

協力する道はあったはずなのに。敵対する必要などないはずなのに。

「なんでこんな真似をした？　バックヤードと竜宮町を手に入れるため？　組のポジション争い？

それならもっと上手い方法があったはずだ。いくら管理者の後ろ盾があってもリスクが高すぎる。最悪のやり方だ」

肘置きをつかむ手に力がこもった。

「あんた、いったい何がしたいんだ?」

「お前にはわからない」

「わからせてみろよ。今の今まで、すっかり丸め込んできた口車で」

新津が視線を下げた。顔が陰った。ワタルは待った。この勝負の結果がどうなるにせよ、今ここで、こいつの口から聞かねばならない。

「敷島の人間、か」

独白じみたつぶやき。

「ざぶん」

消えるような声。

「開発闘争と純化作戦」

「何をいってる?」

「お前は、ほんとうに何も知らないんだな」

新津が顔を上げた。うす笑いが張りついていた。

「おれは敷島に拾われた。定太郎やハコもそうだ。あの屋敷に住んでた連中の大半が、十人衆のガキなんだ」

「十人衆?」

「敷島の子分さ。開発闘争と純化作戦で、全員死んだ」

野太い声が、「いるんだろ」と呼びかけてきた。タカトはコンテナの中に積み上がった荷物の陰に身を隠し、相手の出方をうかがった。

スーツ姿のオールバック野郎が両手をポケットに入れたまま一歩踏みだした。

「安心しろ。武器は持ってない。お前も、そういう流儀じゃないんだろ」

「信じねえよ、馬鹿っ」

声を発し、音を立てずに移動する。

オールバック野郎がニヤリとするのがわかった。

「真正面からくるもんだと思ってたが。案外、臆病なんだな」

「マシンガンに勝てるわけねえだろ！」

また移動する。オールバック野郎の死角を探る。さんざん待っているあいだに、コンテナの荷物を動かしておいた。正面入り口に対し左手に回れるよう配置した。

「手ぶらさ」

オールバック野郎が上着を脱いだ。サスペンダーを外し、黒いワイシャツのボタンに手をかける。

「ここは事件現場だからな。無駄に騒ぐのは危険すぎる」

シャツを脱ぐ。笑えるほどごつい筋肉が現れる。

「だいたい、お前一人相手するのに武器なんていらない」

その瞬間、タカトは飛びだした。オールバック野郎のこめかみめがけて飛び膝蹴りをぶちかます。

「おっと」

いとも簡単に防がれた。

「そら」

カウンターの左ストレート。間一髪でかわし後方へ転がる。かすった頬が熱かった。

「いい反応だ」

「……そりゃどうも」

オールバック野郎は動かなかった。常夜灯の明かりが差し込む入り口を守るように立ち、しゃがんでいるタカトを見下ろしてきた。

「逃げやしないって」

「信じられると思うか？」

いいや、ぜんぜん。

やべえな、とタカトは感じていた。これまで何十回となくこなしてきた地下の試合、路上の喧嘩。そのぜんぶを足して五をかけたくらいの圧力を、オールバック野郎は放っている。

「……何食ったら、そんな身体になるんすか」

「牛。豚より牛だな。あとは人だ。それが一番さ」

両手を広げ、じわりと迫ってくる。低い体勢を保ち、すきを探す。

欠片もない。正確にはすきだらけだが、一発入れたところでビクともしやしないだろう。つかまれたら終わりだ。今日ばかりはこの孔雀へアーが恨めしい。

産毛がチリチリしている。内臓がどくんどくんと脈を打つ。アドレナリンは全開だ。その興奮とせめぎ合う、恐怖。

「目か、金玉」

「ほう」オールバック野郎がうれしそうに返してきた。

「狙うぜ」

「いいねえ。そうこなくちゃ」

骨は拾えよ、ワタルちゃん。


新津はゆっくりと語った。

「十五年くらい前だ。ランドの開発をめぐって島の住民と開発側で水面下の交渉が行われた。平たくいやあ条件闘争だが、テーブルで膝突き合せて、茶あ飲んで話し合いなんてもんじゃない。脅しすかし、毒饅頭《どくまんじゅう》。なんでもありの戦争だ。だが十歳のガキに大人の汚ねえ駆け引きなんかわかるはずもない。おれは何も知らずにふつうの生活を送っていた」

そして――。

「政春さんが死んだ」

「政春？」

「茂吉の次男坊さ。おれが、兄貴と慕った男だ」

やわらかな笑みが浮かんだ。

「長男は亡くなっていたし、誰もが次期当主は政春さんだと疑っていなかった。できる人だったんだ。頭も切れるし喧嘩も強い。肝も据わってた。厳しいが、優しい。懐の深い人だ。何より、格好良かった」

瞬間、新津の目が暗く淀んだ。

「家族でもないのにおれは政春さんに引っついて離れなかった。なんでも教えてもらった。山の遊び、釣りの仕方、バイクの運転。ビリヤード、ファッション、酒、女の口説き方」

ロックンロールにジャズ、ブルースもな、とつづけ、新津はいった。

「おれのせいで死んだ」


持ち直したかに見えた。けれど流れは、すでにハコから離れていた。

「ショウダウン」

ホールカードがオープンされ、勝敗が決する。ハコのフルハウスは、我那覇のフォーカードに敗れた。

五十枚以上のコインが、我那覇へ支払われた。

さすがに胃がきりきりした。よりによってフルハウスができたゲームで相手にフォーカードが入るなんて。素人は運だツキだというだろうが、ギャンブルの世界で生きてきた佐高にすれば、それはたんなる確率じゃない。この勝負の佳境で、運を言い訳にする人間はギャンブラーとは呼べない。自分たちは、それもぜんぶ含めて闘っているのだ。

「――そんなわけで、アリオス・グラシェーロは破滅したわけです。この話の教訓はこうです。『どんな強者も、より強い者に負かされる』。我々には耳の痛い話でしょう？」

ハコの背中を見つめる。先ほどまでの震えは見当たらない。肌の紅潮もおさまった。だからといって我那覇を読めてはいないのだろう。キレッキレの彼女なら、たとえフルハウスでもあっさり降りる。

「プレイオンです」

　さっそく我那覇がしゃべりだす。「ギャンブルの起源は呪術だったそうですね。動物のくるぶしの骨を削ったシャガイと呼ばれるサイコロは有名ですが、おそらく初めは表裏だけの、つまりこのコインのようなもので遊んでいたのでしょう」

　アンティとプールコインが集められる。

　二千枚でスタートしたハコのコインは、すでに三百枚をきっている。我那覇のほうは千枚に近い。積み上がったプールコインを手にするのは最終的な勝者だ。事実上、二人はこれを獲り合っているといっていい。過程はさほど重要でないように見えるが、そう単純な話ではない。どこかで盛り返さねば、なすすべなく終わる。

　ホールカードが配られる。すぐさまハコが「チェック」と告げる。

「確率というのはおもしろいものですね。たとえばコインの表裏勝負で、人はいったい何連勝できるのでしょうか。――ベット」

　五枚。

　フロップ。コミュニティカードが三枚ならぶ。

「チェック」

「十連勝？　二十連勝？　百連勝する確率は2の100乗分の1。とても現実的とは思えません。

――レイズ」

　十枚。

　ターンが置かれる。◇のエース。

「チェック」

「けれど、こう考えたらどうでしょう。トーナメントなら。無限の人数が参加するトーナメントなら、必ず優勝者が生まれるのです。百回でも千回でも、一億回でも勝ちつづける誰かが。――レイズ」

二十枚。

リバーが置かれる。♠のエース。

「おわかりですか？　この世に、あり得ないことなどない。あり得ることはすべてあり得る。これをわたしに教えてくれたのはスイスはキュスナハトに住む老賢者で――」

このおしゃべりに、佐高もやられた。おしゃべり自体は煙幕にすぎない。だがどれだけ注意して耳をそばだてても、彼の本心が見えないのだ。焦り、勝気、余裕に傲慢。あらゆる感情は装飾され、隠蔽《いんぺい》され、我那覇という人間の本体を覆いつくしている。捉えようがなく、ゆえに翻弄される。

いつか、すきが生まれるはず。それまで粘りたおすしかない。だがそのすきは、ほんとうに存在するのだろうか――。

「レイズ」

佐高は目を見開いた。ハコがコインを五十枚追加し、賭け金は八十枚を超えた。

なぜ、ここでその枚数を――。

ハコにはAのスリーカードができている。悪くない手だからこそ、慎重にレイズ合戦にもち込むべきじゃ――。

「その老賢者は、夢の研究に没頭していたんです。レイズ」

我那覇が十枚上乗せで受けた。ほっとする一方で、彼の平気な口調に背筋が凍った。ハコは仕掛けたのだろう。しかし我那覇はさらりと流した。ゆさぶりは不発に終わり、ここで勝っても、トンネルの出口は見えない。

「夢。それは偶然なのか必然なのか、いまだに決着がつかない不可思議の領域です。日本にも、これを解き明かそうと試みた傑物がいます。彼はさる囚人を相手に世にも恐ろしい実験を――」

「我那覇さん」

佐高は耳を疑った。ハコが、勝負の途中で相手に呼びかけるのは初めてだ。

ハコの両手が、二枚のホールカードにふれた。おもむろに中指と人差し指で挟み、テーブルに両肘を立てた。指に挟まれたカードが、ピンと立った。右手に♣2、左手に♡A。

「どん兵衛とペヤング、どっちが好き?」

は?　と思う間もなく、ハコが、左手のカードをくるりと回した。

なんてことをっ。敵に手札をさらすなんて!

しかも勝てるハンドをみすみす――。

次の瞬間、自慢の耳が異変に気づく。

おしゃべりがやんでいる。

我那覇へ目を向ける。浅黒い肌の男前が、真顔になっていた。真顔になった自分に気づき、声を失っているように見えた。

ハコの視線が、我那覇に突き刺さっているのがわかる。

にっとほほ笑むところまで、はっきりと想像できた。

「こんにちは、我那覇さん。ようやく会えたね」

フォールド、とハコはいった。

「おれの家はドライブインがある辺りに建っててな。学校が終わったその足で、政春さんがいる敷島の屋敷まで走っていくのが日課だった。ほかに何人も政春さんになついている子どもはいたが、おれは自分が一番だと信じていた。周りもそう思っていたはずだ。だから狙われたんだろうな」

「狙われた？」明かされる新津の過去に、ワタルは聞き入っていた。

「開発側の足もとを見た要求に対し、政春さんは断固として首を縦にふらなかったそうだ。当時、彼は独身だったし、恋人も遠ざけていた。弱みを見せないようにしていたんだろう」

まさか——と、新津は苦笑する。

「家族でもない近所のガキを巻き込むとは、想像もせずにな」

交渉がぎすぎすしだして、政春さんは忙しくなっていた。おれたちと遊んでる余裕がないくらいにな。おれはその日、学校のツレと山で遊んで帰るところだった。とつぜん後ろから羽交い締めにされて、口と両手をロープで縛られた。そのままどこかへ連れてかれた——。

「気がついたとき、おれは海に浮かんでいた」

山の東の岩壁から吊るされた。ロープは息をするのがぎりぎりの長さだった。

「もう駄目かと思ったとき、岩壁の上から政春さんの声がした。『しっかりしろ』と叫んで、彼はロープを引き上げようとした。だが、ロープは切れた。仕込んであったのか偶然だったのかはわからない。おれは波に流され、彼は海に飛び込んだ」

新津を抱え、海岸へ泳ごうとした。だが無理だった。夜の海。風のある日だった。

「しばらく、おれたちは漂った。しゃべる余裕もなかった。政春さんも同じだ。憶えてるのは、ざぶんざぶん、という波の音だけだ」

翌朝まで、二人は海を漂いつづけた。救助されたとき、政春に息はなかった。

「警察は、足を滑らせた事故だと決めつけた。おれの証言は無視された。身体にロープの痕が、しっかり残っていたのにな」

皮肉が漂った。

「その後、敷島は報復に打って出た。おかげでおれの親父は死んだ。返り討ちってやつだ」

ほどなく、敷島は開発側の軍門に降る。ルートワンとルートゼロの整備で新津の家は壊され、ドライブインに変わった。

「それから敷島の屋敷で暮らすようになった。別に不自由はなかったが、それがよけいに苛立たしかった。いつも考えていた。なぜ、こんな目に遭わなくちゃならないのか。なぜ、政春さんは死んだのか。親父は死んだのか」

そのころにワタルたちは新津と出会った。埋め立て工事が着々と進む島の中で。

「島の連中に反吐《へど》が出た。奴ら、喜んでやがったんだ。立ち退きの金、協力費って名の小銭にな」

十七歳で、新津は島を出る。

「立川でバーテンをしながら、こんなもんかと思った。結局、どこへいったって誰かにへいこらしながら生きてくしかないんだってな。そんなときだ。定太郎から連絡があった。純化作戦に参加してくれという誘いだった」

ランド利権から海外勢力を締めだす闘いだ。中学に入ったばかりのワタルはきな臭い雰囲気を感じるくらいだった。

「そのとき、これまでのことをぜんぶ教えられた。ふざけてると思った。何が純化作戦だ。開発闘争だ。てめえらの勝手な都合で、またぞろ島の奴らを踊らせるのか。いいように踊る連中もくそったれだ。その見返りが不可侵協定？　協力費の一括管理？　竜宮町利権？　敷島も、ようするに変わらねえ。長いものに巻かれるゴミだ」

いつの間にか、新津の口から感情がこぼれていた。

「巻かれるのがごめんなら、長いものになるしかない。レギオンを結成して、江尻組に入ると決めた。いずれ、ぜんぶ手に入れるためにな」

「――ハコも、同じなのか」

島を買うといい放った少女も、敷島を見限り、勝負の世界に身を投じたのか。

新津は答えなかった。

「どうして、あいつを嵌めた」

「嵌める?」

「我那覇をぶつけて、つぶすつもりなんだろ。一億なんて、むちゃくちゃな額をふっかけて」

「つぶすつもりはない。ハコは使える。手もとにおいて、飽きるほど稼がせるさ」

体温が上がった。

「くそ野郎だな」

「ああ、そうだ。くそ野郎だ。だが世の中、くそ野郎しか生き残れない。甘い奴はやっていけない。政春さんもそうだった。おれのことなんかほっとけばよかったのに助けようとして命を落とした。敷島もだ。ハコなんて見捨てればよかった。そうすれば死なずに済んだ。定太郎も――」

「黙れ」

拳が固くなった。

「お前が話せといったんだろ」

新津がせせら笑った。

「そんなんだからお前はいつまでたっても使われる側なんだ。必要な人間を、必要なだけ使いこなす。王様になりたけりゃ、それを実践するしかない」

「――おれやタカトを切り捨てたのも、必要なかったからか」

少し間をあけ、いいや、と新津はいった。

「お前らは、邪魔だった」


歯が立たねえ――。

タカトは飛びのいて脇腹を押さえた。アバラにひびが入っている感触があった。まともにくらったわけじゃない。ちゃんと威力を殺すよう流したはずだ。なのにこのダメージ？　理不尽だろ。

オールバック野郎は出口の前から動こうとしなかった。獲物が逃げることを警戒している。それだけがタカトのアドバンテージ。あとはすべてボロ負けだ。とっくにコールドゲーム寸前である。

肉体が違いすぎた。一ダメージ当てたら千ダメージの攻撃が返ってくるのだ。竹やり対トマホーク。技や工夫をどうこう騒ぐレベルじゃない。そして残念ながら、技も工夫も引き出しの多さも、たぶん相手が上だと理性が白旗を掲げている。

「大したもんだねえ」

オールバック野郎がニヤける。

「攻撃は的確だし、守りもできてる。その若さで、ちょっとびっくりだ」

じりっと寄ってくる。

「バネと反射神経はSクラスだと保証しよう」

「いらねえよ、そんなもん」

ちょっとだけうれしいけどね。

タカトはステップを踏んだ。アバラの痛みは無視することにした。かすり傷だ。そう思い込まなきゃやってられない。

組み合いに勝機はゼロ。打撃を浴びせるしか術がない。運よく急所に決まればチャンスもあるだろう。ぶちまけたどん兵衛の麺が「ＷＩＮ！」て描くくらいの確率で。

アップライトに構える。距離をうかがい、拳を突きだす。よけもせず、相手はその手首をつかみにくる。想定済み。ぎりぎりで拳を引き、膝の関節めがけてローキックを放つ。手応えあり。岩を蹴ったみたいな手応えだ。

「くっそ。痛てえな！」

タカトは吐き捨て、ふたたび距離をあけた。ヒット&アウェイがラブ&ピースくらい頼りない。

「なんだよ、あんた。モビルスーツかよ」

「へえ。今の子もモビルスーツなんて知ってるんだな」

「ガンダムは永遠だぜ。聖書だって永遠だっていうだろ」

知らないねえ、とオールバック野郎が間を詰めてくる。

マジ逃げたい。こいつは無理だ。わずかに勝ってる機動力も、このアバラじゃわからんぜ。

「あきらめも大事だ。勇気ある撤退って言葉もある」

「逃がしてくれんのかよ」

「追いかけっこは苦手でね」

わずかなすき。出口へつながるルートが見える。

誘うように身体をゆらすと、思い通りに相手が動いた。

「っぶねえ」

タカトは飛びのく。

「性格悪いな。誘いかよ」

「仕事を楽に終わらせたいだけさ」

わざと逃げ道を用意し、突っ込んだところを捕まえるつもりだったのだ。

「さっさとケリをつけるのが、お互いのためだと思うがね」

「残念。今日のおれ、逃げる神経切っちゃってんだ」

理性のいうことを聞かない本能が、猛ってやがんだ。

ふー、ふー。

呼吸を整えながらステップを踏む。フェイントを入れながら拳を掲げる。

汗が止まらない。心臓がバクバクいってる。のぼせすぎて鼻血が出そうだ。

いやあ……サイコー。

最速で踏み込んだ。全力で右の拳をふる。相手がガードを固める。受けて、カウンターをとる気まんまんか。

「おおっ！」

雄たけびがもれた。脳みそが、全力のストップを全身に命じた。足の筋が痛む。腕の関節が軋む。

「ん？」

初めてオールバック野郎の笑みが消える。

全力で突っ込んで、全力でストップし、すぐさま全力で動く。こんなこと、おっさんにできるか？


タカトはすべての力をぶっ込んで、急停止した肉体に鞭を入れた。

オールバックの横を、出口へ向かって駆けた。

「やる」

そんな声とともに背後に圧力が迫ってくる。追いかけっこが苦手なんて嘘八百じゃねえか。

タカトは飛んだ。ジャンプした。そして迫ってくる圧力に、渾身の蹴りを見舞った。

逃げる神経、切ってんだってばっ！

完璧なソバットが相手のあごに決まった。筋肉の塊が、のけ反って尻もちをついた。

「っしゃああ！」

追い打ちをかけようとして、身体が止まった。

本能だった。とっさに両腕で頭を守る。

オールバック野郎が、のっそりと立ち上がった。

「いやあ……」

蹴られたあごをさすり、首をふった。

「まいった。感動的だ」

とても優しい顔をしていた。

「お前に会えたことを感謝するよ」

こりゃあ死ぬ――とタカトは思った。

「おれたちがいつ、あんたの邪魔をした?」

正直な疑問だった。役立たずというならまだわかる。頭にはくるが、そういうことかとのみ込める。しかし邪魔とはなんだ。いわれるままに働いて、尻尾をふり、勝手に慕っていただけじゃねえか。

「答えろよ。いつ邪魔なんかしたっ」

前のめりになったワタルを、新津は黙って見つめていた。穏やかな顔だった。呆れているようにも見えたし、あきらめているようにも見えた。

「もういいだろ。おれはお前らを切り捨て、お前らはやり返すと決めた。コインは宙に投げられている。表か裏か、あとは待つだけだ」

ワタルは奥歯を噛み締めた。

「――そうだな。どうせ、後戻りはできやしない」

口をつぐみ、そっと息を止めた。一秒。

「……おれが勝ったら、もうひとつお願いを聞いてくれ」

新津が目で先を促してきた。

「木佐貫に預けてるリボルバーを返してほしい。じゃないとジーナに殺されちまう」

新津の口もとがゆるんだ。

蓮さん。決着をつけようぜ。


Gはおしゃべりをやめた。ホラのネタがなくなったわけでも疲れたわけでもない。動揺もしていない。ただ無意味になった。だからやめた。

配られたホールカードを確認し、目の前に座るベリーショートの少女を見る。表情は消え去っている。数試合前、とつぜん手札を明かしたときの笑みはすっかり引っ込んでいる。

「チェック」彼女の声に、「チェック」と返す。

対峙した瞬間から、彼女の実力にはピンときた。引き延ばし作戦のあいだもずっと感心していた。こちらの心の奥の奥まで見定めようとする眼差しに、快感すら感じていた。

ぜひ、教えてほしいもんだ。おれの本心、本性。もしもおれに、そんなものがあるならね。

名前が変わるたび、Gのそれは少しずつ薄まっていった。気がつくといくつものヴェールが覆い、難解な迷宮ができあがり、本心なんてものは、かすかに漂う空気になった。

外部から与えられる刺激に反応する。外部へ刺激を与えて反応を楽しむ。Gの営みはほぼすべてそれだけに占められている。

心地よかった。名前なんてどうでもいい。おれが誰かなんて、どうでもいい。

「チェック」

「チェック」

リバーまでチェックがつづいた。

「ベット」

Gが十枚賭けた。

「レイズ」

少女が百枚のせてきた。後ろで佐高が唇を結んでいる。

ゆっくり、少女に目を向ける。手札を明かした勝負以降、思考が読めなくなった。それまでもだいぶ苦労したが、あれこれ試してようやくつかんだ。勝負においても、彼女がもっとも重きをおいているポイント。彼女を支える自信の根幹。それさえつかめれば楽になる。見つけた自信の根幹を攻撃すればいいからだ。それは焦りを生む。恐怖を呼び覚ます。こちらはひたすら働きかけつづけるだけでいい。それに対する反応が、彼女のすべてを明らかにしてくれる。どれだけわずかであろうと、なかったならなかったという反応が、Gにとっては値千金の情報なのだ。

それが今、まったく消えた。おしゃべりをつづけても、少女はゆらがなくなった。

「フォールド」

Gは勝負を捨て、二十枚のペナルティを払った。

ここ七試合で、二勝五敗。頭の三敗で相当のコインを獲られた。二勝はアンティしか獲れなかった。

少女の根幹をなすもの――相手を見抜く能力。

残念ながら、Gには通用しない代物だった。自分をもたない男に、見抜かれる本心などない。ノイズを増やしてやれば、勝手に自滅してくれる。事実、彼女はそうなった。読もう読もうとするあまり、情報を発しはじめた。自信がゆらぎ、焦りが生まれた。自分を否定される恐怖に耐えつづけるのは苦しいだろう。あとひと押しで、終わりのはずだった。

なのにこの子は、立ち直った。恐怖のトンネルを抜けた。たった一回の無謀な奇行で、Gを見抜いたのだ。

げんにこの七試合、少女はGがブタのときだけ勝負を仕掛けてきている。役ができていればあっさり降りる。驚くことに、自分の手札は見てもいない。

「プレイオン」

どこで見抜かれている？　何を根拠にしている？　振る舞いは変えていないはずだ。そのコントロールは完璧にこなす自信がある。しかし見抜かれている以上、どこかにすきが――。

よくない。考えることはよくない。Gはそのタイプじゃない。ピュアな感性が最大の武器なのだ。思考は不純。雑音である。

コミュニティカードが出そろった。

運にも見放されているらしい。またブタだ。

「レイズ」

Gはあえて突っ込むことにした。負けてもいい。ノイズを与えられればいい。残り試合は限られている。布石の価値はでかい。

「レイズ」

平気な顔でのせてくる。追加は百枚。

はっ。問答無用か。

「ふう……」

久しぶりだ。攻めるか退くか、悩むなんていつ以来だろう。

「レイズ」

新たな百枚に、一枚加える。

少しは迷うかい？　たしかにこっちはブタだが、君だってそうじゃないとは限らないだろ？

「レイズ」

もう百枚。自分の手札を見もせずに。

「ははっ」

思わず笑った。思考を超えた感性がこぼれた。

「オーケー、レディ。フォールドだ」

コインが移動する。互いの枚数が釣り合う。残り約三百枚ずつ。

「プレイオン」

配られたホールカードにGはふれた。端を弾き、

「ベット」

と宣言した。

三十枚のコインを押しだす。

少女のまとう空気が、熱を帯びた。

その様子にうれしくなる。ほんとうに読めていたんだな――。

Gはカードを見なかった。自分のホールカードを放棄した。

さあ、君と同じ土俵だ。運試しといこうじゃないか。こういう勝負なら、おれのほうが慣れている。君は読めないと不安だろう？　崩れるだろう？　おれは違う。崩れる自分をもっていない。

「……チェック」

コミュニティカードがならんでゆく。駆け引きは存在しない。読み合いもくそもない。顔も知らないデリヘル嬢を待つ気分だ。

「レイズ」

Gが上乗せして五十枚。

「レイズ」

少女が張り合ってくる。プラス十枚。

「いいんですか？　こんな目隠しみたいな決闘で人生をドブに捨てても」プラス十枚、レイズする。「あなたはそういうタイプじゃないでしょう？」

「そう。わたしはこういうタイプじゃない。運任せなんて馬鹿げてる」

相手もレイズ。プラス十枚。

「でも、ギャンブルだから」

Ｇは彼女を見つめた。まっすぐな視線が返ってきた。

「ここで引けば、またやられてしまいそうだし」

力みはなかった。素直な言葉だと思った。

「――引き分け、という選択もありますよ。我々が合意さえすれば」

プラス十枚してレイズ。

「それは駄目」

ふいに少女が、感情をあらわにした。

「勝たないと、負けだから」

「勝たないと負け？」

「ええ。仲間と勝負してるの」

はにかんだような笑み。

それからいう。

「オールイン」

すべてのコインを差しだしてくる。

オールインにレイズはできない。コールで勝負するかフォールドか。

フォールド？　いやいや、ないない。

「……最後の勝負になりましたね」

「負けても、そっちは数枚のコインが残る」

「あなたを誘うディナーの足しにしましょう」

コール、とGはいった。脳内を、電流が走った。快感。それだけを求める人生だ。

「ショウダウン」

ディーラーが宣言する。すでに明かされているコミュニティカードは◇Q、♣7、♣J、♡10、♠A。

Gは手もとのホールカードをめくる。

「はは！」危うく射精しそうになった。「神よ！」
◇J、♠J。Jのスリーカード。
「我那覇さん」

少女の声。

「神さまなんていない」

カードをめくる。♣Q。

「これはただの確率」

最後の一枚に手をかける。

Gの鼓動が高鳴る。空を飛びそうなエクスタシー。

「とびきりキュートな、確率」

麗しきハートのクイーンが、Gを見つめた。

たったひとふりの拳をよけるために床を転がらねばならなかった。オールバック野郎が放った右フックはタカトの逃げ道を限定し、出口は遠のいた。

ゆっくり休んでいるひまはない。もう一撃、右の拳が飛んでくる。紙一重でかわす。風切り音が、当たればお陀仏と教えてくれる。

左がすでにセットされていた。下から突き上げるようなブローを両手でガードする。内臓が引っくり返って、全身の血液が津波を起こすような衝撃だった。身体が浮いた。これでもミドル級の体格なのに。

吹っ飛んで、積み上がった荷物に衝突した。オールバック野郎が蹴りの体勢に入っていた。かわせない。もう一度しっかり両腕で盾をつくる。ほぼ同時に、肩口が爆発した。ツイてたのはただ一点、蹴りの威力がありすぎて逃げずとも遠くへ飛ばされたことだけだ。

「がっ」

痛みがあった。両腕、左肩。さっき痛めたアバラもそろそろまずい。頭はガンガンしていた。視界がゆれ、吐き気がした。足もボロボロだ。立ってるだけでも褒めてほしい。

オールバック野郎から手心が消えていた。容赦ない、殺す気の攻撃だ。

ものすごいスピードで距離をつめてくる。圧力に縮みそうになる。右の拳。かろうじてガード。また吹っ飛ぶ。打ち下ろしの左拳をスウェーでかわす。胸板をこする。火傷したように熱い。

駄目だ。どうにもならねえ。

右、左、右、左。ガード、ガード、ガード、ガード。そのたびに体力が削られ、思考が麻痺し、ションベンをちびりたくなる。

前蹴り。ガード。心臓が破裂しかける。

ワタルよお。世界は広いぜ。こんな化け物がいるんだな。アベンジャーズ以外にも。

タカトはダルマになっていた。ひたすらガードを固めた亀だ。反撃なんてあり得ない。今なら赤ちゃんにも負けるだろう。

オールバック野郎がひと息ついた。

「がんばったねえ」

そして右の拳をふりかぶった。

悪い、ワタル。勝てなかったわ。

次の瞬間、タカトは残していた力を解放し、オールバック野郎に突っ込んだ。顔面を両腕でがっちり守り、頭から突っ込んだ。

首がもげそうになった。あごを狙った頭突きはむなしく止められた。オールバック野郎の右手が、孔雀へアーをつかんでいた。

「髪を、切ったほうがいい」

よくいわれるよ——。

左の拳がボディに突き刺さった。悶絶という言葉を体験した。おにぎりやポテチだったものを床にぶちまける。両手で腹を押さえ、うずくまり、必死に意識をつないだ。

祈った。ここで頭を踏みつけられたら死ぬ。それだけはやめてくれ。

「立てよ」

オールバック野郎がいった。

「まだ動けるんだろ?」

無茶いうぜ。

「目か金玉を狙うんじゃなかったのか」

タカトは動けない。

「終わりか」

オールバック野郎が、腰をかがめた。

ここしかなかった。これだけを狙っていた。

最後の最後。奥の手の馬鹿力。ありったけを込めて、タカトは両腕をふった。

「ん？」

オールバック野郎が目を見張った。すぐに状況を理解し、自分の首に両手を当てた。

ワニ革のベルトが巻きついた首に。

タカトは力を込め、ベルトを左右に引っ張った。オールバック野郎の顔がゆがんだ。

わざとボディを狙わせた。自然にうずくまるためだった。悶えながらベルトを外した。近づいてくるのを待った。

首からぶら下げていたワニ革のベルトを腹に巻いたのはアジトを出る直前だった。気に入ってるんだと駄々をこねたら定太郎がそうしてくれた。代わりに手足を拘束され目と口を塞がれたわけだから、ぜんぜん感謝なんかしたくなかったけど、今ならいえる。サンキュー、定太郎さん。助かったぜ。軟膏のおかげで左目も見えやすくなったしね。

手のひらに巻きつけたベルトを思いっきり引っ張る。オールバック野郎の首をへし折るつもりで。

こんなのは勝ちじゃない。反則だ。でもあんた、人間超えてるからいいよな？

オールバック野郎が歯を食いしばりながら膝を突き上げてきた。タカトは距離をつめて威力を殺した。頭を彼のみぞおちに当て、踏ん張った。

「この、ヤロウ」

食い込むベルトを引き離そうとしていた左手がタカトの顔に向かってくる。目を狙ってくる。だからベルトを引く腕に力をこめた。全身全霊の全力だ。筋肉がねじ切れても、頭がおかしくなっても、たとえ両目をえぐられても、絶対にゆるめるもんか。

「ぐっ」

オールバック野郎の左手が自分の首に戻った。

膝が、痛めたアバラを打ってきた。歯を食いしばる。痛みを無視する。

死んでも放さねえ。

定太郎さんも眉さんも死んじまった。だからおれも、命を賭けなきゃ男がすたるってもんなんだ。そうだろ、ワタル。おれたちはそんなふうにやってくんだろ?

頼むぜ、ワニ革。あとはお前の強度次第だ。

コンテナに静寂がおとずれた。

締めるタカトと耐えるオールバック野郎の息遣いだけがあった。何秒か何分か、もうタカトにはわからなかった。

「おれ、は……」

オールバック野郎の声がした。

「セリ、ザワだ」

思わず相手を見てしまった。

「憶えて、おけ」

ゆがんだ顔が、ニヤリと笑う。ガタガタの声でいう。

「また、やろうぜ」

汚《き》ったねえ。そんなふうにいわれたら、ぶっ殺せなくなっちゃうじゃんか。

ベルトを締める手に、力を込めた。


「お疲れさん」

その声を聞き、新津蓮は目をつむった。

「どうも新津さん。この勝負のコンダクターを務める佐高です」

Gが負けた——と、冷静に悟った。

ワタルが訊いた。「ハコは？」

「ぐったりしてる。大丈夫だからこっちを見てこいってさ」

目を開けると、長い手足の男がワタルのそばに立っていた。ハコのパートナー。マカオの組織が飼っているコンダクター。かつてパレスのキングだったギャンブラー。

こいつを蹴散らしたGを、お前は倒したのか、ハコ——。

意識が過去に飛んだ。

十八のとき。これが最後のつもりで敷島の屋敷へ行った。政春の墓に手を合わせるためだ。偶然、ハコに会った。あいつは再会をなつかしむこともせずいった。蓮さん、久しぶりに勝負しよう。苦笑したのを憶えている。その純粋さに呆れ、同時にうらやましく思った。

他愛ない誘いだったんだろう。だが断った。たとえ遊びの勝負でも、負けるわけにはいかない。

この先もう誰にも負けない。そう決めていた。それを伝えるための墓参りだったのだ。

逃げるの？　と不満げにハコはいった。

あながち外れじゃなく、癪に障った。腹立ちまぎれに教えてやった。お前の家族も開発闘争の犠牲になったんだと。だから敷島は拾ったんだと。のうのうと暮らしているその屋敷に、お前は閉じ込められているんだと。

ハコは唇を噛み、肩を震わせ聞いていた。彼女は敷島をほんとうの祖父だと思い込んでいた。屈辱だったんだろう。事実を隠されていたこと。騙されていたこと。同情されていたこと。嘘を見抜けなかったこと。あいつは根っからの負けず嫌いだ。

結局お前ら全員負け犬だ。お前は敷島に、敷島はもっと力のある奴らに首根っこをつかまれて、手のひらの上で生かされているだけなんだ。おれは違う。おれは抜けだす。勝って勝って勝ちまくって、この島を手に入れる。

悔しかったらやってみろ。おれより先にやってみろ。勝負しようぜ――。

大人げないと今なら思う。たぶんおれは嫉妬していたんだ。ハコの飛び抜けた才能に。彼女の純粋な欲望に。

まさかほんとに屋敷を出て、ギャンブラーとしてパレスに乗り込んでくるとはな。

ワタルがこちらを見ていた。鋭い眼差しは変わらなかった。ハコの勝利に浮かれる様子もない。

タカトの勝負が残っているからってだけじゃないんだろうと新津は思う。

信じていたのだ。疑っていなかったのだ。

お前の、それがいつか命取りになる――。

彼に伝えたかった。この島を、何もかも引っくり返そうと願うなら、すべてを捨てる覚悟が要るんだと。

「いっとくけど」佐高がワタルの肩に手を置いた。「あんたが負けても立て替えなんてしてあげないからね」

「好きにしろ」

佐高は「あらそう」とつまらなそうに手をどけ、ジンジャーないの？　ウォッカは？　そんな軽口をたたいている。

ワタルはじっと、こちらをにらんだままだ。迷いはうかがえない。恐れもない。ただ危うさを秘めた瞳があるだけだ。

――いい面構えになったな。

ふいに気持ちがやわらぐ感覚に襲われた。

きっとタカトもそうなんだろう。一皮むけているんだろう。

お前らは、ほんとうにおれにとって弟みたいな奴らだよ。

だから邪魔だった。

タカトが八百長破りをしでかしたとき、滝山があいつを沈めるつもりだと聞いたとき、考えるより先に身体が動いた。損を顧みず、奴を助けてしまった。

こいつらを、排除しなくてはならないと悟った。

おれの弱さを、まとめてぜんぶ消そうと決めた。

ざぶん、ざぶん。

耳鳴りはやまない。これが消えるまで、後悔なんかしない。

ワタルがこちらを見ている。新津もワタルを見ている。

「お前が勝っても——」新津はいった。「どのみち勝負はつづくんだな」

「ああ、そうだ」

いつかどちらかがしくじって、破滅するまで。

部屋の外が騒がしくなった。数秒後、この部屋に入ってくる傷だらけの男はきっと、へらへら笑っているのだろうと新津は思った。

※

一億なんてはした金だ。いや、二億だっけか。次の勝負のためにもう一億。まあ、どっちでもいっしょみたいなものだけど。

このくらいの出費で終わるような話じゃないんだ。ぼくたちのしたいこと、求めているもの。リターンと比べればかわいらしい勉強代さ。

ホテル・クラウンの三十三階、いつもの部屋で、紫音はシャンペングラスをかたむけていた。うるさい専務も、堅苦しい部長もいやしない。ヤクザもギャンブラーも、ここにはいない。

ノックの音。

「どうぞ」

ドアが開く。

美しい白髪の魔女が、ゆっくり近づいてくる。

「お疲れでしょう。すみませんね、無粋な真似をしてしまって」

「かまやしないさ。違法営業ってのはほんとうだしねえ」

陣名トキは向かいに腰かけ、すらりとした足を組んだ。深紅のドレスからのびる肌はご老人のそれとは思えない。それもついさっきまで取調べを受けていたなんて。

「で？　ゆうべもさんざん付き合ったはずだけど、飲み直しでもする気かい」

「休戦協定を結びませんか？」

陣名は「へえ」ともらし、目で先を促してきた。

「条件はこれまでと同じ。敷島さんの代わりに陣名さんが旧地区をまとめちゃってください。竜宮町はもちろん、協力費の管理分配業務もお任せします」

紫音は最高のスマイルをつくった。

「今まで通り、仲良くやっていきましょうよ」

陣名が探るような目を向けてくる。

「お互いのための、ベストな選択だと思います。島民のためにもなるし、お店で働く従業員のみなさんのためにもなる」

今すぐ敷島の縄張りをのっとるのはいくらなんでも露骨すぎだ。やってもいいが、それだと支配者の口出しを避けられない。

紫音は竜宮町利権の一部を韓国マフィアに与えるつもりだった。たんなる分け前ではない。いずれ支配者の独占体制を崩す布石である。

そのためにもしばらくは、島の人間が先頭に立つほうがいい。島民に顔がきき、信頼され、紫音たちの怖さを知った、使い勝手のよい従順な人物が。

「ぼくはあなたたちと敵対するつもりはないんです。これっぽっちもね」

我ながら白々しく、笑いそうになるのをこらえる。

「協力してもらえませんか？　ぼくの立場なら、跳ねっ返りの二人組も助けられますし」

にっこり。

聞いてるよ。あなた人情家なんだろ？　かわいい子分のためだと思えば、決断もしやすくなるんじゃない？　ほんとぼくって、気が利くね。

「はあ」と陣名が息を吐いた。疲れたようなため息だ。

そして顔をゆがめた。気色悪い虫を齧ってしまったみたいに。

「あんた、死にたがりだろ？」

紫音は首をひねった。じっさい予想外の質問だった。

「やっかいな男だねえ。飯食って女抱いて贅沢してさ、それで満足できないのかい？」

「――残念ながら、人は変化を求める生き物なんです」

特にぼくはね。

わかるかなあ。できあがったシステムの、ちょうど真ん中あたりがぼくの場所。下もたくさん、上もたくさん。身動きなんかとれやしない。それがどんなに息苦しく、つまらなくてムカつくか、君らにはわかるまい。

だから引っくり返したい。その結果、下に落ちようと上にのぼろうと、とにかく変化にはなるだろう。その瞬間、アルコールが体内の血液を活性化するような、あの感じを味わえるんだ。

ずいぶん前から、ぼくは酔えなくなっている。

「さっきの提案だけど」陣名がいった。

「ええ」

「お断りするよ」

「やっぱりそうですか」

なんとなく、そんな気はしていた。

「よければ、理由をお聞かせください」

「あんたを気に入ったからに決まってんだろ?」

そういって陣名は股ぐらに手を突っ込んだ。

ひゅいん、と頰をかすめた小型ナイフが、形ばかりに置かれたマホガニーの机に刺さった。

立ち上がる陣名に声をかける。

「……二人を見捨てるんですね」

「見捨てる?」陣名が白い髪をかき上げる。「なわけないだろ。あいつらの面倒はみる。あんたには従わない。どこに矛盾があるってんだい?」

ああ、たしかに。ぜんぜんふつうだ。

「相手ならいつでもしてやる。茂吉の弔い合戦だ」

「失礼ながら、あなたに何ができますか」

「何もできやしないさ。『ハニー・バニー』の看板掲げて、ストリップ小屋をつづけるだけさ。まあ必要なら、マシンガンくらいは用意する。あとはダイナマイトにハーレーか。物置に眠ってるのは」

にっと魔女が、唇を横に広げた。

「血が踊る。若さを保つ秘訣だね」

いつか抱いてやるよ――。そう残して去ってゆく後ろ姿に力が抜け、口笛がもれた。

やる気か、マダム。ムーンライトとセーラーと、政府やアメリカさまを相手にドンパチを?

おれがやるつもりだったこと――おれや蓮ちゃんやGがやろうとしていたこと。その覚悟が、あんたにもあるってわけか。

紫音はシャンペンを飲み干した。――あんな婆さんもいるんだな。

惚れたぜ。

14

地下駐車場へ降りると、アメ車の前でハコが待っていた。

「これ」

と、リボルバーを差しだしてくる。

「イケてないおじさんからもらった」

ワタルはそれを受け取り、腰にさした。

「賭けはお前の勝ちだ」

「命令をひとつ」

「なんでもいいえ」

ハコが、血に染まった二連ピアスにふれた。

「買って。新しいのを」

「――百個でも二百個でも買ってやる」

いや、だったらおれが！　とタカトが割り込んできた。

「今はたまたま金欠モードだけど、引っ越しのバイトとかして稼ぐよ」

アバラ折れてる奴が何いってんだ。

「そんなひまねえぞ。二ヵ月ちょっとの猶予だ。それまでに力をつけなきゃ殺される」

「へえ。たいへんだな」

お前も当事者だ、馬鹿！

「それより腹減ったよ。張さんとこで豚キム食おうぜ」

「罰ゲームじゃねえか」

アメ車に乗り込む。佐高が文句をいっている。あたしはお抱え運転手じゃないんだよ、とかなんとか。

助手席のハコは目をつむっている。

タカトはテキトーな歌を口ずさんでいる。

ワタルはぼんやり窓の外へ目をやった。

息を止める癖。腹を括るおまじない。あれを身につけたのは子どものころだ。竜宮町で、昼間から酔っぱらってる大人たちに絡まれて、路地裏に連れていかれた。組み敷かれ、騒げばぶん殴ると脅されて、レイプまがいのことをされた。九歳のワタルは、息を止めた。絶対に泣くもんかと、自分にいい聞かせた。

新津が助けてくれた。

助けてくれたんだ。

アメ車が走りだす。

うるさいエンジンが、だだだ、と唸る。

装画　サイトウユウスケ
装幀　坂野公一 welle design

本書は書き下ろしです。

呉 勝浩（ご・かつひろ）
1981年青森県生まれ。大阪芸術大学映像学科卒業。現在、大阪府大阪市在住。2015年『道徳の時間』で、第61回江戸川乱歩賞を受賞し、デビュー。18年『白い衝動』で第20回大藪春彦賞受賞、同年『ライオン・ブルー』で第31回山本周五郎賞候補。19年『マトリョーシカ・ブラッド』で第40回吉川英治文学新人賞候補となる。他の著書に『ロスト』『蜃気楼の犬』などがある。

バッドビート

第一刷発行　二〇一九年 三 月二十六日

著　者　呉《ご》　勝浩《かつひろ》
発行者　渡瀬昌彦
発行所　株式会社　講談社
東京都文京区音羽二―一二―二一　〒一一二―八〇〇一
電話　編集　〇三―五三九五―三五〇五
　　　販売　〇三―五三九五―五八一七
　　　業務　〇三―五三九五―三六一五

本文データ制作　講談社デジタル製作
印刷所　豊国印刷株式会社
製本所　株式会社国宝社

定価はカバーに表示してあります。

Printed in Japan　ISBN978-4-06-514695-8

N.D.C.913 358p 19cm